三民叢刊181

愛廬談諺詩

黃永武 著

三民書局印行

序言

諺詩，是指以諺語聯成的詩，由於巧妙的聯接，橫生出意趣、意外的組合，使陳腐間迸出神奇，予人天外飛來的驚異，產生滑稽的快感，禁不住笑聲連連。所以成功的諺詩，必然是舊錦新裁，光彩奪目，是高級的文字遊戲，也是獨特的消閒趣味。

古來試作諺詩的人不少，其中以邵懿辰的《集杭諺詩》一三七首、休休居士的《集諺語詩》十首（見於《南亭詩話》引）、以及蝶盧主人的《集吳諺》三十首（見於《消閒大觀》一集六編）三家較為出色。

集諺成詩，妙處就在摒棄陳舊語言的聯接，而自創意想不到的奇效，不沿原有通俗的軌跡，而饒生拍案驚呼的諧趣。像邵懿辰將「捉豬上板櫈」忽接「走馬看天花」；將「怕婦千年富」忽接「行動三分財」；「活在狗身上」忽接「露出馬腳來」，異想出格，巧對天成，不僅展現才情，還需要高度的智慧與幽默。

黃永武

所以這種作品最忌諱將固有的諺語上下兩句照錄，如蝶盧主人將「天下本無事，庸人自擾之」連用；「若要家不和，討個小老婆」連用；「要問黑良心，吃素淘裏尋」連用，稍帶點借重既成事實的怠惰，就會使諺詩的巧思黯然失色。趕不上邵懿辰將「天下本無事」下忽對仗「人少好過年」；將「尋事討煩惱」下忽連接「庸人自擾之」；將「若要家不和」下更轉出「夾幫麂皮韡」來……句句別開生面，每每自鄙俚間湧出雅趣，其所作都是五律，對仗工整，韻腳自然，比蝶盧主人的五言絕句，難度高了許多，因此，《愛盧談諺詩》中，乃以邵懿辰的五言律、休休居士的七言律為主，蝶盧主人的〈集吳諺〉則分錄於注文中，共計注釋諺詩一百四十七首。

我樂意替邵懿辰的《集杭諺詩》作注釋，起因於這是一本海內僅存的手抄孤本，極其珍貴。世上見過這抄本的人不多，至今是藏在臺北國家圖書館善本室中的稀世珍寶。而邵懿辰乃是清代博通群籍的大儒，他字位西，道光二十年舉於鄉，後考取內閣中書第一，由於才思敏捷，充軍機時，凡大典禮，制誥多出其手，惟秉性戇直，常常以古道當面糾繩別人的缺失，別人害怕他的峭直，也糾彈他，因而在咸豐四年罷歸鄉里，他恬然於布衣蔬食，閉戶研經，想以著述傳世，兼採漢宋諸儒思想，撰就《尚書通義》、《孝經通義》、《四庫目錄考》，後值長毛太平軍倡亂，他助曾國藩剿匪亂，待浙江稍稍穩定，便返杭州歸葬老母，沒想到次年洪楊賊眾再至，他慷慨地說：「臨難苟免不義。」就與巡撫王壯愍同守城，在饑餓的圍城中，仍想寫完《禮經通論》手稿，不久城陷，他便在罵賊聲中遇害，生平著述都散佚，僅賸《禮經通論》一卷等，曾國藩替他鐫刻出版，而此本《集杭諺詩》因滑稽多趣，猶存於位西先生的姪兒邵文伯太守處，葛元煦氏讀之，覺得「巧思綺合，天造地設」，即予鈔錄想要付梓，抄寫本今倖存於臺北國家圖書館中。

我回想家鄉浙江嘉善縣俞匯鎮北王村的故宅，一樣是雕花石柱傾圮在菜蔬園旁，自幼就有鄉先輩傳述當年洪楊賊眾放火燒樓廳，並將嬰兒挑在長矛的鋒鏑上旋轉的種種慘酷情狀，所以對邵位西的遭難格外同情，對兵燹後邵氏留存的殘璋斷珪，如何替它發蒙去塵、磨洗生輝，彷彿有一分特殊的感情與責無旁貸的義務。更何況這些諺詩本身的藝術價值就高，雖為俚俗的文字遊戲，既經慧心的魔杖一打點，光彩瑰鑠，成就非凡，自宜有絕豔驚世的露面機會，不容掩蓋。

為諺詩作注解，是一項有趣的工作，藉此機緣，我盡其可能地讀古今的諺語書，並追想幼年記憶閾中的「鄉音」。有的諺語原本是單獨一句，未必有上下句；有的諺語則在形成上下句的長期蘊育間，可能產生多樣的聯接法，所以拆開成單句後，上下的復接可能有數種答案。有的諺語隨著口語的演化，文言演為白話，典雅化作淺俗，內容也隨之改動，字數也長短不一。更有在傳述過程中，語意經過誤解曲解或失傳，造成各自取義，連原始的含意也為之走樣，所以為諺詩作注解，事非經過，不知其難。

再則這些出自大儒之口的諺詩，範圍並不限於諺語，像「賣田的祖宗」、「鴨蛋頭菩薩」、「哥哥抱上轎」、「出賣重傷風」都屬民俗；像「一統萬年青」、「五子奪經魁」、「松鼠偷葡萄」都可能是剪紙或年畫，像「鬍鬚蹻鬆鬆」、「獨坐中軍帳」、「魂出十八日」、「紅嘴綠鸚哥」、「翻轉石榴皮」原本是謎語，謎底分別為蝦、蜘蛛、蠶蛹、菠菜或胡蘿蔔、麻子。更有賭場棋局特有的術語，小說戲劇專屬的情節，牽涉的範疇甚廣，要一一考明也真不易。

更有些諺語，從清代道光迄今，不過一百五十年，口語變化，幾乎失傳，加以家園寥落，老成凋謝，鄉音既遠，方言訛失，一時難以考釋周全，猜測也未必正確，像「掇欖如馬走」、「有心尋鳥門」，反而要到日本俚諺資料的「和漢古諺」裏去尋探蛛絲馬跡，因而本書中不免留下一些「未詳待考」的闕文，期待日後有機會再予補正。

歲月無情，初寫本稿的注文，方歷七八載，紙端的墨痕已漸漸淡化，好像在催我及早付梓，也算替先賢流傳一份絕學，早日了卻牽掛著的一樁為「鄉音」服務的心願。

民國八十七年一月於臺灣臺北

愛盧談諺詩

目次

一

獨跳一枝花，橋頭三阿爹。無葷不吃飯，到處便為家。
有腿沒褲子，搖頭甩尾巴。十包九不盡，七嘴八了叉。

獨跳一枝花，跳疑是「挑」的誤書，浙諺「獨挑一枝花」是最好啦，頭挑！諺語中如「額角上放扁擔」亦取頭挑的意思，一枝花插在頭上，用頭來挑，命意相近，雙關為頭一挑選、第一挑選。

橋頭三阿爹，或稱橋頭老三、橋頭三叔、橋頭三叔公。此類人多半未進過學堂，但能言善道，在橋頭人多聚會處，以小說戲曲「講古」，亦常用古怪難題考倒學者，比學究所懂更廣更雜，談笑風生，對當地人多所啟發，多所評騭，鄉人尊之為橋頭三阿爹。蝶廬主人〈集吳諺詩〉有「吃飯做人家，橋頭三阿爹」。

無葷不吃飯，或作「無葷不下飯」。大抵指富人家嬌生慣養，無葷菜難以下嚥，嘴很刁。

《北大歌謠》週刊四九號載江蘇山歌：「無雞不下飯，無郎不歸房。」孫錦標《通俗常言疏證》引《荊釵記》：自家屋裏，無葷弗吃飯，到了這裏，無飯，不吃葷。

到處便為家，意思是大丈夫志在四方，不必局守家園。清王有光《吳下諺聯》即舉「到處便為家」語，並云：「范蠡一舟泛宅，五湖煙景，皆吾室中物，士為一區田宅，拘住六尺身材，斷送半生事業，可勝浩嘆。」此語又可作慌不擇路解，投宿哪裏，即便為家。如施耐庵《水滸全傳》第三回：這魯提轄急急忙忙行過了幾處州府，正是：逃生不避路，到處便為家。

有腿沒褲子，形容窮困之極。《儒林外史》卷四七：你八房裏本家窮的有腿沒褲子。又李伯元《文明小史》卷五三：有些有腿沒褲子的窮候補知道他拿得出幾文錢，常常和他親近親近。疑上接「身邊無半文」，參見第七三首。朱介凡《中華諺語志》引諺有「窮的伴富的，伴得沒褲子」，可參閱。

搖頭甩尾巴，若形容為乞求憐愛的動作，范寅《越諺》引此，注：「譏其如犬。」動作如狗討人喜。但在佛家可能另有涵義，宋普濟《五燈會元》：孚上座謂雪峰曰：和尚搖頭，某甲擺尾。僧昭參圓悟曰：師若搖頭，弟子擺尾。

十包九不盡，說十個包工，九個都不會依原先估價來完工。枝巢子《舊京瑣記》卷九：

土木工之包工，先用最低價以取得之，然後以續估取盈，續估過於原估，往往數倍，諺所謂十包九不盡。按《宋史》文彥博引諺作「匠作半估料」，意同。

七嘴八了叉，了叉，可能是「丫叉」，丫叉是歧出的意思。中國文字中亂七八糟、七上八下、橫七豎八、七張八嘴、七嘴八舌，都用七八形容歷亂。天花藏主人《玉支磯》第十一回：「任你就有七張嘴八個舌頭，也說他不過。」這七嘴八舌形容能言善道，天花亂墜。《中國諺語集成・山西篇》引諺：七嘴八舌，遇事沒轍。又考叉，是叉嘴、岔嘴，在別人講話時插入言語。故對答亦稱搭岔。又《民俗週刊》合訂本第三冊載淮安歇後語：市口蓋房子——七嘴八舌。「市口蓋房子」與上句包工蓋屋意有相通處，可參考。

二

毛腳新娘子，搖頭大老爺。晴天不問路，客去便沖茶。

挈被當草薦，穿珠帶賣花。肉麻當有趣，夤夜入人家。

毛腳新娘子，杭州土語謂未過門的新娘，即來做種種家事，為毛腳新娘子。李猷謂「未過門先到夫家走動」的小姐，叫毛腳新娘子。《中國諺語集成・浙江篇》載：親幫親，鄰幫鄰，毛腳女婿幫丈人。已訂婚而未娶的男子俗稱毛腳女婿。

搖頭大老爺，或謂搖頭晃腦，神氣活現而漫不經心，只讓人捧著的大老爺。諺有「搖頭格刺刺──自說自話」形容言談得意之狀。大老爺本指官員，孫錦標云：今則內而九卿，外而司道，俱稱大老爺，自知府至知縣，俱稱大老爺。

晴天不問路，下或接「直待雨淋頭」。清錢大昕《恒言錄》卷六：晴乾不肯走，直等雨淋頭。又引守初禪師云：天晴不肯去，直待雨淋頭。疑與「晴天不問路」意近。

客去便沖茶，俗語：客來掃地，客去沖茶。譏笑辦事不合時序，遲延而惹人厭者。上接「客來忙掃地」，見第三九首。

挈被當草薦，指無心防備的人，蓋著草薦或棉被都不太注意。元李壽卿《伍員吹簫》一折：那廝若知道我殺了他一家大小，他肯和我干罷？我著他：有備算無備，無備則蓋著草薦睡。

穿珠帶賣花，徐定戡說乃「杭俗三姑六婆之一」。諺云：「僧道尼姑休來往，庭前莫走賣花婆。」又：「買地千萬莫靠河，家裏莫留賣花婆。」又湯強釋寧波諺語：串珠花，走大家。指專營珠寶的行腳商人，兜售生意，行走富貴人家，一經成交，即串成各種形式的珠花。耳墜胸花，多用珍珠鑲穿。

肉麻當有趣，說諂媚的話，旁聽者已覺肉麻，而說者聽者猶以為有趣。拍馬過分，受人鄙視，當事者還以為得意。清鐵漢《臨鏡妝》第六回：難得少大人另眼相看，教我怎樣的報答？評曰：肉麻當有趣。而肉麻一詞，明末已流行，盛廷彥《狂言別集》卷一〈東門人〉：「噫嘻，肉麻甚矣……莫再來肉麻也。」

夤夜入人家，下接「非奸即盜拿」。半夜闖入人家，皆非善類。元喬孟符《金錢記》第二折：王府尹云：這廝說也說不過，夤夜入人家，非奸即盜，必定是個賊。又明徐元《八義記》十五齣：外：花園中有賊！末：半夜入人家，非奸即盜，拿！又《三國演義》第七七回：「汝何人？夤夜至吾內室？」

三

瓦屋檐前水，蒙山頂上茶。滿頭澆栗子，半夜吃王瓜。

皁隸打皁隸，見家識見家。捉豬上板櫈，走馬看天花。

瓦屋櫓前水，有「滴水穿石」的意思，也有後樣看前樣，分毫不差的意思。古諺云：「不信但看簷前水，點點滴滴不差移。」又諺云：「屋簷水滴滴，新婦跟家婆跡。」後人步武前人，有樣學樣。

蒙山頂上茶，上接「揚子江心水」，均為難得的好水好茶。清劉獻廷《廣陽雜記》卷五：昔人謂「揚子江心水，蒙山頂上茶。」蒙山在蜀雅州，其中峰頂尤極險穢，蛇虺虎狼所居，得採其茶，可蠲百疾。

滿頭澆栗子，形容滿頭長癤者，浙江方言稱為滿頭全是栗子筋。劉經庵《歌謠與婦女》載〈太太長〉吳歌：打米師父無錫人，頭頸裏生滿栗子筋。

半夜吃王瓜，王瓜今作黃瓜或胡瓜。半夜吃是指趁黑摸的意思，因此諺語有「半夜吃黃瓜——不知哪頭頭」，黃瓜頭苦，不知哪頭是頭，容易吃著苦的。諺語又有「半夜吃柿子——按到軟的揑」、「半夜吃桃子——挑軟的揑」均為趁黑摸取的意思。廣西諺語又有「半夜吃黃瓜，酒醒不見牛尾巴」，取摸黑吃錯之意。

皁隸打皁隸，皁隸是服役於官府，為官助威的差人，最會狐假虎威。皁隸相打，是賤役者自相殘賊。朱介凡《中華諺語志》錄「皁隸打皁隸——各人心中有道理」，並說：乃指是非曲直人自知也。

見家識見家，與英雄識英雄意近，亦即行家識行家，孫錦標《通俗常言疏證》引《通俗編・俚語集對》：好漢惜好漢，見家識見家。

捉豬上板櫈，豬喜臥地，勉強捉上板櫈，坐立不安，假裝也不像，今形容硬提拔不才之人居高位，動輒鬧笑話者亦相似，唯舊時此語乃諷吝嗇者。東晉古狂生《醉醒石》第十回：浦肫夫，美妻厚產，前池後園，盡自快活，那肯出門？如今捉豬上櫈，張四府又尋了兩件，合五六百金，與他安家作路費。孫錦標《通俗常言疏證》引《通俗編・俚語集對》：捉豬上板櫈，騎驢過紙橋。並云：今有嘲慳吝者云：豬子撳到板櫈上，言勒迫出錢財也。

走馬看天花，謂只略看外象而不究其底蘊者，原出孟郊詩：春風得意馬蹄疾，一日看遍長安花，而取意已不同。山西諺語有：走馬看戲，坐下聽書。宋劉後村詩：走馬看花消許急。蘇東坡詩：看花走馬到東野。

猢猻溜槓子，蜻蜓咬尾巴。大頭二伯伯，冷笑熱哈哈。
七歲養八歲，三家夾兩家。偷花不是賊，鬧得海紅花。

猢猻溜槓子，意指拿手好戲。清顧鐵卿《清嘉錄》卷一載正月新春有「猢猻撮把戲」，溜槓子似為把戲之一，意指為其本行。又歇後諺語有「猴子爬竹竿——往下溜」則意為溜掉。又「桅桿上耍猴戲——到頂了」意為到頂下滑。

蜻蜓咬尾巴——自吃自。見錢南揚《漢上宧文存》轉錄《隱謎之諺》。王濬卿《冷眼觀》第三〇回：去吃只算是蜻蜓吃尾巴——自吃自，還要加倍，不去吃即立刻得罪人。又《官場現形記》第二九回：你讓他吃吧，橫豎是蜻蜓吃尾巴，多吃了，他自己也有分的。

大頭二伯伯，朱介凡《中華諺語志》錄：「大伯伯、二伯伯——清清白白」，謂弟婦對兄長敬意十分。似可參閱。又頭大為福相，故古諺有「頭大是人才，腳大抬棺材」。寧波諺為：「頭大享福，腳大勞碌。」

冷笑熱哈哈，指心裏是另一回事。朱介凡《中華諺語志》錄熱河諺語：冷笑熱哈哈，心眼子更嘎巴。或與「冷言熱語」意亦相近。《中國諺語集成・山西篇》有「冷笑熱哈哈，心眼七八十」。

七歲養八歲——到底誰比誰大？下或接「燒火養當家」。文康《兒女英雄傳》第三三回：舅太太道：你別仗著你們家的人多呀，叫我們親家評一評，咱們倆到底誰比誰大？真個的，十七的養了十八的了！舅太太生怕說出「燒火的養了當家的」這句下文，可就太不雅馴了。十七養十八，可能即七歲養八歲之意。朱介凡《中華諺語志》將此諺列入顛倒類，又諺云：七歲的兒，放八歲的牛——耐他不活。可參閱。

三家夾兩家，待考。《儒林外史》第四二回有三間房子由二間房子隔成，叫做「兩破三」。《水滸傳》第八六回亦有「破二作三，數間草屋」語。「三家夾兩家」或別有其意。

偷花不是賊，古來常云偷書不是賊，見明高濂《玉簪記》十九齣。又云偷花不能算是賊，比喻男的向女方偷情，不能算壞蛋。清楊潮觀《吟風閣雜劇・偷桃捉住東方朔》旦：你怎敢到我仙園偷果？丑：從來說：偷花不為賊。花果視同一例。又清吹竽先生《落金扇傳》四：是古偷花卻難當賊，偷鞋豈與賊相同？

鬧得海紅花，是說鬧得紛紜不安。《通俗編》草木海紅花條引《遊覽志餘》：「杭人言紛紜不靖曰海紅花，蓋海紅乃山茶之小者，開時最繁鬧，故借以言之。」

說不出的苦，蟹兒爬西瓜。疑心生暗鬼，空口打白牙。
海龍王倒竈，瘟蠶豆發芽。想過好日子，空做惡冤家。

五

說不出的苦，上接「啞子吃黃連」。張春帆《宦海》第九回：「如今弄得兩頭不著，真真是：啞子吃黃連，說不出的苦。」參見第一三首「啞子吃黃連」。又可上接「啞子夢見娘」，吳敬梓《儒林外史》第五四回：賣人參的聽了，啞子夢見媽，說不出來的苦，急得暴跳如雷。參見第一〇一首「啞子夢見娘」。

蟹兒爬西瓜，意思或是看看而已，既爬不上，更吃不到，浙江俗諺云：蟹兒爬西瓜——有看無想頭。蟹兒抱雞蛋則是連滾帶爬，而王八吃西瓜——滾的滾，爬的爬。螃蟹夾上豌豆——滾的滾，爬的爬。西瓜上拴個鼈——滾的滾，爬的爬。

疑心生暗鬼，心多疑者必生暗鬼適以自害。清徐士鑾《宋豔》卷十：「傳云：妖由人興。又俚諺云：疑心生暗鬼。此可悟情有所牽，物必抵隙，又可悟世情狡獪，雖鬼亦然。」說明多疑則荊棘叢生如暗鬼。又清俞樾《茶香室叢鈔》卷十引宋呂本中《師友雜志》云：「潘子文師事伊川先生，聞人說鬼怪，以為必無此理，以為『疑心生暗鬼』，最是要切議論。」說明不是真有暗鬼，鬼由心生。明張景《飛丸記》九齣引：疑心生暗鬼，過慮損精神。

空口打白牙，疑即為「空口說白話」，馮夢龍《醒世恒言》卷三五，將「空口說白話，眼飽肚中飢」連為十字句，則本諺詩可能原以「空口打白牙，眼飽肚中飢」為十字句，「眼飽肚中飢」今在第四八首。空口打白牙，可能意為空口無實惠，原本為無物可食。笑笑生《金瓶梅詞話》第七八回：水米不打牙。打牙是指吃東西，填肚子。明徐畹《殺狗記》十二齣：兩三日沒有水米打牙，你是這等拖住了，教我哪裏背得起。可證。

海龍王倒竈，諺有：三家廝靠，倒了鍋竈。倒竈是倒霉的意思，《太玄經》：竈滅其火，惟家之禍。即所謂倒竈。《桃花女》第四折云：「敢是這老頭兒沒時運，倒了竈也。」《中華諺語志》載諺有「神仙要倒竈，遇到申公豹」。申公豹是專與姜太公作對的頭痛人物。海龍王倒竈，疑下接「引出洞仙來」，參見第六三首，上八洞神仙渡海殺得二小龍王一死一傷。

瘟蠶豆發芽，待考，《俏皮話大全》有「冷飯團發芽——天下奇聞」，或相似。《中華諺語志》載有關豆芽的諺語有：「盤子裏生豆芽——誰不知道誰的根底?」瘟蠶豆或指根底很壞，無法成為江浙家常菜——發芽豆。故與「不出芽的穀子——壞種、不是好種」，意或相近。

想過好日子，疑下接「須下苦工夫」。諺有「欲求生快活，須下死工夫」、「欲求生富貴，須下死工夫」、「欲求生受用，須下死工夫」，似上句並無定句，但取「生」「死」相對。又諺云：「要學真本領，須下苦工夫」，好與苦亦相對。蝶廬主人《消閒大觀・集吳諺詩》則作：要過好日子，生入玉門關。《夢筆生花》杭州俗語雜對：想過好日子，躲過惡時辰。

空做惡冤家，沒來由的冤家，叫做空頭冤家。《官場現形記》第五一回：我橫豎打定主意，兩面做個好人，只要他見情於我，我又何苦同他做此空頭冤家？《夢筆生花》杭州俗語雜對：尋著熟阜隸，空做惡冤家。

六

只要年成熟，收梢結大瓜。雖無千丈線，不吃兩家茶。
老鼠偷乾麵，虱子生尾巴。一朝權在手，金線釣蝦蟆。

只要年成熟，下接「雀鳥吃得幾顆穀」，說年歲豐熟，麻雀食不掉許多，調著眼大處，罅漏不算什麼。

收梢結大瓜，指最後得到大收穫。清李漁《凰求鳳》三〇齣：只道前功盡廢，誰知後效全收，古語說來不錯：大瓜結在梢頭。《中華諺語志》載諺云：「高山出俊鳥，破繭出好蛾，梢頭結大瓜。」

雖無千丈線，似說「放長線釣大魚」。諺有「線兒放得長，魚兒釣得大」或「長線放遠鷂」。放長線常比喻預先佈置很久以後的事情。但不明下句，意難猜測。史襄哉《中華諺海》有諺云：手上沒得一根麻繩，心裏想打十二個網。則雖無長線卻想結大網，又成別解。

不吃兩家茶，下接「不睡兩家床」。指婦女一人不訂兩門親事。馮夢龍《警世通言》卷二：「那見好人家婦女，吃兩家茶，睡兩家床，若不幸輪到我身上，這樣沒廉恥的事，莫說三年五載，就是一世也成不得。」

老鼠偷乾麵，指只夠糊嘴而已。清范寅《越諺》卷上：「老鼠拖麵𥻗——只夠糊嘴。」偷乾麵也只糊了一嘴。《中華諺語志》載諺云：「老鼠掉麵缸裏——竟充白鬍子老頭。」《俏皮話大全》則云：「老鼠掉進麵缸裏——翻白眼。」

虱子生尾巴，由於「無尾跳蚤」是「亂闖」的意思，虱子生尾巴可能是不能亂闖的意思。但參見諺語：兔子的尾巴——長不了。也可能說：大不到哪裏。

一朝權在手，說一朝權在手，即弄權威風。宋陸游《老學庵筆記》卷四：「今世所道俗語，多唐以來人詩。一朝權在手，看取令行時，朱灣詩也。」今多作「便把令來行」，參見第一一二首。清福申《俚俗集》謂原出崔戎〈酒籌〉詩。

金線釣蝦蟆，金線不曾釣到龍鰲，也不曾釣到金龜，卻只釣到癩蝦蟆，本大利小，由此可想。與「隋珠彈雀」意近。

七

魂出十八日，煙村四五家。磕頭如搗蒜，對面數東瓜。
還要湅三湅，有錢望裏巴。玉堂春富貴，好一朵鮮花。

魂出十八日，魂是身之精爽，所以經緯五臟，保守形體，魂出十八日，謂魂離體甚久而不還。此疑為蠶蛹之謎語，考王鞠侯輯《寧波謎語》第一〇五則：「小時兄弟多，大時各家過，老時死去十八日，還魂討老婆。」疑清時作「老時魂出十八日，還魂討老婆」。

煙村四五家，謂村落甚小，煙火繚裊，僅四五家。李商隱〈杏花〉詩：吳王採香徑，失路入煙村。謂輕霧瀰漫之村落。考江蘇兒歌有：「一去二三里，先生去買米；煙村四五家，先生米到家；亭臺六七座，先生米下鍋；八九十枝花，先生鏟鍋粑。」（見《中國地方歌謠集成》）歌中嵌一至十之數字。有時作酒令用，參見《古今酒令大觀》一去二三里令。

磕頭如搗蒜，下接「扯腿似燒葱」，形容驚惶求饒，兩腿發軟，磕頭碰碰不停。原始用於下屬對上司之諂媚情狀。明無名氏《嵩陽雜識》云：「成化間，太監汪直用事（監督團營），朝紳諂附，無所不至，其巡邊地，所在都御史望塵俯伏半跪，一如僕隸，揖讓之禮，一切不行，有諺云：都憲叩頭如搗蒜，侍郎扯腿似抽葱。奔競之甚可嘆也。」磕頭如搗蒜，為求進昇官位。梁同書《直語補證》下句引作「似燒葱」。又《四傑傳》第二五回目「叩頭如搗思想太新奇」中說：唐寅又搗蒜似的連磕了兩個頭。……又磕三個頭，……又磕五個頭。

對面數東瓜，指說這說那。西周生輯著《醒世姻緣傳》第二回：那珍哥狂蕩了一日回來，正要數東瓜、道茄子，講說打圍的故事，那大舍沒投仰仗的不大做聲。

還要凍三凍，見清范寅《越諺》卷上：「吃得端午粽，還要凍三凍。」這是針對《吳下田家志》所說：「未吃端午粽，冬衣未可送。」須要晚收冬衣，考慮周詳些。

有錢望裏巴，只要有錢就往自己口袋裏巴，巴亦作扒，有拚命撈錢的意思。

玉堂春富貴，《玉堂春》為劇本名，雜劇中有元人關漢卿所撰《老女婿金馬玉堂春》，及元人武漢臣所撰《鄭琼娥梅雪玉堂春》。與第六七首「大審玉堂春」不同。又「玉堂富貴」亦指瓶插盆栽，玉指玉蘭，堂指海棠，富貴指牡丹。《紅樓夢》第五三回：「又有各色舊窰小瓶中都點綴著『歲寒三友』、『玉堂富貴』等鮮花草。」

好一朵鮮花，下接「插在牛糞上」。楊沫《青春之歌》第一部第十二章：「咱們必須替她扔掉那個絆腳石，一朵鮮花插在牛糞上，真把她糟踏啦！」又司馬文森《風雨桐江》第五章：「蔡玉華是個溫柔、沈靜而兼有非凡傲骨的女子，她生活在這個地方，簡直是好花插在牛糞上，埋沒天才。」朱介凡《中華諺語志》引諺作：一朵鮮花，插在牛屎巴。另蝶廬主人《消閒大觀》引〈戲叔鮮花調〉：好一朵鮮花，好一朵鮮花，我唱的鮮花另有一家，好一個潘金蓮，獨坐在南樓下。又考《清樂曲牌雅譜》武鮮花：好一朵鮮花（呵，又一句）鮮花飄飄落在那一家，潘金蓮發悶坐在南樓上。

八

快嘴三娘子，空心大老官。禮輕人意重，客去主心寬。
筆桿千觔重，文章兩面看。生員切己事，開口告人難。

快嘴三娘子，形容口不擇言，快嘴壞事的三娘子。孫錦標《通俗常言疏證》引《通俗編・俚語集對》：快嘴三娘子，老臉二官人。又云：「今俗又有鱉頭六將軍，空心大老官之對，未詳所出。」三娘子對大老官，乃出本詩。

空心大老官，謂買空賣空，虛有其表，還裝腔作勢的人。《二十年目睹之怪現狀》卷一：所以那空心大老官，居然成為上海的土產物。又諺云：吃麵不吃湯，假充大老官。進麵館吃麵留湯，裝作食必留餘、以遺僕侍的大老官樣子。大老官本指財主或大人物，但空心則不實在。

禮輕人意重，上接「千里送鵝毛」。宋吳曾《能改齋漫錄》佚文：「『千里寄鵝毛，物輕人意重』，鄙語也。謝陳〈追用惠紙〉云：千里鵝毛意不輕。」清錢大昕《恒言錄》卷六：「千里寄鵝毛，物輕人意重，復齋所載宋時諺也。」東坡〈寄少游〉詩：且同千里寄鵝毛。參見第八七首。

客去主心寬，與「客去主人安」、「客散主人寬」意並同，客人早日辭去，主人心意自放鬆寬緩。

筆桿千觔重，指不善為文者，視運筆有千斤之重。杭州諺語有「筆桿無多重，無志拿勿動」。又諺云：「一枝毛筆千斤重，三分形貌七分神。」則謂書法，意不同。范寅《越諺》引「一枝筆管千斤重」，下注出典：「《通俗編》引《唐書・陸餘慶傳》。」

文章兩面看，兩面看與南北看同意。史襄哉《增補中華諺海》有「文章南北看，情理別人斷」，對文章各有不同看法，對情理亦全由別人去評斷。

生員切己事，科舉時代，凡在學肄業者，通稱曰生員。《清國行政法汎論》：學政所錄，是為生員，謂列博士弟子員也，生員又有附生、廩生、貢生之別，俗間總稱曰秀才。此指秀才最切身的利害。

開口告人難，謂心事告人，甚難開口，開口告人內心的秘密，較諸上山擒虎尤難。清李光庭《鄉言解頤》卷二有「上山擒虎易，開口告人難」之口頭語。又洪楩著《清平山堂話本・楊溫攔路虎傳》：員外把三貫錢與楊三官人做盤纏回京去，正是：將身投虎易，開口告人難。開口求人資助，結結巴巴難以開口。

九

無添不成事，臊屁鹿狸乾。生鐵補鍋子，蓬蒿當雀竿。
歡娛嫌夜短，左右做人難。趁我十年運，文章中試官。

無添不成事，故事巧妙，往往經過添油加醬。這與「無詳不成狀」、「無誣不成詞」、「無巧不成書」、「無捏不成詞」意並相近。

臊屁鹿狸乾，未詳待考，《中華諺語志》引諺有「打不成狐狸，惹一屁股臊」。鹿狸之乾亦或帶腥臊。

生鐵補鍋子，有硬碰硬，且看各人本事的意思。羅懋登《三寶太監西洋記通俗演義》第二三回：番官道：一不許槍拔，二不許刀攔，三不許劍遮，四不許弓打。正是生鐵補鍋——看各人的手段。按生鐵補鍋為古代行業之一，熔生鐵補漏鍋，能否熔合，自有技術高下不同。疑下接「手段換銅錢」，參見第一五首。或「妙哉刮刮乎」，參見第五四首。

蓬蒿當雀竿，於矮物之中，以蓬蒿之高，當作捕雀之竿，喻小材大用，或自負自誇。上疑接「山中無大樹」，參見第一三一首。朱介凡《中華諺語志》錄浙江諺語：深山無大樹，蓬蒿作丈桿。

歡娛嫌夜短，下接「寂寞恨更長」。歡娛時時間過得特別快，良宵嫌短。馮夢龍編《警世通言》卷二八：白娘子放出迷人聲態，顛鸞倒鳳，百媚千嬌，喜得許宣如遇神仙，只恨相見之晚，正好歡娛，不覺金雞三唱，東方漸白，正是：歡娛嫌夜短，寂寞恨更長。參見第九四首。

左右做人難，所謂左也不是，右也不是，不知如何才好。元戴善夫《風光好》一：學士見我向前去惡心煩，好教我左右沒是處，來往做人難。清鐵漢《臨鏡妝》四：評曰：好教我左右為人難。又蒲松齡《姑歸曲》：不晴不雨的奈何天，好可憐，翻貼門神——左右難，醜了怕你惱，俊了你不嫌，就是這模樣難更變。亦可參閱。

趁我十年運，下接「有病早來醫」。清慵訥居士《咫聞錄》卷七：「有富室獨子，偶患喉症，延請名醫，治之無效。楊五見囑以菜葉搗，以汁飲之，應手而癒，富人餽五十鎰之外，又設宴而謝，醫術遂行，諺有之曰：『趁我十年運，有病早來醫。』其斯之謂歟？」謂運來以菜葉亦可治病。參見第三八首。

文章中試官，說文章好壞，全在對準評審試官，才有用。王利器《歷代笑話集》引《笑贊》：「歐陽修做考試官，得舉子劉暉試卷，云：天地軋，萬物茁，聖人發。歐公以朱筆橫抹之，士人增作四句曰：試官刷。贊曰：俗云『文章中試官』，非虛言也。劉暉之卷，如遇愛者，即古今之奇作也。」《兒女英雄傳》第三四回。作：不願文章高天下，只要文章中試官。

一○

亂搶把兒筍，回湯豆腐乾。三年怕爛草，半世落泥團。
七寸三分帽，芝麻綠豆官。草鞋不打腳，出外一時難。

亂搶把兒筍，筍易老過時，此或與搶收有關。考《清詩鐸》載吳振棫〈華筍行〉詩：「華人護筍不鬻錢，欲養竹竿青上天，貴人朵頤輒來乞，官募貧兒使偷掘，風號月黑匐匍往，二寸尖尖柔玉長，滿攜懷袖歸大笑，明旦獻官官有賞。」是古時有偷搶筍兒的風俗。

回湯豆腐乾，按湯強《寧波鄉諺淺解》：學徒三年，若未到期限，因故辭歇，里人就譏稱為「回湯豆腐乾」，因為打道回府，攜回衣箱舖蓋，形如豆腐乾。回湯豆腐乾是當天賣剩陳貨，回湯重蒸，次日再賣，味道較遜，未滿師的子弟被辭退，被視為品行較差，以食品喻人。參見第一〇四首「三年學徒弟」。

三年怕爛草，上接「一朝被蛇咬」。王濬卿《冷眼觀》第二六回：我是庚子那年在北京嚇怕了的，所謂一朝被蛇咬，三年怕帶子。俗語有接三年怕草繩、怕爛草亦同意。蔡東藩《元史演義》第四回：帖木真驚起道：莫非泰赤烏人又來了？如何是好？正是一年被蛇咬，三年爛稻索。

半世落泥團，說後半世的人，半截已在土裏。指風燭殘年之人。《東坡志林》桃符仰觀艾人曰：汝何等草芥，輒居我上。艾人俯而應曰：汝已半截入土，猶爭高下乎？疑半世落泥團即此半截身子入土意。王陶宇《俏皮話大全》有「土埋了大半截的人——沒多大奔頭」。

七寸三分帽，有多種解釋，一謂大帽可伸縮則人人合適。唐訓方《里語徵實》引《日錄雜說》：魏叔子云：古人道理經濟有一種八寸三分帽，卻人人戴得恰好者。一謂帽有一定大小，頭則大小不一，但執意一律如此，能不能戴則不管。朱介凡《中華諺語志》引湖南諺語：「做就了的帽子七寸三分——隨你戴不戴。」但小說中用八寸三分帽與大帽子、高帽子意同，如李綠園《歧路燈》第八四回：「夏鼎道：這些八寸三分帽子話，譚賢弟也用不著，不用說他。」又第八七回：「這老頭是老實的、不老實的？且不說這八寸三分帽子話。」

芝麻綠豆官，芝麻綠豆，形容農間小物小事，芝麻綠豆官，形容小官。范寅《越諺》引芝麻綠豆官，下注：「《通俗編》引《漢書・藝文志》，稗官注：綠豆，亦小也。」《中國諺語集成・河北篇》：芝麻官雖小，能殺誥命夫人。

草鞋不打腳，可能指草鞋雖不值錢，至少可以不打腳。反用「草鞋兜不住腳跟」。元無名氏《替殺妻》第二折：嫂嫂我往常時草鞋兜不住腳跟，到如今舊頭巾遮不了頂門，卻甚末白馬紅纓彩色新。

出外一時難，上接「在家千日好」，參見第一〇八首。褚人獲《隋唐演義》第十回：諸兄是做豪傑的人，豈不知在家千日好，出門一時難？又《施公案》第一〇六回：常言說：在家千日好，出外刻刻難。在本處喝碗水，尚不致作難，若到了他鄉外郡，只怕一口水想喝熱的，都不現成。

一一

水浸鵝卵石，燥撮楊梅乾。棋輸木頭在，腳瘦草鞋寬。

強盜遇劫賊，蠻子服土官。長江無六月，一夜過三灘。

水浸鵝卵石，指毫無改變之意。朱介凡《中華諺語志》錄山東諺語：「水浸石子，年年如此。」又錄客家諺語：「水浸牛皮，提起三斤半，放下三斤半。」可參閱。

燥撮楊梅乾，楊梅，江南所產水果，子如彈丸，正赤，五月中熟，味如梅甜酸，但熟後不易保存，多乾燥或醃漬，燥撮為楊梅乾。

棋輸木頭在，下接「輸脫再好來」，朱介凡《中華諺語志》引「棋輸子兒在，輸脫再好來」，意相同。又引熱河諺：「棋輸子在，全算擺得快。」亦可參閱。本諺詩第八四首有「輸了再擺擺」，疑即接為下句：棋輸木頭在，輸了再擺擺。湖州諺語正有：棋子木頭做，輸了擺擺過。

腳瘦草鞋寬，朱介凡《中華諺語志》引此列入正反類，指腳瘦顯得草鞋寬大。《中國諺語集成・山西篇》引諺：「衣長袖子短，腳瘦草鞋寬。」謂著衣漸長時，常覺袖子短了，因為人在長大。著鞋漸寬時，是腳瘦了。「衣長袖子短」俗指出手拮据的窘況。

強盜遇劫賊，謂大來小往。酌元亭主人《照世盃》掘新坑條：那裏曉得沒天理的錢，原不禁用的，他從沒天理得來，便有那班沒天理的人，手段又比他強，算計又比他毒，做成圈套，得了他的去，這叫做強盜遇著賊偷——大來小往。又朱介凡《中華諺語志》引「強盜撞著賊爺爺——黑吃黑」。

蠻子服土官，北方人稱南方人為蠻子，蠻子自有土官管轄，故服土官。唯四川《合江縣志》卷四有諺云：蠻子不反兵無糧。似謂蠻子若服土官，則軍情不緊急，軍糧亦往往不運來。又或與「有蠻官，沒有蠻百姓」意相呼應。

長江無六月，原出《五燈會元》所載天衣懷禪詩，宋姜夔〈送王孟玉歸江陰〉詩云：「人道長江無六月，日光正射青蘆葉。」清范寅《越諺》卷上：越人皆有四方之志，不敢偷安家居，無六月者，言其通氣風涼，雖暑天亦可長征也。長江風涼，無悶熱之苦，即使六月亦涼快。

一夜過三灘，疑與「一日行九灘」同意，《西遊記》第八四回：「常言道：十日灘頭坐，一日行九灘。如今炎天，雖沒甚買賣，到交秋時，還不了的生意啦！」意謂無事時十日在灘頭空坐，有事時一日行九灘，加緊忙碌。一日行九灘，有作「一日過九灘」者。易本烺《常語搜》引《通俗編》作：九日灘頭坐，一日過九灘。因引宋無鯨〈背吟〉：九日灘頭不可移，九灘一日尚嫌遲，蓋各處方言有異同耳。

若要小兒安，床頭尋被單。賣薑薑折本，落海海也乾。
百貨中百客，一馬配一鞍。無針不引線，布衲兩頭攤。

一二

若要小兒安，下接「常帶三分饑與寒」。清陳確《陳確集・別集》補新婦譜抱子條：若要小兒安，常帶三分饑與寒。蓋孩提家一團元氣，與後天斫喪者不同，十分飽暖，反生疾病，此易曉也。又元李冶《敬齋古今黈》卷五：「《潛夫論》曰：王符：『小兒氣血未定，其大腸如葱，其小腸如筋，食飲稍過度易致病癖也。』然符之此言但知節食耳，不知衣食之豐亦受病之源也。俗諺有之：小兒欲得安，無過饑與寒。」

床頭尋被單，形容天氣漸熱而初涼。明馮應京《月令廣義》卷二：「七九六十三，床頭尋被單。」自夏至日數七九六十三日，天氣轉涼，不能露天夜宿，床頭尋出被單以禦涼。

賣薑薑折本，常言「買貨買得真，折本折得輕」，薑可久藏，或取折本折得輕之意。而薑於廚用無多，折本出入亦不大。又紹興諺語有「賣楊梅折本，看見轂樹子心酸」，有睹此傷彼的意思，兩物相類，可能「賣薑薑折本」下連「看到黃連心裏苦」，亦兩物相類，睹此傷彼。

落海海也乾，對「在水靠水，在山靠山」作了相反的議論，諺云：「靠山山要倒，靠海海要乾。」所謂靠山靠倒了，靠人靠跑了，落海海也乾，疑與此意相近。

百貨中百客，朱介凡《中華諺語志》：百貨中百客，商店要多備貨色，以供顧主各個不同需要的選擇，贛南諺語有：百貨中百客，臭皮對爛腳。又紹興諺語有：百貨中百客，百病用百藥。《中國諺語集成・浙江篇》載杭州諺語：一店為千家，百貨銷百客。又載溫州諺語，百鳥吃百蟲，百貨中百客。史襄哉《中華諺海》引百貨中百客，老婆雞吃百腳。老母雞愛吃蜈蚣，喻各有所愛。

一馬配一鞍，即一馬不被兩鞍。明宋濂《元史》卷二〇一〈列女衣氏傳〉：「汴梁儒士孟志剛妻，志剛卒，貧而無子，有司給以棺木，衣氏紿匠者曰：可寬大其棺，吾夫有遺衣服，欲悉置其中。匠者然之，衣氏曰：吾聞一馬不被兩鞍，吾夫既死，與之同棺共穴可也。遂自剄死。」

無針不引線，說有針引線，方可成衣。俗語所謂「穿針引線」亦此意。清翟灝《通俗編》卷二五引《淮南子》：先針而後縷，可以成衣；先縷而後針，不可以成衣。諺語「無針不引線」本此。又《黃巖縣志》卷三二：無針不引線，事必有因也。《病玉緣》劇：自古道：無針不引線，除藥餌，誰消患？含意又不同。

布衲兩頭攤，形容冬至後天氣由冷轉熱。清顧鐵卿《清嘉錄》卷十一引陸泳《吳下田家志》：冬至後九九歌云：七九六十三，布衲兩肩攤。

一三

腳踏兩頭船，人多好種田。師姑養兒子，快活似神仙。
未晚先投宿，關門不落栓。隔牆須有耳，啞子吃黃連。

腳踏兩頭船，或上接「身騎兩頭馬」。亦有下接「一頭不著實」或「小心跌中間」、「人定心不定」者。清艾衲居士編《豆棚閑話》第七則：難道商家天下，換了周朝，這山中濟濟蹌蹌的人，都是尚著義氣，毫無改變念頭？只怕其中也有身騎兩頭馬、腳踏兩來舡的，從中行奸弄巧。兩來舡與兩頭船意近。又羅懋登《三寶太監西洋記通俗演義》第四回：滕和尚道：

你又說無，你又說有，一腳踏了兩家船。疑下接「自心多不定」，參見第五七首。

人多好種田，上接「人少好過年」。胡君復《古今聯語》卷三引諺語：人少過年，人多種田。人多力眾，容易耕田。文康《兒女英雄傳》第二一回引作「人多好作活」，意同。可參見第二〇首。毛澤東模仿此語，主張「人多好辦事」，不節育人口，致使中國人口近十二億，成為現代化最大的障礙，貽禍無窮。

師姑養兒子，江浙諺語：「師姑養兒子——眾人服侍。」或作「尼姑養娃——眾人侍候。」亦有作「寡婦生兒子——眾人服侍」。又考浙江民歌三歌四歌：「山歌勿唱師姑來，黃牛生出水牛來，人人話磱嘸介事，師姑養出囡兒來。」

快活似神仙，上接「屁股生臀尖」，參見第一三六首。臀尖或作臀癤，即坐板瘡，兒童生瘡者不必久坐書房，而勞役諸事亦免，故云快活似神仙。

未晚先投宿，下接「雞鳴早看天」。吳承恩《西遊記》第二九回：上了大路，你看他兩個嚌嚌嘈嘈，埋埋怨怨，三藏只是解和。遇晚先投宿，雞鳴早看天。一程一程，長亭短亭，不覺的就走了二百九十九里。

關門不落栓，關門落栓是毫無斡旋餘地之意，則關門不落栓是事不做絕，尚有轉圜餘地之意。考《負曝閑談》第二二回：四盞燈籠，值不了五角錢，加上煤炭柴火，頂多到了四十塊錢，那是關門落閂的了。指無可再加的極限。閂，或作栓。

隔牆須有耳，下接「窗外豈無人」、「床下豈無人」、「門外豈無人」，處處有他人耳目，言語須小心。馮夢龍《醒世恒言》卷九：「自古道，隔牆須有耳，窗外豈無人，柳氏鎮日在家中罵媒人，罵老公，陳青已自曉得些風聲，將信未信。」

啞子吃黃連，有苦說不出，比喻吃暗虧，又難以告人。錢南揚《漢上宧文存》錄有「啞子吃黃連——苦不能言」。「啞子吃黃連——苦在心裏」，意同。另參見第一四七首。

一四

氣出肚皮外，課筒顛倒顛。侯門深似海，冬至大如年。
急得兔兒色，躲在雞箱邊。閉門家裏坐，老等不輸錢。

氣出肚皮外，氣得不得了，肚皮爆破，氣出肚皮之外。氣在肚中叫「負氣」、「愎氣」、「忍了一肚皮氣」，氣出肚皮外，不是猛泄出氣，而是不敢出氣而爆破，今人謂「氣炸了」。

課筒顛倒顛，謂課本有脊厚口薄者，則書脊書口須交互堆疊，以使厚薄平穩，叫做課筒顛倒顛。洪為溥《江都方言輯要》：同類什物，上下倒置為顛倒，故意使其連續顛倒者，謂之顛倒顛，如布匹染件的花紋，器物雕刻圖案，特為規律顛倒的排列，又如堆積圖書，若干冊間隔顛倒疊平，亦云。

侯門深似海，謂公侯門第，一入難見，深似海同。原句本為唐人崔郊詩：「侯門一入深如海，從此蕭郎是路人。」後成俚語，或上接「客路似天遠」，宋普濟《五燈會元》卷十九：「安吉州何山佛燈守珣禪師，郡之施氏子。僧問：如何是賓中賓？師曰：客路如天遠，侯門深似海。」又俗語作：侯門深似海，怎許故人敲？

冬至大如年，看重冬至節如除夕年夜。清顧鐵卿《清嘉錄》卷十一：「十一月冬至，郡人最重冬至節，家無大小，必市食物以享先，間有懸掛祖先遺容者，諸凡儀文加于常節，故有『冬至大如年』之諺。」徐士鋐〈吳中竹枝詞〉云：相傳冬至大如年，賀節紛紛衣帽鮮。

急得兔兒色，形容急得不似人形，臉色一陣青一陣白。今浙江嘉善人仍常講此諺。溫州諺語有：兔兒逼急也會咬人。也形容一改常態、應變非常。

躲在雞箱邊，江浙諺語：黃鼠狼躲在雞箱邊，不偷雞來也偷雞。意為被人疑心，無話可辯，總得冤到底了。又朱介凡《中華諺語志》引南京諺語：「黃鼠狼躲在雞箱邊，不偷雞，也偷雞。」偷雞二字或作「投機」二字之雙關語。

閉門家裏坐，下本接「禍從天上來」，清王有光《吳下諺聯》卷三說是唐伯虎在除夕夜寫了許多副對聯，命館僮張貼於橋頭或巷口，除夕夜沒人看見，元旦時家家大驚失色，這一年蘇州城內流行瘟疫，死者甚多。參見第六〇首。然考元人鄭廷玉《金鳳釵》卷三已有「俺正是閉門屋裏坐，禍從天上來」句。

老等不輸錢，賭博時手氣不順，能忍耐等候，勿急於殺出，不易輸錢。所謂戒急用忍，輸錢也不會多。

一五

心不在肝上，急得猴跳圈。頭鋒發利市，手段換銅錢。
醒眼看醉眼，日日吃新鮮。藥醫不死病，五虎下西川。

心不在肝上，諺有「莫把良心放在背上」，與此意近。古人心肝連稱，兩者乖離，違情而失常。古人謂心主神，肝主魂，二者必相連，《隋史》文帝謂：陳叔寶全無心肝。

急得猴跳圈，猴兒毛躁，一急則亂蹦亂跳。耿文輝《中華諺語大辭典》引諺：「猴子不鑽圈，多篩幾遍鑼。」則「多篩幾遍鑼」，或即「急得猴跳圈」之上句。與「猴兒不上竿，多敲幾遍鑼」同意。

頭鋒發利市，見得比別人早，打頭陣的人常常大發利市，別人後知後覺一窩蜂跟進往往蝕本。顧頡剛《吳歌甲集》引「頭頭利市，寺裏燒香，鄉下小子，乾屎練頭」。以首字取與上句末字諧音，四句循環，第一句意近頭鋒發利市。

手段換銅錢，疑上接「生鐵補鍋子」，浙江諺有「生鐵補鍋子，本事換銅錢」，與此同意。又《中華諺語志》引諺有「生鐵補鍋——看各人的手段」，參見第九首。

醒眼看醉眼，疑上接「若要斷酒法」，朱介凡《中華諺語志》引「若要斷酒法，醒眼看醉人」。

日日吃新鮮，疑上接「暑伏天」三字，諺云：暑伏天，吃物要新鮮。疑與此同意。《中國諺語集成・浙江篇》載湖州諺語：入了暑伏天，吃食要新鮮。又載溫州諺語：十二月日日好娶親，六月裏日日好嘗新。正可作旁證。

藥醫不死病，藥只能醫原本不死的病，故明徐元《八義記》三〇齣有「藥能醫假病，不能醫死病」的說法。此語下接「佛度有緣人」或「死病無藥醫」等。馮夢龍《醒世恒言》卷十：劉公道：先生，常言道：藥醫不死病，佛度有緣人。你且不要拘泥古法，盡著自家意思，大了膽醫去，或者他命不該絕，就好了也未可知。又張南莊《何典》第三回：把藥吃下去，猶如倒在狗屄裏，一些也沒用，正叫做藥醫不死病，死病無藥醫。

五虎下西川，指《五虎平西演義》中的故事，以狄青為首的五虎將兵伐西遼捍衛宋室江山的戰爭故事。五虎是狄青、劉慶、張忠、李義、石玉。清代小說《萬花樓楊包狄演義》亦寫五虎將鏖戰番軍，大勝而歸的故事。戲劇有《五虎平西》的劇目。

一六

日日吃新鮮，纔得放腳眠。蜻蜓搖石柱，老鼠數銅錢。

路極無君子，家寬出少年。先生不放我，我總不開船。

日日吃新鮮，疑上接「暑伏天」三字，諺云：暑伏天，吃物要新鮮，疑與此諺同意。《中國諺語集成・浙江篇》載湖州諺語：入了暑伏天，吃食要新鮮。本句已見第一五首，全書中唯此諺重複。

纔得放腳眠，謂至此心頭巨石擱下，才可放鬆綁腿鞋襪而安心睡眠。《民俗週刊》合訂本第六冊載周振鶴〈蘇州風俗〉引：「剛要伸腳眠，蚊蟲壁蝨出」，疑上句即是此句之異文。

蜻蜓搖石柱，下接「越撼越堅牢」。指自不量力去搖撼，別人動也不動。吳璿《飛龍全傳》第三六回：一軍士趕到鄭恩背後，夾領衣抓住，往懷中一拖，指望按倒了好綁縛，不想蜻蜓撼石柱一般，動也不動。又羅懋登《三寶太監西洋記通俗演義》第四三回：照著鉢盂上掂一巴掌，只指望一巴掌打翻了他。那曉得……動也動不得，這叫做蜻蜓撼石柱，越撼越堅牢。

老鼠數銅錢，魯迅《朝花夕拾・狗、貓、鼠》：「老鼠的大敵其實並不是貓，春後你聽到它『咋！咋咋咋咋！』地叫著，大家稱為『老鼠數銅錢』，便知道它的可怕的屠伯已經光降了！」

路極無君子，或作「路急無君子」，路被逼急，誰也不能維持君子風度，意為給人留些餘地，以免撕破臉死拚。作「路急」又或有隨地便溺意。

家寬出少年，謂家道寬裕者，不易見老，看起來年輕。周清源《西湖二集》卷二九：偏是這韓娘家道殷實，身穿綾錦，口饜肥甘，滿頭珠翠，越打扮得一天豐韻。從來道：家寬出少年。韓娘雖然二十八歲，只當二十以內之人，愈覺後生。

先生不放我，今異文作「先生快放我」。《民俗週刊》合訂第十七冊載謝雲聲〈從上海民眾日報得到民間歌謠及歌謠的故事〉一文，引通行〈嘉興謠〉：「天上鳥飛飛，學生肚裏飢，先生快放我，還要吃飯去。」第三句即本詩，第二句見第四四首，第一句見第四八首。求先生快放，與先生不肯放同意。

我總不開船，諺云：你大風起，我不開船。本詩疑即取此，比喻任憑你花樣大，我按兵不動。諺又云：憑他風浪頭，終是不開船。久涉風浪者於此堅忍關頭，多所領會。

一七

雙櫓搖糞船，四推討脚錢。靈丹只一顆，做酒吃三年。
捏舵不放膽，相打沒好拳。明星照爛地，兩眼望青天。

雙櫓搖糞船，江浙一帶，運糞之船均為高舸大艙，兼備雙櫓。諺語提及糞船者不多，有「糞船過江——找屎（死）」、「糞船過江——裝屎（死）」及「糞船上打鼓——臭名遠揚」等。另考梁章鉅《浪蹟叢談》引吳熊光語：「蘇州城中街皆臨河，河道偪仄，糞船絡繹而行，午後臭不可耐，何足言風景乎？」

四推討腳錢，疑上接「懶人試重擔，三推不上肩」，推三阻四，三推以後，又四推腳夫錢不夠，討價還價，就是不肯上肩走路。參見第三七首及第二二首。腳錢是送貨物的力錢，《拍案驚奇》第三四回：還了轎錢腳錢。又《海上花列傳》第二三回：大月底，看俚哚拆下腳洋錢，三四塊，五六塊，阿要開心。

靈丹只一顆，藥物有靈效者，叫做靈丹或仙丹，丹者石之精，是特經提煉的礦物之類。諺云：「丹方一味，氣煞名醫」，又有「靈丹妙藥，治不了該死的病」。本諺詩有「藥醫不死病」疑與此呼應，或取靈丹治不了該死的病為本諺的含義。參見第一五首。另諺云：「還丹一粒，轉鐵成金，至理一言，轉凡為聖。」亦可參考。

做酒吃三年，特地做一次酒，數量定不會少，足以吃三年。考周振鶴《蘇州風俗》：「比戶造酒，其釀酒人，多為橫涇人。……煮酒以臘月釀成，煮過，泥封，經兩三歲最醇。」

捏舵不放膽，捏舵者須放膽，諺云：「放船出了菜樓門，艄公放了膽，客人定了魂。」

相打沒好拳，意謂尚未撕破臉以前，一切還可以挽救，一旦撕破臉開打，就怪招毒手全會出籠了。《黃巖縣志》卷三二：「相罵無好言，相打無好拳，猶可說也。」考范寅《越諺》卷上亦引此諺，並謂出《五燈會元》。「相罵沒好言」參見第七七首。

明星照爛地，下接「來朝依舊雨」。明徐光啟《農政全書》卷十一，占候：星光閃爍不定，主有風。夏夜見星密，主熱。諺云：明星照爛地，來朝依舊雨。言久雨正當黃昏，卒然雨住雲開，便見滿天星斗，豈但明日有雨，當夜亦未必晴。《中國諺語集成·浙江篇》載：「明星照爛地，明朝照舊例。」或作「照老例」，意謂明日一如今日。

兩眼望青天，諺或作「白眼望青天」，典原出杜甫〈飲中八仙歌〉：「宗之瀟灑美少年，舉觴白眼望青天。」

一八

肐膊彎進裏，肚皮貼著天。饒棋不論塊，猴賭必輸錢。
熱粥難為菜，荒年好買田。早婚添一代，九子保團圓。

肐膊彎進裏，比喻自己人總幫自己人。李寶嘉《官場現形記》第三六回：平時他老人家雖然恨他侄兒，等到有起事情來，折了膀子往裏彎，總是幫自己人的。膀子即肐膊。若是幫著外人，就被譏嘲為肐膊往外撇，如《金瓶梅》第八一回：你年少不知事體，我莫不肐膊兒往外撇，不如賣弔了是一場事。

肚皮貼著天，未詳，或指朝天安心睡覺。上至極高處，亦有類似諺語：上了韓王山，腦袋頂著天。

饒棋不論塊，下圍棋有時整塊死棋，既是饒棋悔著，就不必再細論幾子幾目的輸贏了。

猴賭必輸錢，賭博時常以猴急者容易輸錢，常言所謂「輸鈿輸急漢」。急漢囊內無多，志在必得，貪快躁急，故必輸錢。

熱粥難為菜，熱粥不能快吃，配菜極易吃光，故為熱粥配菜花費多，而熱的「米燒粥」，黏稠可口，必配清雅小菜，為飲食之道中之最精美者。徐定戡云熱粥未能狼吞虎嚥，只能小口啜食，所以特別費菜。「難為」乃杭州方言多勞、多費的意思。諺云：冷粥吃得快，熱粥費小菜。又諺云：熱粥費菜，細火費油。

荒年好買田，荒年經濟不景氣，地價慘跌，僅求一飽，是有錢人購置田產的好機會。諺云：圖官在亂世，覓富在荒年。

早婚添一代，早婚者早生子，早生子則又早婚，較諸同族中並輩一代之晚婚者，輩分頻添一代。史襄哉《中華諺海》於婚姻類收此諺。

九子保團圓，孫錦標《通俗常言疏證》引諺：五男二女，七子保團圓。元石君寶《秋胡戲妻》劇羅大戶詩：人家七子保團圓，偏是吾家只半邊。疑九或作七。《韓信點兵》一劇有「七子團圓正月半」，須有八齊集，始能合成十五。而古時祝婚欲人多生貴子，每稱九子，而年畫中常畫九子，取龍生九子意。唯戲劇或小說中未見「九子保團圓」情節，疑此或為飲酒猜拳時之發語，八稱「八馬吃雙杯」，見第六五首，十稱「對個手兒來」，見第六二首，九或稱「九子保團圓」，今泉州拳稱十為「十團圓」。

一九

關老爺賣馬，王靈官用鞭。師姑晒衲子，劉海耍金錢。

趙大鵬看榜，王小二過年。十八尊羅漢，上八洞神仙。

關老爺賣馬，下接「周倉不肯畫押」或「周倉不畫字」。周倉追隨關公，與馬情誼深厚，關老爺要賣馬，周倉怎能不肯簽字？形容某種主從間的關係，上級已經下決心，下級哪能不服從，反抗無奈亦沒用。《夢筆生花》杭州俗語雜對：關老爺賣馬，姜太公釣魚。

王靈官用鞭，民間俗傳的靈官菩薩，是道家的神，塑像兇猛，有威嚴。郝懿行《證俗文》卷十一王靈官條，《明史・禮志》：崇恩真君者，道家以崇恩姓薩名堅，西蜀人。宋徽宗時嘗從王侍宸林靈素輩，學法有驗，隆恩則玉樞火府天將王靈官也。又考《中國美術全集》第十二冊，甘肅寧縣皮影戲仍有王靈官造像，謂明代道士周思德宣稱得靈官之法，顯於京師，永樂皇帝為其建天將廟，塑二十六天將，靈官為第一名，其塑像紅臉，著金盔金甲，持金鞭、金磚。

師姑晒衲子，疑下接「只要半邊臉」，諺有「衲子只要半邊臉」，以喻師姑遇糾紛，得點面子即可。

劉海耍金錢，劉海，為道教南宗祖師，其塑像髮垂前額，後稱此髮型為劉海，成小兒相貌，故亦稱劉海兒。《湖南唱本提要》載《劉海戲蟾》一劇，有石羅漢乃青石蝦蟆修成，其頭中有七枚金錢，足踏金蟾一隻，若用斧劈其頭取得金錢以戲耍金蟾，可得二仙傳道。劉海即依此入南天門為仙，故手中拿一串錢，戲弄一隻三足蟾蜍，稱為劉海耍金錢。朱介凡《中華諺語志》引「劉海的腳丫子——淨在錢上站著」、「屬劉海兒的——淨愛錢」，劉海神像腳踩金錢。又考浙江嘉興婚禮唱浪柳園，中有「劉海耍金錢」曲，耍或作洒，《北大歌謠》週刊二七期載賀人店舖開張詞：劉海來到此，金錢洒下來，金錢洒在實鋪內，願爺們福壽永發財。

趙大鵬看榜，疑是地方戲中情節，待考。

王小二過年，下接「一年不如一年」。頗有每下愈況之意。考江蘇民歌：「無錢怎能過這短命年？苦吵天，王小二過年，一年不如一年。」但陳灨一《睇嚮齋秘籙》記曾國藩因丁外艱，由贛軍管回籍守喪，朝議非之，左恪靖詆譭尤甚，國藩致書劉蓉云：自今日始，效王小二過年，永不說話。則此用「王小二過年——悶聲大發（財）」中「悶聲」之意。據朱介凡《中華諺語志》，王小二過年之下尚可接「無法可想」、「那個開口，那個出錢」、「樣樣都有，就是沒有錢」、「要一樣沒有一樣」等，黃詔年的淮安歇後語作：王小二過年——要一樣沒一樣。

十八尊羅漢，諺有「十八個羅漢——年年換」，疑即取此意。考十八羅漢於佛典無可考，宋時蘇東坡於十六羅漢加慶友尊者與賓頭盧尊者，為十八羅漢讚。然戲劇中有「十八羅漢收大鵬」、「十八羅漢鬥悟空」等，世稱十八羅漢。

上八洞神仙，李猷謂「現指地位高年尊者」。原典出佚名所作《爭玉板八仙過滄海》一劇，八仙皆「上八洞神仙」，到白雲仙長處賞牡丹，飲瓊漿，乘酒興歸去時，各顯神通。又《邯鄲夢》劇，鍾離將六一飛昇之術，心心密證，口口相傳，呂巖行之三十餘年，忝登了上八洞神仙之位。

二○

丟了青竹棒，出了燈油錢。有錢做錢著，惜衣有衣穿。
天下本無事，人少好過年。輸家吾末副，財與命相連。

丟了青竹棒，下接「忘記叫街時」。或作「丟了討飯棍，忘記叫街時」、「丟了青竹棒，忘記叫化籃」，含義相同，謂環境轉好一點，就忘了當初艱苦的時候。可參閱第一三五首。另諺云：丟了棒兒被狗欺。或歇後諺云：叫化子丟了棒——受狗的氣。《檮杌閑評》第十二回：丟了拐杖就受狗的氣。即用此諺。

出了燈油錢，下接「站在黑地裏」或「立在暗地下」。指為善不欲人知。朱介凡《中華諺語志》引蘇北諺：「出了燈油錢，站在黑地裏」，本諺詩第一一八首作「立在暗地下」。

有錢做錢著，下接「無錢做命著」。朱介凡《中華諺語志》引：「有錢做錢著，無錢做命著。」《中國諺語集成・浙江篇》載此為紹興諺語。

惜衣有衣穿，下接「惜食有食吃」。珍惜衣服的人，常有衣服可穿。清范寅《越諺》卷上：惜衣有衣穿，惜食有食吃。又馮夢龍《警世通言》卷三：怎麼說福不可享盡？常言道：惜衣有衣，惜食有食。

天下本無事，下接：庸人自擾之。謂庸人無事而生事，旁人未擾而自擾之。元陶宗儀《南村輟耕錄》卷三〇引《南村野史》曰：「『天下本無事，庸人自擾之』，卓哉斯言也。」孫錦標《通俗常言疏證》謂此兩句出《唐書・陸象先傳》。參見第四一首。

人少好過年，下接「人多好種田」，胡君復《古今聯語》卷三引諺語：人少過年，人多種田。人少準備年貨較少，因而過年容易。參見第一三首。

輸家吾末副，輸家輪到自己是末副牌，尚有連莊反本的機會，也是最後機會的意思。又或謂既是輸家，且屆末家，可放可收，任意所為。《馬弔牌經・論還篇》：諺云：末家牌，落得來。此言底之有權也。自注云：第四家為底家，牌到此擒縱惟命，故其權最重。

財與命相連，說爭奪少數錢，常常可以奪命。明陳子壯《昭代經濟言》卷十二：馮琦〈為災旱異常備陳民間疾苦懇乞聖明亟圖拯救，以收人心，以答天戒疏》：語曰：「財與命相連。每歲大辟，以爭數錢相殺傷者，不可勝計。」清宣瘦梅《夜雨秋燈錄》續卷四引俗云：「錢財通性命。」意同。或上接「錢出急家門」，明馮惟敏《耍孩兒套・骷髏訴冤》：常言道：錢出急家門，財與命相連。將錢買命非輕賤。又考《通俗編》引支允堅《異林》，常言財與命連，人合掌，十指一一相對，屈其中二指次第開之，獨無名指不能開，以酒色財氣分配，正值財也。按此亦民間的一種解釋。

二一

三寸小金蓮，褌襠裏打拳。無賒不成店，有路莫登船。
和尚度柳翠，呂布戲貂蟬。山中方七日，滄海變桑田。

三寸小金蓮，古代女子纏足，以三寸為最小最美。湯強《寧波鄉諺淺解》錄浙江寧波諺語：「三寸金蓮，四寸銀蓮，五寸銅蓮，六寸鐵蓮，七寸不要臉。」是以三寸為小金蓮。又相傳十七字詩：「三寸金蓮小，橫量！」以諷嘲大腳者，陝西諺語又有：小孩兒，要得好，先得金蓮纏得小。又顧頡剛《吳歌甲集》有三寸金蓮算不得大，三寸金蓮一滴滴，三寸金蓮放大點等句。

褲襠裏打拳，江蘇諺語「袖子裏猜拳——拿不出手」，似與浙江諺語「褲襠裏打拳」意近，可能亦取「拿不出手」為含義。拿不出手，係指送禮微薄，自謙之辭。又諺有「被窩裏打拳——沒有外手」似與本諺語尤接近。王陶宇《俏皮話大全》引「被窩裏耍拳——扒拉不開」，可參考。

無賒不成店，下接「賒了不成店」，或單獨上句。朱介凡《中華諺語志》以為此諺起於臺灣，另錄「不賒不欠不成店」，見本諺詩，則知杭州舊有此諺。

有路莫登船，上接「逢橋須下馬」。交通安全之道。清錢大昕《恒言錄》卷六謂「有路莫行船」出於唐宋詩，趙德麟《侯鯖錄》作「過渡莫爭船」，又《高齋詩話》作「遇夜莫行船」。清吳喬引則作「有路莫登舟」，又明無名氏《三化邯鄲》第三折：向外云：君子，常言道：有路莫登舟。外云：漁翁，你不渡我，也罷。

和尚度柳翠，南宋話本有〈月明和尚度柳翠〉，著錄於《古今小說》。明人馮夢龍纂輯《喻世明言》，收宋明話本小說，亦將此篇刊入，大抵以宗教因果超渡出世為主旨。清西厓《談徵》謂高僧玉通中了柳太守紅蓮計破戒，自殺，托生於柳，為妓敗其門風，後為明月和尚所度。

呂布戲貂蟬，本為《三國演義》中故事，取義於英雄難過美人關。《俏皮話大全》引「呂布戲貂蟬——上當受騙」。呂布曾為貂蟬而殺其義父董卓。元雜劇有《關公月下斬貂蟬》，悠謬不足信。俞樾《春在堂隨筆》謂布私與傅婢情通，貂蟬者，即因婢事附會而成。又《開元占經》卷三三注文引《漢書通志》：曹操未得志，先誘董卓進刁蟬，以惑其君。刁蟬即貂蟬。唯今《通志》無此文。

山中方七日，下接「世上已千年」。佛家道家均有天上時間與人間流光速度不一之說，元王子一《誤入桃源》三：方知道山中方七日，世上已千年，信有之也。《西遊記》第七七回：山中方七日，世上幾千年，不知在那廂傷了多少生靈，快隨我收他去。

滄海變桑田，形容世事變化極大，語本晉葛洪《神仙傳》：「麻姑自說云：接侍以來，已見東海三為桑田。」明吳承恩《西遊記》第七回：「桑田滄海任更差，他自無驚無訝。」又《古今小說》卷十八：正是桑田變滄海，滄海變桑田。

二三

五福壽為先，一咒活千年。八仙齊過海，二佛不生天。
百步無輕擔，三推不上肩。半觔對八兩，六亂搭三千。

五福壽為先，以為壽為福中之最大者，無壽則一切福均落空。典出《書經・洪範》：五福：一曰壽，二曰富，三曰康寧，四曰攸好德，五曰考終命。以壽排列在第一。明鄭若庸《五福記》第三〇回：外白：五福之中壽是先。末：還期瓜瓞永綿綿。又《盛明雜劇》同甲會：孩兒竊聞：人間五福，惟壽為先。

一咒活千年，謂為人咒罵者，受此委屈常添福添壽。西周生《醒世姻緣傳》第三回：「晁大舍說道：沒帳！叫他咒去，一咒十年旺，神鬼不敢傍！」意略相似。

八仙齊過海，下接「各自顯神通」，參見第二七首。羅懋登《三寶太監西洋記通俗演義》第三八回：王神姑道：八仙過海，各顯神通。你何不也戲弄于我，還我一個席兒？西周生《醒世姻緣傳》第七二回：程大姐受打不過，把在家與他母親八仙過海各使神通的本事，從頭至尾，一一供招。

二佛不生天，「一佛出世，二佛生天」，常形容天昏地黑、痛不欲生的景況。淩濛初《初刻拍案驚奇》卷二三：直哭得一佛出世，二佛生天，連崔生也不知陪下多少眼淚。酌元亭主人《照世盃》掘新坑條：若是崛強不服，那時再打得他一佛出世，二佛升天，不怕主人不來賠禮。蔡東藩《慈禧太后演義》第六回：哭得一佛升天，二佛出世，幾乎有痛不欲生的形狀。

百步無輕擔，形容路途遙遠時，輕擔也成了重擔。張南莊《何典》第五回：這裏到鬼門關，又不是三腳兩步路，百步無輕擔的，怎好煩勞你？又董說《西遊補》第二〇回：師兄空著雙手，自然走得快，我們兩人挑著這擔行李，俗語說得好：遠路無輕擔，好不沈重，莫說天晚，就是夜了，也只好慢慢而行。

三推不上肩，再三推辭，不肯上肩擔當。似與「上肩容易下肩難」有關。《檮杌閑評》第四六回：老僧道：上肩容易下肩難，只恐擔子日重一日，要壓殺了。本諺可能上接「懶人試重擔」，懶人推三阻四，就是不肯上肩。又疑下接「四推討腳錢」，理由推光，又推託腳夫錢不夠，討價不已，各參見第三七首及第一七首。

半觔對八兩，半斤八兩，旗鼓相當。明柯丹邱《荊釵記》四三齣：他八兩，你半斤，彼此為官居上品，論閥閱戶對門當，真個好段姻緣。西周生《醒世姻緣傳》第九一回：及至聽來聽去，一個是半斤，一個就是八兩，上在天平，平平的不差分來毫去，你也說不得我頭禿，我也笑不得你眼瞎，真是同調一流雷的朋友。又《黃巖縣志》卷三三引：一箇半斤，一箇八兩，言一般見識也。寧波諺語又有「半斤對八兩，胡椒對生薑」。

六亂搭三千，待考。諺有「五搭六，八搭三」，及「聽三不聽四」，均為不會聽話，亂會意思，六亂搭三千，或與同意。

二三

千個人吃藥，四金剛上天。村村出好漢，畈畈有肥田。大的做了樣，頭兒生得圓。賭場無父子，欠債的還錢。

千個人吃藥，下接「一個人還錢」，比喻許多人得好處，卻由一個人出力氣。《警世通言》卷二五：千人吃藥，靠著一人還錢，我們當恁般晦氣？

四金剛上天，疑下接「虛空八隻腳」，參見第八七首。今浙諺有「四金剛騰雲——懸天八隻腳」語，形容相去極遠，毫無關涉的可能，本詩或即「四金剛上天——虛空八隻腳」。

村村出好漢，下接「處處有歹人」，見朱介凡《中華諺語志》所引。意即十步之內，必有芳草，處處有好漢，亦處處有歹人。孫錦標《通俗常言疏證》引《夢筆生花》杭州俗語雜對：行行出君子，處處有強人。今人語云：山山有老虎，處處有強人，意並近。

畈畈有肥田，上接「村村有大樹」，謂各地皆有特色美處。史襄哉《中華諺海》引作「村村有大樹，畈畈有荒田」，作大樹荒田，則謂到處有好有壞，作大樹肥田，則謂各地均有美好處。

大的做了樣，常言道：大的做樣，小的看樣。所謂「大狗跳牆，小狗看樣」，「小人學大人樣」，「大姐做鞋，二姐看樣」。看樣又或作照樣。

頭兒生得圓，《輟耕錄》云：「俗謂不通時宜者為方頭。」《杭州府志》卷七五亦云，並引陸魯望詩：「頭方不會王門事」，則圓頭宜為識時務，靈機應變者，兼稱圓融油滑者，今吳諺有「滑頭」語。

賭場無父子，賭博壞人倫，非僅賭時無父子之禮，嗜賭必無父子之情。李綠園《歧路燈》第五六回：但「子賭父顯怒，父賭子暗怖」此兩語，已盡賭博能壞人倫之大病。孟守介等編《漢語諺語詞典》引作「上了賭博場，不認爹和娘」。浙江舟山諺語有「人進賭場，勿認爹娘」，「賭場無君子」。疑父子誤傳為君子。

欠債的還錢，上接「殺人的償命」，本言該負之責不可少。宋李之彥《東谷所見》云：「殺人償命，諺有之：殺人償命，欠債還錢，理也。近世豪家巨室，威力使令，逼人致死，但捐財賄餌血屬，坦然無事。」羅懋登《三寶太監西洋記通俗演義》第九〇回：五個鬼說道：你說甚麼自取？自古道：殺人的償命，欠債的還錢。俗語又有「欠債還錢，種地納糧」之說。

二四

狗臉親家公，梅香乾興烘。擄拳勒肐膊，開口見喉嚨。
雌狗掉母狗，大蟲吃細蟲。要知心裏事，只當耳邊風。

狗臉親家公，江浙一帶以此人反臉極快，一回是親家，一回似狗臉者，狗性極易反覆。孫錦標《通俗常言疏證》引《通俗編・俚語集對》：貓頭公事，狗臉親家，今有狗臉親家公之諺。朱介凡《中華諺語志》引作「狗臉親家公，年年來拜冬」，拜冬雖來，但齟齬責怪亦常有，故諺語尚有「好就親家，不好就成冤家」。又婁子匡《紹興故事與民謠》第九七首：

「對面親家公，豬油炒胴肛」，胴肛是肛門內軟肉，對面疑或作狗面。

梅香乾興烘，用「梅香竇臭，盛肥丁瘦」諺語中四位之一。明馮夢龍《古今譚概》卷九癡嗜條：梅學士洵，性喜焚香，每晨起必焚香兩爐，以公服罩之，撮其袖以出，坐定撒開，濃香郁然滿室，時人謂之「梅香」。乾衣而烘，嗜愛薰香。

擄拳勒肐膊，疑為打架前裝腔作勢的準備動作。諺語中用肐膊者，如「肐膊連大腿」，見第一一〇首，「肐膊往裏彎，不能往外撇」，「肐膊折了往袖子裏藏」，則比喻家醜不可外揚。

開口見喉嚨，清范寅《越諺》卷上引「開口見喉嚨——易睹」。謂肚內有多少貨色，一開口便了然無遺。或謂一通到底，言其人直率。明唐順之《荊川文集》七：直寫胸臆，如諺所謂開口見喉嚨者，讀之如真見其面目，所謂本色。近人《丁玲文集》卷三〈窰工〉：只要他眉毛一動，我就猜得著他打什麼主意。你沒看他這一向老是對你擠眉弄眼的，哼，開口見喉嚨，瞞得過我？又《中國諺語集成・浙江篇》載寧波諺語：開口見喉嚨，出口見雌雄。

雌狗掉母狗，用「雌狗不掉尾，公狗不上身」意，而雌狗搖尾向母狗，表錯了情。

大蟲吃細蟲，《越諺》載「大蟲吃細蟲」，並云：原出《論衡・商蟲篇》。是說弱肉強食，各有所食，而愈大愈神。清王有光《吳中諺聯》卷一：「江南有蟲名曰地坤，乃傷科佳品。大者如錢，次如棋如豌，小者如豆如粟如蝨，大者吃小者，小者食尤小者，遞食遞長亦遞少，久之僅存一大，醫師搗爛入藥。」今人形容層層剝削，各有所仰以為養者。清李寶嘉《文明小史》第二二回：常言道大蟲吃小蟲，我道是大官吃小官。又金華諺語有：大蟲吃小蟲，老爺壓相公。

要知心裏事，下接「但聽口中言」。清翟灝《通俗編》卷十五：古樂府：尺素如殘雪，結成雙鯉魚，要知心中事，看取腹中書。今諺云：要知心中事，但聽口中言，似即因此改竄。參見第七九首。

只當耳邊風，據李鑑堂《俗語考原》：「言聞事毫不留意也。」《南齊書・武十七王傳》：「吾日冀汝美，勿得敕如風過耳，使吾失氣。」唐杜荀鶴《題兜率寺閒上人院》詩：「百歲有涯頭上雪，萬般無染耳邊風。」

二五

孔夫子賴學，尉遲恭裝瘋。烏泥摸漆黑，麻布染乾紅。
挨打蠻倭老，踏殺放屁蟲。閻王請吃飯，意在不言中。

孔夫子賴學，說孔子雖為聖人，仍有賴學習，賴是借的意思，依靠的意思。但據清王有光《吳下諺聯》作「孔夫子不賴學」，下注云：「聖無不通，尚不賴學，何況常人而可怠忽乎哉？」又注云：「夫子雖聖人，亦有所不知，有所不能，故須不賴學。」是說不可賴著不學，與依賴學習同意。

尉遲恭裝瘋，戲劇有「置田裝瘋」「北詐瘋」「敬德裝病」等，描寫尉遲恭自謫貶歸田，與黑氏耕耘置田莊自娛，一日，得悉外邦大將鐵黑金牙造反，指名要尉遲應戰，料知不日有人前來相請，回莊詐病裝瘋，不日徐茂公果奉旨前來，見尉遲裝瘋，故意激怒之，尉遲中計被誘出，乃允出征。考梁章鉅《浪蹟續談》尉遲恭條云：「今演劇者，有打朝有裝瘋兩齣，蓋打朝實，裝瘋虛也。」在朝班上打王道宗，幾至眼瞎是史實，裝瘋則全屬子虛。

烏泥摸漆黑，漆黑是極黑的意思，烏泥摸漆黑，是浙江方言中形容極黑極黑的意思。而摸黑是夜裏出來活動，極黑的夜間出來活動。

麻布染乾紅，疑與「藍靛染白布——一物降一物」相類。文康《兒女英雄傳》第三一回：安老爺這席話，才叫做：藍靛染白布，一物降一物。

挨打蠻倭老，待考，疑謂蠻橫倭老反挨人打，杭州方言指「胡言亂語」者為「倭幫」，參見第三一首。

踏殺放屁蟲，疑與「踏死的蝦蟆鼓大肚——氣倒不小」類似，亦取氣倒不小之意。

閻王請吃飯，這頓飯不易吃，吃罷必有任其需索者。清王有光《吳下諺聯》卷四有「閻羅王開飯店——鬼弗來」語，意相近。閻羅王開飯店，似可任其壟斷矣，于是判官掌櫃，小鬼走堂，馬面挑柴，牛頭擔水，十八獄卒分買辦，雌雄二煞作茶標，處處猙獰，層層需索，一班餓鬼窮魂，無不心驚膽落，逐隊而來，裹足而退。明吾邱瑞《運甓記》二三齣：正是閻羅王做生意，鬼也沒得上門。《中華諺語志》引諺有「閻王開飯店，鬼也不上門」。

意在不言中，疑上接「見面無可道」，參見第三七首。又有諺云：「滿懷心腹事，盡在不言中」。均取不言而喻意。

二六

口口吐鮮紅，鶯鶯嫁老公。寒天吃冷水，六月奪招風。

調虎離山計，梳頭吃飯工。與君一夕話，不在五行中。

ロロ吐鮮紅，下接「只當蘇木水」。參見第四六首。孫錦標《通俗常言疏證》引：「ロロ吐的鮮紅血，人偏當作蘇紅水」，蘇紅水即蘇木水，為紅色染料，與湖北方言「說出血來，還說是莧菜湯」同意。

鶯鶯嫁老公，疑下接「一片傷心說不出」。朱介凡《中華諺語志》羞慚類收有「崔鶯鶯送郎——一片傷心說不出」，可能與此同意。唯「老公」或作宦官解，宦官去勢，無法行房，日人服部隆造《中國歇後語の研究》引「大姑娘嫁老公——儘吃」，或即古語之今譯，嫁老公唯吃為享受而已。

寒天吃冷水，說點滴牢記在心頭。清范寅《越諺》卷上：「寒天吃冷水。」注：「點點在心頭。」參見第一二六首。

六月奪招風，招風惹雨，招風攬火，招風惹草，均作惹事招非解。此奪招風，疑與此無關，謂奪去酒招、招牌之風，諺有「南風不過午，過午賽猛虎」、「六月南風海乾枯」及「六月的天，小孩的臉」，說變就大變，忽來奪走招貼的大風。

調虎離山計，誘強敵離開據點的計策。《英烈傳》第十三回：太祖顧徐達曰：此君弼調虎離山之計，引我入湖，屯兵圍繞，奈何奈何？又《九命奇冤》第三六回：至於爵興、喜來二個，當時是用調虎離山之計，暫時把他調開。《夢筆生花》杭州俗語雜對：拖人落水，調虎離山。

梳頭吃飯工，十月白晝甚短，除梳頭吃飯外，餘暇不多，故將梳頭吃飯當作一工。明徐光啟《農政全書》卷十一：「冬初和暖，謂之十月小春，又謂之晒糯穀天，漸見天寒日短，必須夜作。諺云：『十月無工，只有梳頭吃飯工。』」又清林伯桐《古諺箋》卷四引《田家志》：「十月無工，只有梳頭吃飯工，儆惰也。以夜之有餘，補日之不足，故同巷相從夜績，一月得四十五日也，若十月後晏起早眠，則梳頭吃飯之外，尚有何事可為乎？」

與君一夕話，下接「勝讀十年書」。劉鶚《老殘遊記》第九回：子平聽說：肅然起敬道：與君一夕話，勝讀十年書，真是聞所未聞！清翟灝《通俗編》卷七引《程伊川語錄》古人有言曰：共君一夕話，勝讀十年書。若一日有所得，何止勝讀十年書耶！

不在五行中，上接「跳出三界外」，指非世俗欲界的泛泛之輩。許仲琳編《封神演義》第二六回：「妹妹既係出家，原是超出三界外，不在五行中，豈得以世俗男女分別而論？」參見第六四首。

二七

臨老入花叢，三搬當一窮。強如做買賣，各自顯神通。
賽過諸葛亮，賣把張大公。寧為太平犬，不作阿家翁。

臨老入花叢，《中華諺語志》載諺云：「望鄉臺上種牡丹——臨死還貪花。」《中文大辭典》引謝朓〈怨情〉詩：「花叢亂數蝶」，云：花叢謂花多之處，每引喻妓院也。又《民俗週刊》合訂本第十三冊載劉萬章敘李九我宰相事，其父有詩：「一百一歲翁，步步入花叢，牡丹原少好，芍藥更鮮濃。」又考《紅樓夢》第一〇八回：薛姨媽擲出四個么，鴛鴦：這是有名的，叫做商山四皓，有年紀的喝一杯。薛姨媽：臨老入花叢（此指擲四個么時的「骨牌副兒」）。又考咄咄夫《一夕話》骨牌名狀有：「魚遊春水，紫燕穿簾，迤邐來到九溪十八洞。」又骨牌名合千家詩：「臨老入花叢，將謂偷閒學少年。」是此諺有多種含意。

三搬當一窮，謂搬家使新物變舊物，舊物變棄物，故有「上屋搬下屋，損失一籮穀」、「東倉搬西倉，搬搬不見一缸」等認為搬家損失大。諺有「搬家三年窮」、「家搬三道窮，火搬三道滅」，與「三搬當一窮」意近。

強如做買賣，意謂比做買賣更好。做買賣是經商的意思，元人《桃花女》劇：收拾些資本，著孩兒做買賣去。

各自顯神通，上接「八仙過海」，八仙過海故事，始於元代中葉，此「上八洞神仙」到白雲仙長處賞牡丹，乘酒興回去，各顯神通，過此東洋海岸。考《八仙過海》雜劇中第二折滾繡球唱道：曹國舅將笊籬作錦舟，韓湘子把花籃作畫舫，見李岳將鐵拐在海中輕漾，鍾離芭蕉扇豈比尋常，徐神翁撇鐵笛在碧波，張果老漾葫蘆渡海洋，呂洞賓踏寶劍豈為虛誑？藍采和腳踏著八扇雲陽，則俺這個八仙過海神通大。元代八仙均為男士，參見拙著《珍珠船》〈八仙過海的原貌〉及第二二首。

賽過諸葛亮，上接「三個縫皮匠」，謂集眾人智慧，雖眾人平庸，亦可與一具才智者匹敵。蔡東藩《南北史演義》第十三回：日夕密議廢立事，三個縫皮匠，比個諸葛亮，況有十數人主謀，便自以為諸葛亮復生，定可成功。參見第九七首。

賣把張大公，疑相傳「張公不識秤，且看籃裏魚」。張大公或即不識秤的張公，賣物但論把而已，不論斤兩。又俗諺有「鄉人不識貨，盡撿大的摸」，亦可參考。

寧為太平犬，下接「莫作亂離人」。說太平時代狗為寵物，遠勝亂世人的享樂。語出宋劉斧《青瑣高議・別集》卷三：「當是時父不保子，夫不保妻，目斷平野，千里無煙。加之疾疫相仍，水旱繼至，易子而屠有之矣，古語云：『寧作治世犬，莫作亂離人。』」

不作阿家翁，上接「不癡不聾」。是說上位的人，耳目不可以太明察，就像翁姑不可以對晚輩不裝聾作啞。隋代時大都督批評朝廷是「憒憒者」，帝怒，長孫平就勸帝：「不癡不聾，不作大家翁。」唐肅宗亦曾勸郭子儀說：「諺云：不癡不聾，不作阿家翁。」兩事並見宋吳曾《能改齋漫錄》卷一。《靖江縣志》卷五方言引作「不痴不聾，難做家主公。」

二八

黑漆皮燈籠，行人在路中。三鞭換兩鐧，一紫蓋千紅。
未病先服藥，好事不落空。拳頭打出外，牙齒不關風。

黑漆皮燈籠，指矇瞳無知者。《崑山新陽合志》：「無知曰黑漆皮燈籠。」又《阜寧縣新志》：「指人之不明亮者，按元季民歌曰：官吏黑漆皮燈籠，奉使來時添一重。」添重則更黑。清諸畮香《明齋小識》卷八引《吳下諺聯》五言工巧者如：描金石卵子，黑漆皮燈籠。又《醒世恒言》卷三五：這蕭穎士又非黑漆皮燈、一竅不通的蠢物。

行人在路中，上接「大安身不動」。掐指算卦，有大安、流連、速喜、恰口、小吉、空亡，大安之口訣云：大安身不動，行人在路中。

三鞭換兩鐧，為戲劇目，又名「美良川」。劉武周命尉遲恭往討李淵，李淵急遣子世民率眾抵禦，世民偕程咬金夜探白壁關，尉遲恭欲傷世民，經咬金請秦瓊趕來援救，先後躍馬過紅泥澗，秦瓊與尉遲恭較力，尉遲擊秦瓊三鞭，秦瓊回擊尉遲兩鐧，尉遲恭嘔血而退。

一紫蓋千紅，喻上行下效，上好紫則紫貴甚。清翟灝《通俗編》卷三八引《管子》：「齊桓好紫服，齊人尚之。五素易一紫。」今變之曰：一紫蓋十紅。又考唐人官服紫色為最高階，紅色次之，故有紅得發紫之說。一紫勝千紅，取《韓非子・外儲說》：齊桓好服紫，一國盡服紫，紫貴甚。喻上有好之者，下必盛行之。

未病先服藥，諺有「上等之人，無病服藥；中等之人，有病服藥；下等之人，病死不藥」。此諺詩云「未病先服藥」，蓋指上等之人而言。

好事不落空，上句待考，《中華諺語志》載諺有「面孔紅咚咚，夜夜勿落空」。孫錦標《通俗常言疏證》不落空條引朱子詩：不涉言詮不落空。

拳頭打出外，下接「手勢挽進裏」，謂肐膊朝裏彎，拳頭向外伸。朱介凡《中華諺語志》引浙江諺：拳頭打出外，手勢挽進裏。疑本諺詩作「擄拳勒肐膊，拳頭打出外」，拳頭十隻指頭朝內跪，肐膊亦朝裏彎，而拳頭則打出去。參見第二四首。

牙齒不關風，指口風不密，不善保密。明沈璟《義俠記》七：自古道：牙關不開，利市不來。則謂多說好話，方發利市，與本諺相反。或作「嘴巴不關風」，則亦謂不能守口如瓶。史襄哉《增補中華諺海續編》引：「牙齒內好收風，牙齒外難收風」，意義相近。又諺云：「男子三十六齒，齒齒關風。」可參閱。

二九

高聲大喉嚨，出賣重傷風。鼓樓上麻雀，飯店裏臭蟲。
矮子插蠟燭，外甥打燈籠。帽兒脫落地，一等老名公。

高聲大喉嚨，諺云：有理不在高聲。又云：負屈聲必高。又云：財助人威，有錢講話能大聲。又云：有錢說話硬，當官做事橫。大抵形容嗓門大者，有錢有理時更加聲量高大。

出賣重傷風，諺云：「小傷風三日，大傷風七天。」日久不癒，則民俗張貼告示出賣，以求擺脫病魔。如「天皇皇，地皇皇，我家有個夜啼郎，……行人君子讀一遍，一夜睡到大天光」的告示，借助行人君子一讀得以病癒，出賣重傷風之告示，亦如此「天皇皇」迷信歌。又元高德基《平江紀事》記蘇州除夕民俗，有繞街叫唱「賣癡呆」歌：「賣癡呆，千貫賣汝癡，萬貫賣汝呆，賤賣盡多送，要賒隨我來。」是民俗怕小兒癡呆，有沿街出賣之迷信歌。又謝雲聲《輯歌雜記》有〈出賣惡夢〉歌：昨夜夢不祥，今朝書上牆，四方君子讀，凶事化作祥。均寫紙貼牆上。《北大歌謠》週刊九一號有鍾敬文〈談海豐醫事歌謠〉載：「出賣重傷風，一見便成功。」貼於牆上。

鼓樓上麻雀，遇鼓響而習以為常。西周生《醒世姻緣傳》第四四回：素姐說：喲！我是鼓樓上小雀？唬殺了我！《中華諺語志》載諺有「鼓樓洞的麻雀——嚇大了膽的」。或作「鐘樓上的麻雀——早就驚嚇出來了」。

飯店裏臭蟲，指吃客。錢南揚《漢上宧文存》轉錄《俏皮話選》：「店裏臭蟲——吃客。」大抵指白吃者。又近人陳登科《風雷》上冊第三章：這就成了飯店臭蟲——在家吃客。

矮子插蠟燭，疑與「丈八燈臺，照人不照己」同意。與「斗大燈籠，照不見自己」意亦近似。

外甥打燈籠——照舊（舅），取舊舅同音。見錢南揚《漢上宧文存》轉錄《縮腳韻語》。

又西周生輯《醒世姻緣傳》第六二回：既是吃了這們一場大虧，也該把那捉弄人的舊性改了才是，誰知那山難改、性難移，外甥點燈，還是照舅。

帽兒脫落地，《中華諺語志》所載諺有「王八發了氣，帽子丟下地」，疑與此意近。

一等老名公，待考。疑即謎語蝦子中語，參見第三三首，謎云：「彎背老公公，鬍鬚蹺鬆鬆，殺他沒有血，燒他滿身紅。」彎背老公公疑即一等老名公之白話語詞。

三〇

入了迷魂陣，遇著慢郎中。急行無善步，臭吊沒巧沖。
官革私不革，人窮志不窮。早知燈是火，嘛𠰻叭𠰻吽。

入了迷魂陣，財、色、勢、名，均足迷魂，一入難出，叫做迷魂陣。明陳與郊《櫻桃夢》十二齣：你圖著利，邀結世緣，也跳入迷魂陣內。

遇著慢郎中，上接「急驚風」三字，急事偏遇著慢吞吞的場面。陳汝衡《說唐》第四八回：程咬金道：呵呀，我肚中疼痛，如何是好？待我解一解手去戰他吧。忽旁邊走出一個家將，叫道：老爺！真正是急驚風遇了個慢郎中，戰與不戰，速速定奪！又錢彩等著《說岳全傳》第四〇回：想道：急驚風撞著慢郎中，既知我牛頭山圍困甚急，星夜趕去才是，怎說遲幾日？《夢筆生花》杭州俗語雜對：窮官兒強如富百姓，急驚風遇著慢郎中。

急行無善步，下接「促柱少和聲」。明楊慎《藝林伐山》卷十七：「子書傳記，語似詩者：『急行無善步，促柱少和聲。』」王充語，謂急疾而行，易蹶而少從容善步。張南莊《何典》第三回：也不顧快行無好步，亂跌亂撞的巴到墳上，跑得膀酸腳軟坐著喘息。

臭吊沒巧沖，沖是賣力的意思，沒巧沖是沒有巧妙賣力。參見《兒女英雄傳》第三二回。又疑是牌局中語，待考。梁章鉅《浪蹟續談》：今官文書中釣調等字，俱作吊，今用作吊卷吊冊，則有索取之意。牌局中之單吊，亦索取之意。

官革私不革，待考，或謂陽奉陰違，官家法令上變改，但私下照舊例不改。今人所謂「上有政策，下有對策」，亦即所謂「瞞上不瞞下」，參見第九七首。又如「瞞官不瞞私」，參見第四六首。

人窮志不窮，諺云：「乞丐走大路，人窮志不窮。」《消閒大觀・集吳諺詩》：「好個英雄漢，人窮志不窮。」或作「身貧志不貧」。元石寶君《曲江池》第二折：卜兒云：你只看他穿著那一套衣服。正旦唱：可顯他身貧志不貧。又明無名氏《貧富興衰》第四折：君子身窮志不貧，奈時間受窘，有一日須發憤。又浙江諺語有「虎瘦雄心在，人窮志勿短」、「人老心莫老，人窮志莫窮」、「人窮志勿窮，必中狀元公」。上下可接之語甚多。

早知燈是火，下接「飯熟已多時」。說若早悟，事已辦妥。清馮應榴輯注《蘇文忠公詩合注》卷三五：東坡〈石塔寺〉詩：雖知燈是火，不悟鐘非飯。王注以為用俗諺：早知燈是火，飯熟已多時。參見第三八首。

嘛𠺢叭𠺢吽，梵語音譯「唵嘛呢叭𠺢吽」為祈寶珠蓮上之意，即蓮華生菩薩祈未來極樂往生時所唱之六字題目，如唸「南無阿彌陀佛」六字然。西藏人多書此為法輪，手自回轉，名為轉法輪。密宗亦以此為祈請觀世音菩薩消伏毒害之咒語。唯俗諺中用此或別有意，考《遼海叢書》中《耳書》云：佛經中唵嘛呢叭彌吽云是六字真言，傳自西域，有謂「俺哪裏把你哄」也，轉覺音義明順，世好為無據之說者，余將奉此六字以告之。取諧音為談笑。

人怕老來窮，不偏之謂中。薀藻攔水缺，錦被罩雞籠。
不怕大肚漢，混充老名公。倭幫搭狗對，人巧奪天工。

人怕老來窮，上或接「田怕秋時旱」。清梁章鉅《農候雜占》卷二〈寒熱占〉《月令廣義》引諺：田怕秋旱，人怕老窮。言秋中畏旱，旱則必熱，秋熱則傷稻也。按《通俗編》亦云：田怕秋旱，人怕老貧。又胡君復《古今聯語》卷三引諺語：「為人最怕老來貧。」明徐復祚《紅梨記》二三齣：只因為老年人沒計度饔餐，采花來賣幾文，賣得來換米薪，常言道：人怕老來貧。本諺詩則上接「天怕秋時旱」，參見第九二首。

不偏之謂中，本為程子解《中庸》語：不偏之謂中，不易之謂庸，中者，天下之正道，庸者，天下之定理。諺語取此作不偏不倚之意。

薀藻攔水缺，薀藻，水草名，生水底，葉輪生，裂片細長而尖。以薀藻攔住水缺，無補實用，只為表面文章而已。

錦被罩雞籠，形容只有外表好看。諺云：錦被罩雞籠——外表好看。

不怕大肚漢，上接「有心開飯店」，吳璿著《飛龍全傳》第十三回：「常言道：賣飯的不怕大肚漢。店小二巴不得這一聲，便順著鄭恩的主意，即忙答應了一聲出去，登時收拾打了兩盤大餅，擀了一鍋麵湯，遂即送進客房，擺在桌上。」

混充老名公，疑上接「鬍子蹺鬆鬆」，見第三三首。《中華諺語志》載諺語「扳不倒兒帶鬍子——混充老家親」，意或相似。又《民俗週刊》第三冊載淮安歇後語：癩蝦蟆帶眼鏡——假充大老官。亦可參考。

倭幫搭狗對，疑上接「所問非所答」，參見第一二七首。「倭幫」為杭州方言「胡言亂語」的意思，「狗對」為杭州方言「問者事理不明，答者亦然」，故所問非所答，或亂問亂答，如倭幫和狗對相遇。搭，杭州方言「和」「與」的意思。

人巧奪天工，形容人力巧妙，勝過天然，用以稱讚技藝精妙。元趙孟頫〈贈放煙火者〉詩：「人間巧藝奪天工。」

三二

花無百日紅，不要扳滿弓。三年活兩歲，單日起雙風。
糖餅上刮屑，飯店裏回葱。為人不樂樂，困在鼓當中。

花無百日紅，上接「人無千日好」，清翟灝《通俗編》卷三〇謂此語出谷子敬〈城南柳〉曲。而明楊慎《丹鉛總錄》卷二九引錢兼山與郭劍泉因嫌成訟，袁推節斷之，未服。某官置酒解和，郭公為酒令，某官執酒勸曰：工字本是工，加力也是功，除卻功邊力，加糸便成紅，語云：人無千日好，花無百日紅。參見第一〇五首及一四五首。

不要扳滿弓，要留餘地的意思。李伯元《活地獄》第三六回：據我看來，二千是少點，再加添點，也就可以了事吧？一定像是拾到了有理的票子，一定要這樣，這不是雞子和石頭碰麼？自古道：拉弓不可拉滿，趕人不可趕上。

三年活兩歲，疑上接「落地僭一歲」，參見第六一首。舊法落地為一歲，以虛歲計年，實足年齡則三年為兩歲。

單日起雙風，謂單日起風，則為雙日止息。《鄞縣通志・輿地志》：言逢雙發風，則單日止；逢單發風，則雙日息。故諺云：雙日發單風，單日發雙風。

糖餅上刮屑，范寅《越諺》引「大船打翻芝麻，餹餅埏裏挖屑」。此諺意指小的地方甚慳吝，《民俗週刊》合訂第十四冊載葉鏡銘〈紹興的諺語〉：「大船芝麻推翻，糖餅沿裏挖末屑。」是諷刺人惜小不惜大，與「打門禾倉門，摻緊飯甑蓋」同意。范寅亦云：與《元曲選・龐居士放來生債》劇：「大缸打翻油，沿路拾芝麻」語異意同。

飯店裏回葱，指加價現買現交的意思。西周生輯著《醒世姻緣傳》第六六回：張茂實娘子智姐，真真的天下也沒有這樣好人，前日吃了我的捉弄，受了一場橫虧，沒奈何往他手裏飯店回葱，若是換了第二個不好的人，乘著這個機會，正好報仇個不了，他卻一些也不記恨，將自己捎來下禮的衣裳慨然回了與我。又第七〇回：童奶奶雖是個能人，這時節也是張天師著鬼迷，無法可使，只得在販子手裏食店回葱，見買見交。按現買現交，飯店不免要加價，指願出高價向別人轉讓東西，回是情商轉讓的意思。孫錦標《通俗常言疏證》云：飯店裏為葱，為作謀為之為解。並引《夢筆生花》杭州俗語雜對：「糖餅上刮屑，飯店裏回葱」，即出本詩。

為人不樂樂，為人不快快樂樂。孟子有「獨樂樂，與人樂樂」語，俗則以悶悶不樂為不樂樂。史襄哉《中華諺海》有諺：人生不樂也徒然。

困在鼓當中，與蒙在鼓中意近。李伯元《文明小史》第五七回：老鴇烏龜通同一氣，單把沖天炮瞞在鼓當中。又或作「坐在鼓裏」，南亭亭長著《中國現在記》第七回：把從前帶來的人，都更換了桑良蜻的至交密友，從此薛務齒更如坐在鼓裏了。又孫錦標《通俗常言疏證》：俗詆懵昧之人曰如在鼓裏，今人有困到鼓裏之語。

三三

鴨蛋頭菩薩，冬瓜撞木鐘。眼睛滑溜溜，鬍子蹺鬆鬆。
想吃天鵝肉，還他麥門冬。蠻棋對瞎著，山水有相逢。

鴨蛋頭菩薩，嬰孩出世滿月，洗頭時就用雞鴨蛋，輾轉在頭面滾動，口中唸：「鴨蛋頭，雞蛋面，好親成，來叫陣。」陣是訂婚的意思，出世一年時，又跪在佛前唸「佛公佛祖，保庇小弟子……」（見《中國民俗週刊》合訂本第四冊，謝雲聲〈輯歌雜記〉），故鴨蛋頭菩薩為滿月時祈求庇佑語。滿月剃下胎髮，分饗親友鴨蛋，曰「食剃頭鴨蛋」。

冬瓜撞木鐘，李猷謂「下接一懂也不懂」。朱介凡《中華諺語志》引「茄子敲泥磬，冬瓜撞木鐘」，均難發「懂」的一聲，比喻做毫無效果的事。《品花寶鑑》第三四回：千穩萬穩，並不是撞木鐘。《官場現形記》第二五回：叫他去撞木鐘，化了錢沒有用。又《消閒大觀》引集吳諺：「同姓不同宗，冬瓜撞木鐘。」孫錦標云：今以假借官事欺人曰撞木鐘。

眼睛滑溜溜，下接「專打瞎念頭」。形容狡詐人物，目光不定，存於眸子者不誠。朱介凡《中華諺語志》引「眼睛活溜溜，專打瞎念頭」，活當作滑。又引「眼睛烏溜溜，光想瞎念頭」，意並同。

鬍子蹺鬆鬆，此為蝦子謎語中句。《民俗週刊》合訂第十七冊引金華謎語：「彎背老公公，鬍鬚蓬蓬鬆，殺他沒有血，燒他滿身紅。」為蝦子謎語。又考朱雨尊編《民間謎語》第一三二則蝦子謎「鬍鬚蓬蓬鬆」即作「鬍鬚蹺鬆鬆」（見《民俗叢書》合訂第七五冊）。又考婁子匡《越歌百曲》有「人家個公像個公，買田置舍像英雄。我個公來勿像公，兩梗鬍鬚蹺聳聳，堂前中央坐帶東，好像神堂高頭活祖宗」。

想吃天鵝肉，上接「癩蝦蟆」三字，是不相配、不自量力的癡心妄想。明王錂《春蕪記》十一齣：我家小姐，聰明伶俐，月貌花容，看你三分不像人，七分不像鬼，要想我家小姐，正是那癩蝦蟆思量天鵝肉吃。又曹雪芹《紅樓夢》第十一回：平兒說道，癩蝦蟆想天鵝肉吃，沒人倫的混帳東西，起這個念頭，叫他不得好死！

還他麥門冬，指空費心。明陸采《明珠記》二六齣：淨：耳聽車子無回首，眼看嬌娘無處尋。淨丑合：灰挼豬尿脬，乾淘氣。法制麥門冬，空費心。李猷謂「麥門冬，中藥名，全句是讓他不懂的意思」。湯強《寧波鄉諺淺解》頁一一一引諺：「山東人吃麥冬，一懂也勿懂。」《諸書直音世事通考》列麥門冬在藥名類。

蠻棋對瞎著，《中國諺語集成・浙江篇》引「蠻棋對瞎著」，蠻或有作盲者，一人蠻橫，一人瞎應，亂拚一通。梁同書《直語補證》謂：作事不循理者，稱「蠻針瞎灸」。

山水有相逢，比喻安靜的山也能與水相逢，何況兩人總有相逢的時日。《儒林外史》第十四回：自古山水尚有相逢之日，豈可人不留個相與？又元喬夢符《揚州夢》二：我則道陽臺雲雨去無蹤，今夜個乘歡寵，山也有相逢。又喬氏《金錢記》第二折：只願的花有重開月再圓，山也有相逢石也有穿。又考紹興諺語有：筍乾拌明脯，山水有相逢。台州諺語：山和水常相逢，人和人常相碰。

三四

名出利不入，賣田的祖宗。新親如霹靂，說話似銅鐘。
老虎打磕銃，強盜畫喜容。磨刀殺鬍鬍，事急且相從。

名出利不入，出了名，但未必見利也豐饒，不曾名利雙收。史襄哉《中華諺海》引「擔名不擔利」，與此意近，疑為此諺之上句。

賣田的祖宗，《中山大學民俗專刊》第一冊有張嶔坡〈南昌兒歌輯解〉，錄有「兩耳遮風，賣田個祖宗」，個語音為「格」，亦即「的」字，賣田個祖宗，即賣田的祖宗，乃流行的面相諺語，兩耳不貼腦杓而向前張開叫做遮風，有此面相，易敗祖產。

新親如霹靂，下接「老親丟過壁」，新親如霹靂響噹噹，今人所謂來電，有感應，老親則厭棄疏遠，俗語所謂「只有新親無老親」。

說話似銅鐘，指中氣十足，聲音洪亮似大鐘鳴響。明馮夢龍《東周列國志》第七二回：子胥目如閃電，聲如洪鐘。

老虎打磕銃，磕銃為江浙方言，即坐著打瞌睡。比喻強人也偶有失算的時候。石玉昆《小五義》第九九回：智爺說：三哥，別把話說滿了，老虎還有打盹時候呢！設若咱們走在樹林，有個悶棍手抽後就是一棍，你敢准說躲閃得開嗎？又清佚名《龍圖耳錄》四一：這個防也不是常法兒，老虎還有個打盹兒的時候。

強盜畫喜容，說再畫喜容也不改賊相。錢南揚《漢上宧文存》轉錄《縮腳韻語》：強盜畫喜容——賊形。朱介凡《中華諺語志》以為生時所畫的人像，叫做喜容，引諺語：強盜畫喜容——賊形難看。唐訓方《里語徵實》：畫喜容曰畫影。《夢筆生花》杭州俗語雜對：強盜畫喜容，賊形難看；閻王出告示，鬼話連篇。

磨刀殺鬍鬍，鬍鬍亦作癩痢，癩痢頭剃髮不易，均得磨利刀鋒，諺云：癩頭怕剃刀，剃刀怕癩頭。又浙江流行諺語：鬍鬍鬍，偷雞殺，雞叫、刀鈍、鬍鬍啦家婆笑哈哈。亦可供參考。

事急且相從，上接「明知不是路」或「明知不是伴」，指事態急迫，明知不妥，也只好姑且隨從。王濬卿《冷眼觀》第十六回引：「明知不是伴，事急且相從」，參見第八〇首。又《檮杌閑評》第五回：一娘一則怕他們凶惡，二則被他們軟纏不過，起初還有些羞澀，後來也就沒奈何吃酒順從了。正是「明知不是伴，事急且相隨」。

三五

自痾不覺臭，陳年搗糞缸。鹽油豊回薦，同福臨東江。
人嘴說人話，捉奸須捉雙。貓兒哭老鼠，弄得不成腔。

自痾不覺臭，下接「野痾燻山頭」，痾或作屎，俗語云「自屎不嫌臭」、「自屎不臭，自屎不臊」、「自屎不臭，用碗來扣」，均同意。孫錦標《通俗常言疏證》引《五燈會元》：保寧仁勇，有自屎不覺臭之語。今人則云：自家屙屎不覺臭，按屙音阿，上廁也。

陳年搗糞缸，越搗越臭。清李漁《風箏誤》二九齣：糞缸越摟越臭，旦：奇冤不雪不明。

鹽油豐回薦，為杭州五座橋名的簡稱，即鹽橋、油作橋、豐樂橋、回回星橋、薦橋，杭人將五字代表五橋，琅琅上口，成一諺語，他地人不易知曉，見葛元煦《集杭諺詩・序》。

同福臨東江，可能為清代流傳當時錢幣有各省鑄成者之不同簡稱，如雲南東川府有「寶東局」、福建有「寶福局」、寶陝局簡稱同？寶昌局簡稱臨？寶蘇局簡稱江？同治通寶所鑄者尚有寶泉局、寶源局、寶武局、寶直局、寶南局等。李猷亦謂「指清代錢幣的地區省名」。

人嘴說人話，諺云：人有人言，鳥有鳥語，是人該說人話。人嘴不說人話，則鬼話連篇，說話如放屁。然諺又有：遇人說人話，遇鬼說鬼話。

捉奸須捉雙，上接「捉賊須捉贓」。謂凡事須講證據，不能因疑而使人受枉。宋胡太初《晝窗緒論・治獄篇》：「刑獄，重事也。監系最不可泛及，拷訊最不可妄加，而臆度之見，最不可恃以為是也。諺曰：捉賊須捉贓，捉奸須捉雙。此雖俚言，極為有道。」

貓兒哭老鼠，是惺惺作態，假慈悲。錢南揚《漢上宦文存》轉錄《縮腳韻語》：貓兒哭老鼠——假慈悲。陳汝衡修訂《說唐》第六三回：程咬金也哭起來道：唐家是沒良心的，太平時不用我們，如今又不知那裏殺來，又同牛鼻道人在此貓兒哭老鼠——假慈悲，想來騙我們前去與他爭天下奪地方。

弄得不成腔，可能本屬歇後語的下一句，荒腔走板，不成調子。《中華諺語志》載諺云：大姑娘哭嬌兒——沒腔沒調。或有類似。

三六

順理行將去，溫孫有馬騎。託貓管老鼠，夾蚌炒螺螄。

小吉終須吉，盧醫不自醫。教人為不善，人善被人欺。

順理行將去，下接「隨天吩咐來」，只要順著理做去，成不成由天吩咐即可，順情理而不必計較天數命數，只據理力爭，餘則由天安排。

溫孫有馬騎，溫孫為猴兒，喜戴帽，騎在馬上，有「馬上進冠」的吉利聯想，故民俗年畫，多取溫孫騎馬為圖。

託貓管老鼠，終究為貓所吃掉。古諺有「貓鼠不可以同穴」、「貓鼠不相乳」、「貓鼠相交——信他不過」等，託貓管老鼠，如同送羊入虎口。《遼史》引俗語「以狼牧羊——何能久長」。第一三五首有「託老鼠看蠶」或即為此下句，意均為「何能久長」。

夾蚌炒螺螄，蚌與螺螄屬相類之物，湖州諺語有「好伴找好伴，螺螄找蚌伴」。又「百貨搭百客，螺螄搭河蚌」。

小吉終須吉，掐指算馬前課，有大安、流連、速喜、恰口、小吉、空亡。大安身不動，行人在路中，已見前第二八首。速喜喜來臨，小吉終須吉。

盧醫不自醫，盧疑為儒之誤，常言所謂「亦儒亦醫，欺人自欺」，古時稍讀儒書即為人醫病，故有此語。醫生不能為自己醫病，故有「名醫不自醫」、「醫不治己」、「醫不自醫」、「醫生自病不能醫」、「郎中醫不好自己的病」，均即此意。然盧字形亦近庸，是否本作庸醫，待考。

教人為不善，寧波諺語有「教人勿乖，勸人勿善」，意相近。《殺狗記》劇：存心不善，結交非義，謀凶惡。意亦相近。《中國諺語集成・河北篇》有「怪人休怪老，勸人不勸嫖」語，亦不可教人為不善。

人善被人欺，上接「馬善被人騎」。明馮夢龍《古今譚概》卷二九：「錢兼山、郭劍泉以小嫌成訟，袁推節斷之，未服，某官置酒解和，并邀袁公，各作酒令，錢曰：其字本是其，加水也是淇，除卻淇邊水，加欠便成欺。語云：馬善被人騎，人善被人欺。」參見第四四首。

三七

獨臂擒方臘，蠻拳打教師。懶人試重擔，窮漢養嬌兒。
見面無可道，有心不在遲。家貧出孝子，災退遇良醫。

獨臂擒方臘，方臘奉摩尼教，乘東南困於朱勔花石綱之役，起事造反，自號聖公，附者數萬人。戲劇有《武松單臂擒方臘》、《擒方臘》、《平江南》等為同一劇，宋江受招安後，北征破遼，復下江南，往征方臘，命柴進為內應，武松等擒獲方臘，方臘為武松夾死，武松亦傷重而亡命。

蠻拳打教師，疑與諺語「出門打師傅」相似，從教師處稍稍學得本領，便出拳打教師。

又或謂教師者指教拳術之師，唐訓方《里語徵實》云：「教人拳棍曰教師。」史襄哉《中華諺海》有「打死好教師」語，疑謂拳術好的教師，不能退遁，反遭蠻拳打死。

懶人試重擔，諺云：懶人有事，不催不做。疑下接「三推不上肩」，參見第二二首，又下接「四推討腳錢」，參見第十七首。推了各種理由仍不上肩膀，理由推完了，又推託腳夫錢不夠。孫錦標《通俗常言疏證》引《通俗編・俚語集對》：懶人使重擔，窮漢養嬌兒。疑據本詩，但試作使。又《夢筆生花》杭州俗語雜對：懶人使重擔，強盜發善心。試亦作使。

窮漢養嬌兒，類似的諺語有「窮漢嬌子，富漢嬌妻」、「窮漢養嬌子，富人養叫驢」、「窮漢養嬌子，乞丐養太子」、「財東家，慣騾馬；窮漢家，慣娃娃。」而《通俗編》所引俚語「窮漢養嬌兒」與本詩同。又史襄哉《中華諺海》引作：窮人養驕子，富人當牛使。

見面無可道，疑下接「意在不言中」，參見第二五首。古人詩亦有「見面無可道，別後訴相思」。

有心不在遲，或作「有心不在忙」，夢覺道人《三刻拍案驚奇》第二三回：秋濤道：有心不在忙，相公與他的勾當，定在夜麼？又或意同「有禮不怕遲」，史襄哉《中華諺海》引「有禮不怕遲」，又有「小心不怕多，有禮不在遲」。

家貧出孝子，說貧家反而骨肉真情流露，多出孝子。青心才人著《金雲翹傳》第五回：

今當家難流離之日，正是女孩兒捨身報親之際，古人說得好，養兒防老。又道：家貧見孝子。元李直夫《虎頭牌》第一折：但願你扶持今社稷，驅滅舊妖氛，常言道：家貧顯孝子，國難識忠臣。

災退遇良醫，有遲不逢辰的意思，病災已退，方遇良醫，多受了許多罪，與常言「病好醫生到」、「下過雨，送蓑衣」意近。孫錦標《通俗常言疏證》病退遇良醫條引元人《碧桃花》劇：管教你運至遇良醫。又《琵琶記》劇：漫道有病遇良醫，今人多云病退遇良醫。

三八

夾板夾駝子，換糖換帶兒。吃糧不管事，有病早來醫。兩禮併一禮，人欺天不欺。進門看臉色，飯熟已多時。

夾板夾駝子，懷胎俱來的病是不能治的，硬性夾直，駝子死矣。清袁枚《隨園食單》刀魚條下引諺云：「駝背夾直，其人不活。」俗語引為顧此失彼之意，《通俗編・藝術》有「夾板醫駝子」條引《百喻經》：譬如有人卒患脊僂，詣醫療治，醫以酥塗，上下著板，用力痛壓，不覺雙目一時併出，脊雖得直，命不得存。

換糖換帶兒，古有換糖一業，專收金鐵舊衣，換糖一塊，多為牛皮糖，以刀切一塊，視換物多寡為大小。《民俗週刊》合訂第十四冊載趙肖甫〈杭州歌謠〉第十五首：「蹺拐兒，換糖換帶兒，換了一根白帶兒，把他媽媽做褲帶兒。」古時挑擔換糖以浙江義烏人最多，切牛皮糖一塊以換雞鴨毛等物。

吃糧不管事，受人薪水，卻不盡忠職事。蘧園著《負曝閑談》第三回：「營官照例吩咐幾句話，什麼奮勇當先，不得退後，又是什麼吃了皇上家的糧，該應做皇上家的事。那些老套頭。」吃了糧不能不管事。

有病早來醫，上接「趁我十年運」，醫生走運，有病快去找他。楊五運來之時，以菜葉亦可治富家獨子喉疾，獲金五十鎰。見清慵訥居士《咫聞錄》卷七。參見第九首。

兩禮併一禮，兩件禮事一併行之，既省人力，又添喜氣。又第八〇首有「人情照帳還」語，紹興諺語有「人情勿起利，一禮還一禮」，今雖兩禮併一禮，但人情仍照帳還。或亦與此有關，可參考。

人欺天不欺，言善人雖受人欺，但皇天有眼，不會欺他。凌濛初《初刻拍案驚奇》卷十一：縱然官府不明，皇天自然鑒察。千奇百怪的，卻生出機會來了此公案。所以說道：人惡人怕天不怕，人善人欺天不欺。又吳璿《飛龍全傳》第七回引作：枉自用心機，人欺天不欺。又史襄哉《中華諺海》處世類引諺：人欺天不欺，吃虧是便宜，下句見第四三首。

進門看臉色，上接「出門看天色」。指觀言察色，要出門須看天色陰暗如何，進入門要看臉色喜怒如何，或作「出門睇天色，入門掠目色」、「出門看天色，求人看臉色」。參見第一〇七首。

飯熟已多時，上接「早知燈是火」。說早日能悟，則事已辦妥。清馮應榴輯注《蘇文忠公詩合注》卷三五：東坡〈石塔寺〉詩：雖知燈是火，不悟鐘非飯。王注以為該詩用俗諺：早知燈是火，飯熟已多時。參見第三〇首。

三九

乾鞳大麻子，蜞蛛面鬼兒。客來忙掃地，病急亂投醫。
兩子扛和尚，三鑼拏棒槌。老郎經過手，只得一張皮。

乾鞳大麻子，疑下接「翻轉石榴皮」，乾鞳今作疙瘩，面多疙瘩之大麻臉，猶如翻轉石榴皮，皆為譏嘲麻子的話。參見第四五首。

蜞⿰虫林面鬼兒，蜞，如蟚蜞為小蟹，⿰虫林字字書不載。或謂小蟹殼如鬼面具。孫錦標《通俗常言疏證》引杭州俗語有「蟹殼臉」，《夢筆生花》杭州俗語雜對，以狗嘴鬚對蟹殼臉。

客來忙掃地，下接「客去便沖茶」，指待客的時序倉皇淩亂，客既來又忙掃地，灰土飛揚，非待客之道，客既去便沖茶，水滾以後，欲款待何人？參見第二首。

病急亂投醫，被病痛一逼急，什麼醫生都看，什麼藥物都吃。王濬卿《冷眼觀》第二五回：「宸章此刻也是病急亂投醫，誰說誰好。」

兩子扛和尚，疑即指「兩個和尚扛水吃」，俗語：「一個和尚挑水吃，二個和尚扛水吃，三個和尚沒水吃。」

三鑼砮棒槌，以棒槌打三面鑼，是大鬧的意思。錢南揚《漢上宧文存》轉錄《縮腳韻語》：棒槌打鼓——大弄。可參考。也或許指有了三面鑼，不怕打破，不知愛惜，就拿棒槌來打。

老郎經過手，俗諺謂財物之事，不過人手，若經老郎之手，不為吞沒，亦轉減損。江浙諺語有「羊不過手」，指做生意不能把本錢交給別人。又諺云：經一道手，剝一層皮。

只得一張皮，上接「老虎跳過溪」。參見第五六首。浙東諺語：老虎跳過籬，只有一層皮。嘲謔人只有一件衣，穿來穿去都此一件，即此「老虎跳過溪，只得一張皮」。

四〇

佛見三面笑，娘來一棒槌。碩碩有個了，著著薦子兒。
少吃多滋味，高功大法師。通文達道理，強盜審官司。

佛見三面笑，待考。疑東密有忿怒身摩訶迦羅天，稱為三面大黑，係憤怒之神，見佛亦笑。

娘來一棒槌，棒槌見於諺語者有「躲一棒槌，挨一榔頭」，謂避輕而得重，又「進門一槌，出門一帚」，謂經紀人入門殺價，如悶頭一槌，出門偽許高價，如帚掃絕去路。又「給個棒槌就紉針」，本諺或與「給個棒槌就當針認」、「拿著個棒槌認起針來」有關，針、真諧音，取意於幹什麼太認真。又考湯強《寧波鄉諺淺解》有「爹來三扁擔，娘來三扁擔」，指不分輕重。三扁擔古或作一棒槌。

頑頑有個了，「頑頑」浙江話是玩玩的意思，「了」浙江話與鳥同音，指男子陽具，意謂什麼也沒得，只有個鳥自己玩玩。

著著薦子兒，待考。《田家五行志》有諺云：「識每護霜天，不識每著子一夜眠。」朱介凡釋「每」為麼，釋「著子」為也安然。薦或為草薦。

少吃多滋味，下接「多吃壞肚皮」。清范寅《越諺》卷上：少吃多滋味，多吃壞肚皮。注：下句《元典章》。又常言：多吃滋味少，少吃滋味多。參見第四七首。

高功大法師，疑下接「做佛自然靈」。高功大法師，道行高深，神通具備，所做佛事，自然靈驗，參見第一二○首。

通文達道理，既通文章，行事立論亦達道理。蝶廬主人《消閒大觀》集吳諺三○首，有「通文達理者，碰碰吃官司」句，兩句未必有關係，故意相連以生趣。

強盜審官司，疑上接「強盜小官兒」，參見第四一首。意謂審問官司者「有理無錢莫進來」，則小官亦如強盜之敲詐錢財。諺語另有「強盜打官司——穩輸」、「強盜打官司——場場（常常）輸」，意為強盜接受官司審問，則必輸。可參閱。

四一

尋事討煩惱，庸人自擾之。船頭上相罵，天大的官司。
和尚吃藕靶，墳親送柏枝。烏龜賊鬍髴，強盜小官兒。

尋事討煩惱，疑下接「有米愁做粞」，粞為舂米時打碎的細米粒，有米可做飯，卻去愁粞做不成飯，所以是比喻尋事討煩惱。

庸人自擾之，上接「天下本無事」。元陶宗儀《南村輟耕錄》引《南村野史》語：「天下本無事，庸人自擾之。」參見第二〇首。文康著《兒女英雄傳》第二二回：古人的話再不錯，說道是：天下本無事，庸人自擾之。據我說書的看起來，那庸人自擾，倒也自擾的有限，獨這一班兼人好勝的聰明朋友，他要自擾起來，更是可憐。

船頭上相罵，下接「船艄上白話」，白話即講話之意，原亦指小夫妻而言，與臺灣諺「床頭打，床尾和」同意。相罵是為了看緊對方，不容疏忽，風浪過後自然恢復嬉笑。

天大的官司，下接「地大的銀子」或「天大的銀子」。意為一打官司，費錢必多，天大的官司，要費地大的銀子。《醒世姻緣》第九回：天大的官司倒將來，使那天大的銀子抵將去。

和尚吃藕靶，浙江兒歌中語，藕靶即藕梢。朱天民編《各省童謠集》浙江兒歌〈乒乓鐃〉：「乒乓鐃，和尚吃藕把，道士沒得吃，躲在床底下，倒翻馬桶啊呀呀！」「躲在床底下」一語，見引於第五五首。又考王陶宇《俏皮話大全》引「借債買藕吃——窟窿套窟窿」，是吃藕靶有「窟窿靶」意，或取和尚頭上亦有窟窿疤意。

墳親送柏枝，夏仁虎《歲華憶語》：「金陵人家重視守墳人，尊之曰墳親家，守墳人亦呼墳主曰親家，清明上墳插柳，厥禮至重。」墳親送柏枝，其禮尤重。有諺云「堂屋裏頭栽柏樹——清白傳家」，可參閱。

烏龜賊鬍鬍，與《中華諺語志》所載「王八兔子賊」均屬連疊三詞罵人的髒話。

強盜小官兒，疑下接「強盜審官司」，參見第四〇首。意謂小官如盜，審問訴訟，唯錢是求。蝶廬主人《消閒大觀》云：「見利忘義，張口噬人，是中國之官比狼；張牙舞爪，氣燄逼人，是中國之官比虎；上司送官，屬吏橫行，是中國之官比螃蟹。」諺云做官千里只為財，只圖斂財，魚肉鄉民，小官如強盜。

四二

行客拜坐客，婆兒沖老兒。見人著氈襪，沒錢買糞箕。
猢猻養兒子，烏龜馱石碑。慣聽小耳朵，斷送老頭皮。

行客拜坐客，為主客禮儀之一，朱介凡《中華諺語志》錄「行客拜坐客」、「行客不拜坐客，坐客不曉得」二條。史襄哉《中華諺海》亦引「行客拜坐客」。

婆兒沖老兒，沖是賣力的意思。老兒指丈夫，婆兒指妻子，諺有「老兒不發根，婆兒沒布裙」。

見人著氈襪，疑下接「夾幫麂皮鞾」，參見第九三首。《儒林外史》第十四回：「馬老先生，而今這銀子我也不問是你出，是他出，你們原是氈襪裹腳靴。」陸澹安《小說詞語匯釋》：氈襪、裹腳、靴，都是穿在腳上的東西，指一樣的。見人著氈襪，配以麂皮鞾，合為同夥的意思。

沒錢買糞箕，糞箕即畚箕。諺語中如「有錢買個牛，無錢買犁頭」、「有錢好買菜，沒錢買鍋蓋」之類甚多，此諺當為下句。諺中有「有錢看採茶，沒錢買笠麻」，意有近似處。又

《中華諺語志》有諺云：「有錢多買糞，無事少趕集」，則似「有錢多買糞，沒錢買糞箕」，亦可能為上下配。

猢猻養兒子，史襄哉《中華諺海》引有「猴兒洗孩子」。大意為毛手毛腳，沒耐心。

烏龜馱石碑，朱象賢《聞見偶錄》相傳龍生九子，不成龍，各有所好，一曰贔屭，形似龜，好負重，故為碑下趺。可見馱石碑者名贔屭，俗稱烏龜。

慣聽小耳朵，小耳朵指偷聽消息的人，《官場現形記》第六回：「三荷包在省的時候，早同他拜過把子，好托他在大人跟前做個小耳朵。」《夢筆生花》杭州俗語雜對：小耳朵，老面皮。

斷送老頭皮，是老人自己狎呼自己為老頭皮。《侯鯖錄》：宋真宗徵召處士楊朴，至，問曰：臨行時有人作詩送卿否？對曰：臣妻有詩云：更休落魄貪杯酒，亦莫猖狂愛詠詩，今日捉將官裏去，這回斷送老頭皮！又《五代史平話》漢上：您將三十貫與他去，便從此斷送了他的頭皮，使他無歸路也。斷送是毀滅的意思，疑下接「一歸不須歸」。參見第四八首。

天下無難事，猢猻戴帽兒。絲籃盛吐蚨，石板甩烏龜。
弄巧反成拙，吃虧是便宜。聽三不聽四，麻雀兒馱旗。

天下無難事，下接「只怕有心人」，或「只怕心不專」。亦有接「只怕慢慢來」，或「只怕老面皮」。《施公案》第三六九回：只要費些工夫，暗暗查訪，自然有個水落石出，常言道：天下無難事，只怕有心人。只要有心，還怕查不出麼？又《孤本元明雜劇・僧尼供犯》第四折：旦云：要也不難，只是還欠工夫。淨云：天下無難事，只怕慢慢來。參見第四六首。

猢猻戴帽兒，言不久任。《史記・項羽本紀》有俗諺「沐猴而冠」。又歇後諺語有「猢猻戴帽子——想充個好人」、「猢猻戴帽子——衣冠禽獸」，又顧祿《清嘉錄》新年條云：「鳳陽人蓄猴，令其自為冠帶，并豢犬為猴之乘，能為〈磨房三戰〉諸齣，俗呼猢猻撮把戲。」

絲籃盛吐蚨，吐蚨是蜘蛛，絲籃中盛蜘蛛，可能與「破籃裝泥鰍——走的走，溜的溜了」，「菜籃裝泥鰍——一個一個溜」相似，亦可能為民俗，顧祿《清嘉錄》巧果條：「七夕以青竹戴綠荷，繫於庭，作承露盤……又以線刺針孔，辨目力，明日視盤中，蜘蛛含絲者謂之得巧。」絲籃盛蜘蛛是七夕乞巧之用？又王陶宇《俏皮話大全》引「蠶寶寶牽蜘蛛——私連私」，取絲、私諧音，亦與本諺意近。

石板甩烏龜，取意於硬碰硬，謂兩硬相擊必有一傷。又諺有「烏龜打背——殼裏痛」，可參閱。王陶宇《俏皮話大全》引「青石板上甩烏龜——硬碰硬」。

弄巧反成拙，下接「弄假反成真」，參見第六七首。孫錦標《通俗常言疏證》引《傳燈錄》，龐居士謁道一禪師，有「適來弄巧成拙」語。吳承恩《西遊記》第七〇回引作「弄巧翻成拙，作耍卻為真」，關漢卿《五侯宴》第二折引作「弄巧翻成拙」。

吃虧是便宜，肯吃小虧的人，常常占了大便宜。天然癡叟著《石點頭》卷八：「當時汪商若肯吃虧這十兩銀子，何至斷送了萬金貨物？豈非為小失大？所以說：吃一分虧無量福，失便宜處是便宜。」又參見第一四四首。按此語源出陳摶，考《邵氏聞見錄》康節先生誦希夷語，作詩云：珍重至人常有語，落便宜是得便宜。又元人《百花亭》劇：則著他得便宜，翻做了落便宜。落便宜即吃虧，古謠諺：吃得虧，做一堆。又史襄哉《中華諺海》有諺云：人欺天不欺，吃虧是便宜。上句見第三八首。

聽三不聽四，比喻不善聽話者，朱介凡《中華諺語志》引：聽三不聽四，叫你剁柴你剁刺。

麻雀兒馱旗，疑是一句歇後語，或取「不足為奇（旗）」的意思。《中華諺語志》載諺有

「針尖上挑毛巾——不足為旗（奇）」。又或與「麻雀兒生鵝蛋」同意，元人《漁樵記》劇：駱駝上梁兒，麻雀抱鵝蛋。孫錦標云：今人以小事開大口者謂之麻雀兒生鵝蛋。麻雀力小難以任大，云能馱旗，亦是開大口。亦可能與歇後語「八個麻雀抬轎——擔當不起」同意，麻雀馱旗，如何擔當得起？

四四

吃飯往家走，學生肚裏飢。小人日日醉，隨意指指兒。
獅子大開口，雞兒不撒尿。人情送匹馬，馬善被人騎。

吃飯往家走，疑下接「吃飽不想家」。耿文輝《中華諺語大辭典》引諺：「家飯餵野狗，吃了向外走。」下句「吃了向外走」或與此下句同。

學生肚裏飢，《民俗週刊》合訂第十七冊，謝雲聲〈從上海民眾日報得到民間歌謠及歌謠的故事〉一文中，引通行嘉興歌謠有：「天上鳥飛飛，學生肚裏飢，先生快放我，還要吃飯去。」「天上鳥飛飛」，杭諺詩作「天上雀兒飛」，見第四八首，「先生快放我」作「先生不放我」，見第一六首。

小人日日醉，上接「皇帝萬萬歲」，謂酒醉後自我陶醉或清狂，故諺有「一天一個醉，皇帝萬萬歲」，又有「皇帝萬萬歲，小人日日醉」。范寅《越諺》卷上引此。

隨意指指兒，疑上接「指東不識西」，其實指著東邊不識西邊，隨意指指，卻還說得好像很懂。參見第五六首。

獅子大開口，起於江湖方語：「廟前獅子——常開大口」，用作所求代價甚高。《文明小史》第五回：若依外國人，是個獅子大開口，五萬六萬都會要。《夢筆生花》杭州俗語雜對：獅子大開口，雞兒不撒尿。所對疑取自本詩。

雞兒不撒尿，清諸晦香《明齋小識》卷八：「吳下諺聯四卷，中多工巧者，如『單見雞吃水，不見雞撒尿』。雞屎尿同穴，故不見撒尿，說凡事明裏不見出處，暗裏自有去處。」笑笑生《金瓶梅詞話》第七五回：玉簫道：前邊老大六娘屋裏，六娘又死了，爹卻往誰屋裏去？金蓮道：雞兒不撒尿，各自有去處。死了一個，還有一個頂窩兒的！又諺語有「小雞不撒尿——另有一條道」，「小雞不撒尿，必定有個道」，意同。孫錦標云：言暗費錢財也。尿，浙江方言在平聲四支韻。

人情送匹馬，下接「買賣不饒計」，或「買賣論分毫」。參見第八八首。謂就人情而言，可以匹馬相送，但就買賣而言，必須分毫計較。諺云：「吃喝不計較，買賣論分毫」、「買賣算分，相請無論」，用意均相近。

馬善被人騎，下接「人善被人欺」。明馮夢龍《古今譚概》卷二九：「蘇州錢兼山郭劍泉成訟，斷之未服，某官置酒解和，錢作酒令曰：其字本是其，加水也是淇，除卻淇邊水，加欠便成欺。語云：馬善被人騎，人善被人欺。」參見第三六首。

四五

苦水答答滴，煎糕炒豆兒。條條多是路，歇歇要撒尿。
做賊被狗咬，烏龜笑鼈疲。奉承不落地，翻轉石榴皮。

苦水答答滴，上接何句待考。衢州諺語有：勿見天皇塔，眼淚滴滴答。言思鄉之情。

煎糕炒豆兒，指春時祭社的物品。清吳存楷〈江鄉節物詩〉注：「煎糕爛豆，杭諺也，二月二日以祀土地，蓋即春祭社之禮。」又《中國諺語集成・浙江篇》載杭州諺語：「二月二，煎糕炒豆兒。」趙肖甫《杭州歌謠》：「二月二，年糕炒豆兒。」

條條多是路，諺有「條條大路通長安」，又有「條條路，通北京，鼻子底下是大路」。史襄哉《中華諺海》有「頭頭都是道，面面都是佛」，上句與此諺意亦近。又王陶宇《俏皮話大全》引「簸箕裏的螞蟻——條條是路」，又「螞蟻爬掃帚——條條是路」，則下句同於此諺。

歇歇要撒尿，諺語有「撒了尿再撒尿——屌嚕囌」，疑即指嚕囌不停的意思。

做賊被狗咬，指不敢向人訴說。宋蘇子瞻《雜纂》卷下：賊被狗咬——說不得。又嘉興諺語：「賊撥（給）狗咬，喊勿出苦。」

烏龜笑鼈疲，烏龜與鼈，形體相似，又同屬縮頭命，何必相笑。諺云：「烏龜莫笑鼈，大家巖下歇」、「烏龜莫笑鼈，都在泥裏歇」，均在巖下歇息、泥裏歇息，何必笑疲軟？又衢州諺有「烏龜勿要笑鼈，強盜勿要笑賊」。《中華諺語志》載諺有「龜笑鼈無尾，鼈笑龜無皮」，則本諺「疲」字似宜作「皮」。

奉承不落地，疑上接「捧卵子過橋」，諺有「十根指頭捧卵子——十分奉承」，卵子為睪丸，捧之過橋，唯恐下墜，故云奉承不使落地，參見第八四首。《左傳》：嬰齊受命於蜀，奉承以來，不敢失隕。奉承是捧守的意思，不是趨奉尊貴的意思。

翻轉石榴皮，疑上接「疙瘩大麻子」，麻臉且多疙瘩，猶如翻轉的石榴皮，亦如雞啄西瓜皮，皆為嘲笑麻子的話，參見第三九首。又《民俗週刊》合訂本第三冊載浙東謎語：雨打灰堆裏，釘靴踏爛泥，園中蟲吃菜，翻看石榴皮。四句謎底均為麻子。

四六

只想出叉袋，只求沒布施。只當蘇木水，只怕老面皮。
鐃大不鐃小，瞞官不瞞私。頭巾廓落大，乾癟老頭兒。

只想出叉袋，浙江杭嘉一帶有諺云：「叉袋裏背釘——裏戳出」，鐵釘在叉袋中，只想從裏戳出來，有窩裏反的意思。與「破雨傘——裏戳出」命意相似。范寅《越諺》卷中：叉袋即囊，盛米穀用。

只求沒布施，形容和尚懶惰，懶得拿走。《民俗週刊》合訂第十四冊載葉鏡銘〈紹興的諺語〉：「懶惰和尚挑籮擔——只求沒布施。」

只當蘇木水，上接「口口吐鮮紅」，吐的是鮮紅血，人只當是蘇木水，蘇木即蘇枋，莖幹去皮煎液，可作紅色染料。參見第二六首。元關漢卿《救風塵》劇：吐下鮮紅血，只當做蘇木水。

只怕老面皮，上接「天下無難事」。清王有光《吳下諺聯》卷一：此諺有二：一則曰：世間無難事，止要有心人。一則曰：世間無難事，止要老面皮。有心人取其鑽得進，老面皮取其鑽不進。面皮一老，凡事無所謂，為天下最難對付之事。明人馮惟敏《僧尼供犯》第四折引「天下無難事，只怕慢慢來」，與「只怕老面皮」意近。另參見第四三首。

饒大不饒小，貨價大者可以饒益，貨價小者則不可饒益。饒，可能指買菜求饒之類，《說文》：饒，益也。鄧廷楨謂江寧市間買物，欲其增益曰饒。朱駿聲《說文通訓定聲》：今蘇俗買物請益謂之討饒頭。史襄哉《中華諺海》賣買類有「讓大不讓小」，當與此諺同意。

瞞官不瞞私，上接「瞞上不瞞下」，參見第九七首。明毛晉編《六十種曲・蕉帕記》二五齣：太師爺，就把孫兒秦埧托我，要中個狀元，說文字裏邊有個春字，就是他的卷子，我曉得春字頭與秦字頭一般，做得這關節恰好，只一件：瞞官不瞞私。場中三四千卷子，我老爺那得許多工夫去尋他，你替我用心去尋一尋。史襄哉《中華諺海》引「瞞官不瞞私」，又引「瞞上不瞞下」，指私下可說，對上官則不可說。

頭巾廓落大，廓落是大貌，見《爾雅·釋詁》注。《太平御覽》六九六引文帝賜劉楨「廓落帶」，即寬大之衣帶。人漸乾癟，頭巾愈顯廓落空大，取以聯語，疑原意為極不合身。或上接「蒼蠅戴豆殼」，頭巾廓落而特大，參見第一〇一首。

乾癟老頭兒，老人乾瘦，《中國諺語集成·浙江篇》載杭州諺語：滿堂親兒子，勿如癟老子。又顧張思《土風錄》乾癟條引張士誠敗，吳人為十七字詩云：丞相做事業，專用黃菜葉，一朝西風起，乾癟。謂張士誠信用王敬夫、蔡彥文、葉德新等乾癟老頭兒也。又唐訓方《里語徵實》引《堅瓠集》：洪武微行，問一老媼，呼上為老頭兒，洪武怒。

四七

水銀泡飯吃，不吃要肚飢。金鍾偷酒吃，多吃壞肚皮。
大家有肉吃，怯吃王飯兒。病人想屁吃，吃隔夜螺螄。

水銀泡飯吃，水銀為汞之通稱，為銀白色之液體金屬，其狀如水，泡飯吃必死無疑。陸噓雲輯《諸書直音世事通考》列汞（水銀滓）在藥名類。

不吃要肚飢，疑上接「餓鬼搶餿飯」，即使是餿飯，飢不擇食，不吃要肚飢，也只好吃，參見第四九首。

金鍾偷酒吃，不知是否與「捧著金飯碗討飯」意近，《中華諺語志》載諺有「背人偷酒吃——冷暖自家知」。

多吃壞肚皮，原上接「少吃多滋味」。清范寅《越諺》卷上：少吃多滋味，多吃壞肚皮。參見第四〇首。另有諺云：西瓜黃香梨，多吃壞肚皮。

大家有肉吃，上接「打得老虎死」，喻各人合力同心，可共同享受。打得老虎有肉吃，與「砍倒大樹有柴燒」意近。

怵吃王飯兒，王飯兒指王飯碗，比鐵飯碗、金飯碗還要好的飯碗，找到如此飯碗，不愁吃用而牢靠。怵，奢多也，吃王飯已成習慣者多侈怵無度。

病人想屁吃，待考，疑指病人厭食，胃口奇特。

吃隔夜螺螄，疑下接「多吃多罪過」，參見第五六首。隔夜螺螄不新鮮，鄉人相戒不食，吃則易壞肚皮，受罪必多。又梁同書《直語補證》：螺螄羹飯，猥鄙之食也，俗以人瑣屑覓取財物，曰：尋螺螄羹飯吃。馬相國廷鸞貧，一日道間餒甚，就村居買螺螄羹泡蒲囊中冷飯食之。可參考。

四八

豁在虎背上，老虎拖簑衣。樹頭秋葉舞，天上雀兒飛。
小事化無事，一歸不須歸。皮焦裏不熟，眼飽肚中飢。

豁在虎背上，有騎虎難下，只好冒險幹下去的意思。曹雪芹《紅樓夢》第五五回：我如今騎上老虎背了，雖然看破些，無奈一時也難寬放。此典原出《新五代史・郭崇韜傳》：騎虎者勢不得下，今公權位已隆，而下多怨讎，一失其勢，能自安乎？又考云「豁」者，吳語猛烈的跳動叫「豁虎跳」，全武行中有善於豁虎跳之優伶。史襄哉《中華諺海》引作：豁上馬背，不得下來。虎已改作馬。

老虎拖簑衣，指毫無人氣。錢南揚《漢上宧文存》轉錄〈六院匯選江湖方語〉：「老虎咬簑衣——沒些人氣。」咬與拖同意。後人有作「老虎咬棕簑——一次就夠了」。謂老虎知道上當，簑衣不能食，下番不再咬。史襄哉《中華諺海》引作「老虎披簑衣，終歸不如人」，王陶宇《俏皮話大全》引作：「老虎披簑衣，沒個人模樣」。拖若作拖掛解，與披意同。

樹頭秋葉舞，形容天氣開始轉涼。宋周遵道《豹隱紀談》夏至後云：「五九四十五，樹頭秋葉舞。」

天上雀兒飛，嘉興歌謠有：「天上鳥飛飛，學生肚裏飢，先生快放我，還要吃飯去。」(見謝雲聲《從上海民眾日報得到民間歌謠及歌謠的故事》，《民俗週刊》合訂第十七冊)「學生肚裏飢」，見第四四首，「先生快放我」，見第十六首，則本句即歌謠的起句。

小事化無事，上接「大事化小事」。指淡化處理，掩蓋化解。吳趼人《糊塗世界》第四回：「東家是個太監，卻是大有權力，要是想走人情，到他那裏想法子，包可以大事化小，小事化無事」。又《石頭記》第六二回：大事化為小事，小事化為無事。參見第七八首。

一歸不須歸，疑上接「斷送老頭皮」，參見第四二首。斷送有殯殮物的意思，《醒世恒言》卷三五：他是我家家人，將就些罷了，如何要這般好斷送？又《五代史平話》漢上：您將三十貫與他去，便從此斷送了他的頭皮，使他無歸路也。從此斷送而歸，不須再有歸路。

皮焦裏不熟，大火急燒，常見皮已焦裏卻不熟。形容人性急辦事。王翼之《吳歌乙集》：「搖搖搖，搖到吳江橋，買條魚燒燒，頭勿熟，尾巴焦，盛拉碗裏必八跳。」尾焦頭勿熟與此意同。

眼飽肚中飢，能看不能吃，徒然不實惠。梁同書《直語補證》：眼飽肚中飢，本元人九經。清諸晦香《明齋小識》卷八引《吳中諺聯》五言之工巧者，如「眼飽肚中飢，嘴硬骨頭酥」。考馮夢龍《醒世恒言》卷三五：「我只道本利已在手了，原來是『空口說白話，眼飽肚中飢』。耳邊說得熱烘烘，還不知本在何處？利在那裏？」是本諺可上接「空口說白話」，或「空口打白牙」，參見第五首。又南亭亭長著《中國現在記》第十九回作「懶象嗑瓜子，眼飽肚中飢」，《醒世姻緣傳》第十九回亦同，可供參考。又《中國諺語集成・浙江篇》載紹興諺語：眼飽肚中飢，腳膀大晦氣。

四九

收拾湯糰擔，閑來便嚼蛆。荒年造亂話，臨陣看兵書。

餓鬼搶餿飯，司供擺甲魚。可憐不足惜，死了殺豬屠。

收拾湯糰擔，疑下接「糊裏搭糊塗」，參見第五一首。湯糰黏糊一起，不易收拾，湯糰擔跌一跤，則家產泡湯。

閑來便嚼蛆，咒罵那些嘴裏不乾淨的是非搬弄者，一空就講別人好壞短長。明人即有此語，馮夢龍《山歌・歪纏》：一味裏盡是嚼蛆亂降。亂降即吳語亂講。《紅樓夢》第五七回：倒不是白嚼蛆，我倒是一片真心為姑娘。《金瓶梅》第七二回：口裏一似嚼蛆似的，不知說的什麼。《豆棚閑話》第八回：我是聽別人嘴裏說出來的，即有差錯，你們只罵那人嚼蛆亂話罷了。

荒年造亂話，諺有「荒田怪事多」，與此意近，造亂話是捏造亂說的話，荒年謠言盛，怪力亂神的傳說也多。《中華諺語志》載諺「天乾謠言多」、「天乾拉旱閃，人窮多白話」、「天乾了颳風，人窮了說謊」，意並相近。

臨陣看兵書，與俗語「臨陣磨槍」相同。與「上轎才裏腳」意亦近，早時不準備，臨渴掘井，哪能來得及？臨陣作戰才研看兵書，今人所謂臨時惡補。

餓鬼搶餿飯，餓鬼撲食，也管不了飯是否餿敗，所謂「餓了吃糠甜如蜜」。此諺疑下接「不吃要肚飢」，參見第四七首。

司供擺甲魚，司供疑即司工，是指廚師。擺甲魚，意指吃鱉，浙江話吃癟是吃不開，施展不得的意思，取鼈、癟同音雙關。朱介凡《中華諺語志》引諺「進補燉甲魚——吃鼈（癟）」意或相同。

可憐不足惜，雖可憐，或咎由自取，不足深惜。世上可愛人是可憐人，可恨人是可惜人，可憐未必可惜。

死了殺豬屠，下接「不吃帶毛豬」，參見第五〇首。《檮杌閑評》第三四回：「印月聽了心中不悅道：哦，要去由你去，難道死了王屠，就吃連毛豬哩？」其中「死了王屠，吃連毛豬」成了諺語。諺或作「死了殺豬屠，也不吃帶毛豬」意更明白。

五〇

一會就討飯，三著不出車。福人葬福地，河水煮河魚。
倒是挽花匠，不吃帶毛豬。詩從嚼舌起，無巧不成書。

一會就討飯，疑上接「叫化孟嘗君」，叫化子有孟嘗君性格，有米不過一升，有飯難以隔夜，有諺云：「叫化子買米——只有一升。」「叫化子勿留隔夜飯」，故疑下接「一會就討飯」，參見第七三首。

三著不出車，下或接「必定是死棋」。朱介凡《中華諺語志》引作「三步不出車，必定是死棋」。又孟守介《漢語諺語詞典》引作「三著不出車，滿盤皆是輸」，「滿盤皆是輸」，參見第五三首。又《中國諺語集成・山西篇》引作「三步不出車，必定是臭棋」。

福人葬福地，不是福人葬入福地，反而有禍，指福與德須相配。清梁恭辰《北東園筆錄》三編卷一桐城張氏條云：吾鄉諺云：「福地福人來」，何爭之有？又馮夢龍編《警世通言》卷四〇：吉凶富貴之地，天地所秘，神物所護，苟非其人，見而不見，俗云：福地留與福人來，正謂此也。朱介凡《中華諺語志》引諺語：福人葬福地，何用賴布衣。賴布衣為風水師。

河水煮河魚，諺有「水幫魚，魚幫水」，謂互相幫助。又有「水藉魚，魚藉水」，謂互相依靠。元鄭廷玉《金鳳釵》第一折：你則要各東西，不肯一家一計，水藉魚，魚藉水。則此河水煮河魚，意正相反，不啻要各東西，還要一家人自相熬煎。又諺有「河同水密，各不相瞞」，比喻親密無間。又有「河水不洗船」，比喻各不相干，或相安無事，此則意正相反。

倒是挽花匠，上接「看他不像樣」，參見第七八首。你看外貌覺得他不像樣，實際上他卻是個挽花匠，很有賞美的品味呢。

不吃帶毛豬，屠夫雖死，也不能連毛吃豬，想不吃帶毛豬，還得仰賴屠夫健在。笑笑生《金瓶梅詞話》第七三回：可是你對人說的，自從他死了，好應心的菜也沒一碟子兒。沒了王屠，連毛吃豬。空有這些老婆，睜看你日逐只髒屎哩。又第七六回：春梅道：死了王屠，連毛吃豬。我如今也走不動在這裏，還教我倒什麼茶！參見第四九首。

詩從嚼舌起，俗謂妄言多嘴曰嚼舌。《紅樓夢》第六三回：再遇見那樣髒心爛肺的愛多管閒事嚼舌頭的人。又《清平山堂話本・快嘴李翠蓮》：你又不曾吃早酒，嚼舌嚼黃胡張口。詩亦是閑情廢話，古人稱為「嚼字眼」，「咬文嚼字」。《中華諺語志》引作「詩從放屁起」，雖更粗俗白話，意則與嚼舌相近。

無巧不成書，凡書中故事，常多巧合機緣。石玉昆《小五義》第十一回：「總有個巧機會，又道是：不巧不成書。這印被山石縫兒夾住。」又曾樸《孽海花》第二九回：無巧不成書，說到曹操，曹操就到！

五一

糊裏搭糊塗，輸來一搭鳥。將錢買憔悴，賠飯折工夫。
走遍天邊路，獻出地理圖。耽遲不耽錯，匠作主人模。

糊裏搭糊塗，疑上接「收拾湯糰擔」，參見第四九首。湯糰易黏糊不易分開，比喻糊裏糊塗者。蝶廬主人《消閒大觀・集吳諺詩》：「盲人騎瞎馬，糊裏搭糊塗。」兩句未必相關，故意聯接生趣。該書編入《民俗叢書》合訂第一七八冊。

輸來一搭鳥，疑上接「贏來千隻眼」，參見第八八首。吳璿《飛龍全傳》第十六回：一家贏三家，共贏了五十三錠，那輸家有銀子的歸了銀子，沒有的，把錢准抵，每錠該作錢五貫，一時間銀錢堆滿，匡胤見了，心中暗自歡喜，正是合著「贏來三隻眼，輸去一團糟」。與「輸來一搭鳥」同意。

將錢買憔悴，指花錢反而買來憔悴。朱介凡《中華諺語志》引此條，與「沒事盡發愁，福享過了頭」、「看三國流眼淚哩——替古人擔憂」同歸入憂傷類。又考咄咄夫《一夕話》列五言巧對：「擔錢買憔悴，賠飯折工夫」即取自本詩。

賠飯折工夫，既賠飯，又折工夫，與《三國演義》中云：「周郎妙計安天下，賠了夫人又折兵。」相似，損失不止一端。蝶廬主人《消閒大觀・集吳諺詩》有「工夫也是錢」語，疑為此諺之下句。史襄哉《中華諺海》則引：討飯不折本，工夫就是錢。

走遍天邊路，下接之句頗多，如「走遍天下路，交遍天下友」、「走遍天下路，吃不盡店家虧」、「走盡天下路，難過新津渡」等。

獻出地理圖，戲劇有《獻地圖》、《張松獻地圖》、《獻西川》為同一劇，關羽探知張松被逐，將路過荊州，以告劉備。孔明即請趙雲、關羽以厚禮相待，劉備擺酒相待，言語投機，張松因勸劉備收川，推薦法正、孟達為內應，並以所帶西川地圖相贈。另《岳飛傳》第四九回有楊欽暗獻地理圖。

耽遲不耽錯，上接「一手托兩家」。意謂耽遲不要緊，耽錯就不好。文康著《兒女英雄傳》第十七回：我們索性在悅來店住下，等上兩天，等九太爺你的公忙完了，我們再到二十八棵紅柳樹寶莊相見，將這兩件東西交代明白，這叫做：一手托兩家，耽遲不耽錯。又清李漁《奈何天》二三齣：這銀子不比別樣東西，時時要防盜賊，俗語說得好，耽遲不耽錯，寧可早宿晏行多走幾個日子。又諺云：忙裏要斟酌，耽遲不耽錯。指從容從事，不要出錯。

匠作主人模，匠人所作乃主人指定的模樣，器物製作，常依主人的意見。類似的諺語有「七分主人三分匠」、「三分的匠人，七分的東道」、「匠不由東，做到不成功，東不由匠，做到不像樣」、「是匠由主」、「拙匠人，巧主人」等。

五二

打到拳窠裏，冰湯不同爐。四方囫圇扁，一對打拉蘇。
捨命陪君子，留鬚表丈夫。快刀切豆腐，依樣畫葫蘆。

打到拳窠裏，指打中要害，浙江諺語：一拳打到拳窩裏。而一拳打倒有一出手就解決的意思。《金瓶梅詞話》第七回：買上一擔禮物，親去見他，和他講過，一拳打倒他。疑下接「一拳打個凹」，參見第一三〇首。

冰湯不同爐，與「冰炭不同爐」同意。上接「薰蕕原異器」。指物不同類者不能同器共處。《粉妝樓》第四回：羅燦等頂面卻不過情，也只得將手一拱道：沈世兄請了，有偏了。說罷坐下來飲酒，並不同他交談，正是：自古薰蕕原異器，從來冰炭不同爐。又有下接「賢愚不並居」者，元無名氏《漁樵記》第一折：正末唱：豈不聞冰炭不同爐，也似咱賢愚不並居。按此典原出《韓非子》：冰炭不同器而久。諺亦有作「善惡不同途，冰炭不同爐」者。

四方囫圇扁，疑有誤字，寧波諺語有「只可蘸蘸唇，勿可囫圇吞」。《杭州府志》引《朱子語錄》：「不是囫圇一物」，又引方岳詩「是非正好鶻崙吞」，囫圇又作鶻崙、渾淪。《南皮縣志》：囫圇，不破也。《水滸傳》有「囫圇竹」形容顢頇。《青衫淚》有「囫圇課」形容整錠的銀子。

一對打拉蘇，打拉疑或作「搭拉」、「搭剌」，是低垂的意思。《金瓶梅》第二回：「袖中兒邊搭剌，香袋兒身邊低掛。」意或為一對流蘇低垂下來。流蘇是下垂的穗子，古時大床帳子上常有一對流蘇。《西遊記》第三九回：「搭拉兩個耳，一尾掃帚長。」搭拉亦形容長長垂下。

捨命陪君子，為陪君子，捨卻性命亦當奉陪。明馮夢龍《古今譚概》卷二六：「李西涯在翰林時，一日陪郡侯席，過飲大觥，醉而言曰：『治生今日捨命陪君子矣。』郡侯笑曰：『學生也不是君子，老先生不要輕生。』」

留鬚表丈夫，上接「削髮除煩惱」，和尚雖削髮，尚須留鬚以別男女。梁同書《頻羅庵遺集》卷十四：削髮除煩惱，留鬚表丈夫。明鄭曉《今言》載此為僧見心語。

快刀切豆腐，指兩面都顧到的「兩面光」。李伯元著《活地獄》第三六回：在黃大老爺這樣一做，算是快刀切豆腐——兩面光，上司也敷衍了，同寅也瞞過了。

依樣畫葫蘆，指因襲前規，依樣描畫而已。宋魏泰著《東軒筆錄》卷一：「太祖笑曰：頗聞翰林草制，皆檢前人舊本，改換詞語，此乃俗所謂『依樣畫葫蘆』耳，何宣力之有？」宋太祖所笑翰林為陶穀。又見《夷堅志》。

五三

必板三了鬚，鬍子胡不鬍。烏龜爬石塔，虱子游西湖。
放火不由手，滿盤都是輸。二三靠老六，遇著急門徒。

必板三了鬚，必板乃浙江方言，有板有眼、頑強不改的意思，李猷謂「言其嚴肅之狀」。三了鬚，疑即三綹鬚，綹音柳，吳音近了。《蕩寇志》第七二回：飄著五綹長鬚。

鬍子胡不鬍，待考。《民俗週刊》合訂第十四冊載葉鏡銘〈紹興的諺語〉：「十個鬍子九個富，只怕鬍子柴草鬍。」或此即下句之異文。《民俗週刊》合訂第十七冊載清水〈讀紹興歌謠〉：「十個鬍子九個富，只怕鬍子連鬢鬍。」文字即不同。梁同書《直語補證》：俗以多髯連鬢者為落腮鬍，其實非也，達摩是老臊鬍。

烏龜爬石塔，似與「烏龜爬門檻——就看此一跌」相近，也在「就看此一跌」，石塔比門檻高，比門檻硬，所跌尤為可看，與看者痛癢不相干。李寶嘉《官場現形記》第七回：烏龜爬門檻，就看此一跌。好歹又不與他什麼相干。又南亭亭長《中國現在記》第九回：一不做，二不休，爽性再玩他一手罷，真是俗語說得好：烏龜爬門檻，看這一跌。或比喻決定事情的關鍵一著。又諺有「牆上掛烏龜——四爪沒抓拿」似亦可參考。又台州諺有「烏龜掼石板，你硬我也硬」，取硬碰硬之意。

虱子游西湖，越諺有「曲蟮遊太湖」，曲蟮為浙江方言，指蚯蚓，「曲蟮遊太湖——無能為力」，未必相似。考孫錦標《通俗常言疏證》有「上場婁兒落場湖」，注：婁音色，《夢筆生花》杭州俗語雜對作「上場婁兒下場湖」，並謂馬弔牌六十葉子稱游湖，亦稱游十湖，賭本少者稱游短命湖，疑本當作「婁子游十湖」，諧音為「虱子游西湖」，乃紙牌戲中語。

放火不由手，疑同殺人不見血。朱介凡《中華諺語志》引作「放火不離手」，列為關係類。

滿盤都是輸，以下棋為喻，可惜一著錯了，功敗垂成。清王有光《吳下諺聯》卷三：「一著不到處，滿盤多是空。」並注說：「此為善弈者言也，蓋其滿盤之際，全副精神已齊赴矣，此而一到，靡不勝耳。乃功敗于垂成，業隳于晚節，諺若惜之，若戒之，謂既營營于滿盤，必競競于一著也。」又清汪輝祖《學治臆說》卷上引諺曰：一著錯，滿盤輸。並謂發軔之初，何可不慎？但孟守介等《漢語諺語詞典》引作「三著不出車，滿盤皆是輸」，參見第五〇首。

二三靠老六，疑為天九牌賭局中術語，二三靠老六配成八九點，十為彆十。

遇著急門徒，諺有「貧和尚碰上急門徒」，貧是貧嘴的意思，嘮叨不停，說個沒完，一個急門徒心中有事，偏遇上他東拉西扯，愛說廢話，扯著不放，急死人。

五四

久病沒孝子，無毒不丈夫。尋著熟皁隸，打破悶葫蘆。
儂也涼涼去，妙哉刮刮乎。行拳莫動氣，大事不糊塗。

久病沒孝子，長期臥病，家人勞累不堪，難有孝子。李伯元著《活地獄》第二二回：俗話說得好：久病無孝子。況且又是這班做長隨的人，哪裏還有十分有良心的，看見大勢不妙，早已這個裝病，那個告假，陸續的走了。《夢筆生花》杭州俗語雜對：久病床前沒孝子，情人眼裏出西施。

無毒不丈夫，上接「恨小非君子」，說大丈夫要忍得下心。褚人穫《隋唐演義》第四四回：常言道：恨小非君子，無毒不丈夫。我羅士信若不殺兩個狗男女，何以立於天地間？又施耐庵《水滸全傳》第一〇三回：當下逆性一起，道是恨小非君子，無毒不丈夫，一不做，二不休。參見第六九首。

尋著熟阜隸，疑下接「只揀熟的迯」，參見第五五首。諺云：熟阜隸，打重板子。正言熟人不可靠，反而是欺凌的對象。「只揀熟的迯」或作「鬼揀熟的迯」，摸透性情，熟人容易欺弄，兩語意相近。《夢筆生花》杭州俗語雜對：尋著熟阜隸，空做惡冤家。

打破悶葫蘆，指「葫蘆裏賣的什麼藥」，終於打破沈默，揭曉謎底。頤瑣著《黃繡球》第一回：「他說他的意思同我說不上，如今同人家也說不上，究竟葫蘆裏賣的甚藥？倒要去問個明白。」問出謎底，就是打破悶葫蘆。石玉昆《三俠五義》第九回：「這句話把個公孫策打了個悶葫蘆，回至自己屋內，千思萬想，猛然省悟。」又《紅樓夢》第五回：「且隨我去遊玩奇景，何必在此打這悶葫蘆？」猜測不明不白的事叫打悶葫蘆。

儂也涼涼去，待考，涼涼去疑為失意之狀。

妙哉刮刮乎，疑亦上接「生鐵補鍋子」，參見第九首。生鐵補鍋子時，必先將鐵鍋上垢鏽全部刮淨，然後生鐵可以銲接。諺云：「生鐵鍋子朝朝刮，又省工夫又省柴。」又云：「老鍋輕刮，砂銚少擦。」是生鐵鍋之外側常要輕刮，補鍋之技術手段，尤妙在刮功獨到。

行拳莫動氣，疑下接「八馬吃雙杯」。參見第六五首。行拳是猜拳，猜拳輸贏不必動氣，唯出手指前發語吶喊，氣勢足而不動氣。

大事不糊塗，大原則把握好，小事可以不精明。明龍子猶《萬事足》第七折：老旦：小事糊塗，大事不糊塗。淨：這等十分有趣了。《山西通志》：臨事憒憒曰糊塗蟲，原注：宋呂端小事糊塗，大事不糊塗。

五五

青竹蛇兒口，松江大種雞。無梁不成殿，有米愁做粞。

躲在床底下，只揀熟的迷。家家打炭擊，春火毒如砒。

青竹蛇兒口，下接「黃蜂尾上針」。指毒物之聚毒處。陳忱《水滸後傳》第十九回：古人說得好：青竹蛇兒口，黃蜂尾上針，兩般猶未毒，最毒婦人心。那胡氏喪了丈夫，自該守節，既忘了昔人恩義，去再嫁仲子霞，反溺愛前夫之子，把一個聰俊孩子，可憐生喇喇磨滅死了。參見第一三四首。

松江大種雞，標榜一地有名之土產，《中國諺語集成・浙江篇》載「蕭山大種雞，到老有兩斤」。又「蕭山大種雞，半斤會得啼」，蕭山以大種雞有名，冒牌叫賣者甚多，清時松江大種雞有名。

無梁不成殿，沒有大棟梁，也不成殿堂。但「無梁不成」四字起於雙陸棋戲，羅懋登著《三寶太監西洋記通俗演義》第十二回：「天師此行好像個打雙陸的，無梁不成，反輸一帖。」與此五字句涵意不同。

有米愁做粞，粞，碎米，古時舂米，米有碎者，與糠同儲，故陸游詩云：碓下糠粞幸不乏。有諺云：「有米做得飯」，「有飯勿作粥吃」，所以有米而愁做粞，可能是指無事煩惱，「有米不愁無飯吃」，卻去愁做粞，因此本諺疑下接「尋事討煩惱」，參見第四一首。

躲在床底下，浙江兒歌中語，舒蘭編《中國地方歌謠集成・浙江篇》頁一七二引〈乒乓鐃〉：「乒乓鐃，和尚吃藕把，道士沒得吃，躲在床底下，倒翻馬桶啊呀呀！」和尚吃藕把，把作靶，見第四一首。

只揀熟的迷，或作「鬼揀熟的迷」，熟人不可靠，商場來往，事務糾紛，乃至親友被騙，都上熟人的當。故有「長虹橋的鬼——揀熟的迷」、「熟皁隸，打重板子」等諺，可說參透世故，參見第五四首。

家家打炭墼，形容天氣漸冷，打炭以備取暖。宋周遵道《豹隱紀談》夏至後云：「九九八十一，家家打炭墼。」清平步青《釋諺》云：「若屑炭為團，冬月備鑪火之用，呼曰炭墼。馮慕岡《月令廣義》引石湖語作炭圾，《隨園食單》作炭吉，殆刻誤。」

春火毒如砒，火，指逢丙之日，太陽晴朗，湖南《零陵縣志》卷五〈丙日晴占〉：春丙陽陽，無水下秧，夏丙陽陽，旱煞禾娘，秋丙陽陽，乾曬一倉，冬丙陽陽，無雪無霜。春季第一個逢丙之日晴朗，此季無雨水，所以說毒如砒。

五六

多吃多罪過，十三隻半雞。黃六搭黑七，指東不識西。

有貨沒售主，上樓拔短梯。隔牆甩塊瓦，老虎跳過溪。

多吃多罪過，古諺多戒貪吃，如「吃多拉多，枉受張羅」、「吃多屎多，稻柴灰多」、「貪吃成餓鬼」等，可參閱。疑上接「吃隔夜螺螄」，古時食物不易保存，隔夜螺螄易腐壞，多吃則多受罪。參見第四七首。

十三隻半雞，疑上接「黃六搭黑七」，亂拼亂湊，黃雞六黑雞七，搭成十三隻半雞，無一全整，形容胡謅一通。

黃六搭黑七，江浙諺語有「黑七搭八」，謂亂拼亂湊，胡謅一通。又或作「夾七帶八」，如《水滸傳》第二一回：那婆子吃了許多酒，口裏只管夾七帶八嘈。又或與數黃道黑同意，《西遊記》第三九回：口裏不住的絮絮叨叨，數黃道黑。然六加七為十三，疑下接「十三隻半雞」。

指東不識西，指能言善道，卻並不真知道什麼，與「指東說西，指南說北」意近，疑下接「隨意指指兒」，參見第四四首。

有貨沒售主，《詩經・邶風・谷風》：賈用不售。即此意。有諺云：有貨不愁無處賣，只愁無貨賣人錢。又云：有貨不愁賣。

上樓拔短梯，原本為《史記・留侯世家》逼張良畫計故事，不畫計策不得下樓。後用作一種騙人上高處後拔梯使下不來的策略。《初學記》卷二四引《郭子》：殷中軍廢後恨簡文曰：上人著百丈樓上，擔梯將去。凌濛初《二刻拍案驚奇》卷二〇：又去知縣鄉里處拔短梯，故重複弄出這個事來。明李景雲《南西廂》：「送得他直上高竿，掇了梯兒閑看。」又《黃巖縣志》引《通俗編》：上樹拔梯。又浙江諺語：只能遇水搭橋，切莫上牆抽梯。可參閱。

隔牆甩塊瓦，與《金瓶梅詞話》第六九回：「隔牆掠篩箕，還不知仰著合著哩」同意。《黃巖縣志》卷二二：隔牆拋箕，仰仆不知。四川諺有「隔牆丟簸箕——反覆未定」。北平諺正有「隔牆丟瓦，未知仰臥」。

老虎跳過溪，朱介凡《中華諺語志》載浙東諺語：老虎跳過籬，只有一層皮。謂是謔語，言人只有一件衣。跳過籬，與跳過溪意近。第三九首「只得一張皮」，當接此為下句。

五七

一個雞頭暈，鍾馗著鬼迷。自心多不定，人面逐高低。

火把兩頭著，寒雞半夜啼。做官莫做小，平步上天梯。

一個雞頭暈，疑指美人乳房，《楊妃外傳》楊妃出浴，露一乳，明皇捫弄曰：軟溫新剝雞頭肉。唯孫錦標《通俗常言疏證》將「雞頭暈」歸入醫病類，似指頭暈病，又引《夢筆生花》杭州俗語雜對：雞頭暈，鵝掌瘋。鵝掌瘋亦在醫病類。

鍾馗著鬼迷，疑下接「有法無處使」，俗諺有「鬼迷張天師，有法無處使」。戲劇《九才子》寫鍾馗嫁妹事，其中有高傲鬼在天齊廟索食作祟，適鍾馗求宿，遂為寺僧治之。高傲鬼既敗於鍾馗，眾鬼均來助戰，以致毒傷鍾馗，幸得彌勒佛將高傲等四鬼吞食，閻羅又遣蝙蝠鬼送藥至，鍾馗始得救。此諺用意與「張天師被鬼迷」同趣，形容捉鬼者亦有被鬼迷之時。

自心多不定，疑上接「腳踏兩頭船」，參見第一三首。《中華諺語志》載諺有「腳踏兩條船，人定心不定」、「腳踏兩邊船，沒吃定心丸」、「腳踏兩隻船，左也難，右也難」、「腳踏兩隻船——又想上四川，又想下湖南」，均為自心不定之證。

人面逐高低，下接「世情看冷暖」。說人面上的表情，逐著對方情勢高低而恭倨。馮夢龍《古今小說》卷四〇：聞氏故意對丈夫道：常言道：人面逐高低，世情看冷暖。馮主事雖然欠下老爺銀兩，見老爺死了，你又在難中，誰肯唾手交還？元王子一《誤入桃源》第三折：

到的這柴門便喚咱兒名諱，他那黑默無聲弄盞傳杯，一個個緊低頭不睬佯裝醉，方信道：人面逐高低。

火把兩頭著，疑為加倍操心的意思。朱彝尊《明詩綜》卷九六，錄屈翁山云：粵俗歌語有「燈心點著兩頭火，為孃操盡幾多心」句。意相近。又《中華諺語志》載諺有：「一根兒香火上下點——這頭不著那頭著。」亦可參考。

寒雞半夜啼，寒雞好啼，似催晨早來。然古人以為寒雞夜啼，有示警的含義。諺云：「夜晚雄雞啼，祝融笑嘻嘻。」又云：「半夜雞叫要失火」、「雄雞叫，一更報火二更盜。」

做官莫做小，下接「做樹莫做老，官小被人欺，樹老風吹倒」三句。明沈采《千金記》十九齣：淨扮老倉官上：做官莫做小，做樹莫做老，官小被人欺，樹老風吹倒。自家乃是漢家一員倉官是也，怎麼一個不見來接我？

平步上天梯，平步指以平易的步伐行進，言行穩重，一路順利，天梯謂登天之梯。白居易〈潯陽歲晚寄元八郎中〉詩：「平步取公卿」，意與此近。李白〈夢遊天姥吟〉有「身登青雲梯」，曹鄴詩有「平地上天梯」。又考「上天梯」亦為骨牌中名狀，咄咄夫《一夕話》骨牌名狀有：「血染上天梯，渾似落花紅。」

五八

夏雨分牛背，晴天木屐鞋。一身忙碌碌，隨口打哇哇。
大騙遇小騙，天牌捉地牌。賺錢不吃力，都是命安排。

夏雨分牛背——說夏雨分域小，牛背這邊下，牛背那邊可能不下。清范寅《越諺》卷上：「夏雨隔牛背，秋雨隔灰堆。」注文說：「意義同於《埤雅》的『隔轍雨』。」前人有詩：「夏雨隔邱田，烏牛濕半肩。」亦同。考咄咄夫《一夕話》巧對中列「夏雨分牛背」，對「春風貫驢耳」。

晴天木屐鞋，疑下接「晴天不長價」，參見第一三〇首。晴天時批進雨傘及木屐鞋，晴天不漲價，待雨天時賣出。蝶廬主人《消閒大觀・集吳諺詩》：「雨落釘鞋傘，晴天木屐鞋。」兩句或不連接，故意相對。意或謂落雨時須釘鞋及傘，晴天時須木屐鞋。一為眼前實用，一為未雨綢繆。參見《民俗叢書》合訂本第一七八冊。

一身忙碌碌，謂人事紛劇不得休息。碌碌，亦云在凡庶之中。蝶廬主人《消閒大觀・集吳諺詩》：「雨落釘鞋傘，晴天木屐鞋，一生忙碌碌，多是命安排。」在晴天句下接「一身忙碌碌」及「多是命安排」，疑受本詩影響。

隨口打哇哇，口出哇長聲，而用手一拍一張，則發出哇哇間歇之聲。齊如山《諺語錄》：小兒每作群戲，將終了之時，便用手握口，隨握隨開，作哇哇之聲，每有此聲，便是前者所說的話，一概取銷的意思，隨口打哇哇者，便是隨說隨不算，所謂不信實已極。歇後諺有云：「小孩打哇哇——說了不算。」

大騙遇小騙，指惡人自與惡人相鬥法。清岐山左臣《女開科場》七：語云：小拐子撞著大拐子，惡人自有惡人磨，一個母夜叉，現是羅剎轉世，一個貼天飛，又從磨隊生來，重重制伏，如何可免？「小拐子撞著大拐子」與大騙遇小騙意同。

天牌捉地牌，天九牌中，除珍珠寶（六點配三點）外，天牌最大，天牌二扇，二十四點。地牌次之，地牌二扇，四點。地牌已甚大，唯天牌更高一級而捉之。比喻物之相剋，強中還有強中手。《牧豬閒話》：文牌以天牌為尊，武牌以九點為尊，故曰天九。考《兒女英雄傳》第四〇回：主兒就是一層天，天牌壓地牌的事，奴才就委曲，又敢說甚麼？

賺錢不吃力，下接「吃力不賺錢」，或作「賺錢不費力，費力不賺錢」，大老闆賺錢不吃力，小工人吃力不賺錢，大抵在講勞資不均。

都是命安排，相信一切有命，俗語所謂「命裏有時終須有，命裏無時莫強求」。又「命若窮，掘得黃金化作銅；命若富，拾得白紙變成布」。馮夢龍《醒世恒言》卷三三引作「萬事不由人計較，一生都是命安排」。笑笑生《金瓶梅詞話》第四六回引相同。又青心才人《金雲翹傳》第五回引作「萬事莫將奸巧覓，一生都是命安排」。

五九

富貴逼人來，何難之有哉。一身兼作僕，九子不忘媒。閉口深藏舌，悶聲大發財。清明插楊柳，小暑一聲雷。

富貴逼人來，典出《北史》，宇文主命楊素為詔書，下書立成，詞義兼美，周主曰：勉之，勿憂不富貴。素曰：但恐富貴來逼臣，臣無心圖富貴也。蝶廬主人《消閒大觀・集吳諺詩》：「富貴逼人來，鮮花連夜開，明朝風雨急，一敗便如灰。」

何難之有哉，模倣《陋室銘》末句「何陋之有」（此語本見《論語》），《左傳》中似此句法甚多：「何上之有」、「何日之有」、「何戎之有焉」、「何後之有」、「何患之有」、「何榮之有焉」、「何遲之有」、「何彊之有」等，此諺言不難。

一身兼作僕，下亦接「半點不由人」。明徐元輝《脫囊穎》第一折：傷了左足，至今將息不起，行走不便，這個真喚做跌挫英雄。少不的甓煞了好漢。兩日沒水吃了，只得勉強出去，到十字街頭金井欄內汲些水用也。正是：一身兼作僕，半點不由人。本諺詩未收「半點不由人」，可能下接「半世枉為人」。參見第七一首。

九子不忘媒，下接「十子要送媒」。朱介凡《中華諺語志》引：「九子弗忘媒，十子要送媒。」子多之家，對媒人要特別感激，常言道「揀親不如擇媒」，選親首要選媒，古代由相親、文定、說期到迎親，均賴媒人奔走說合。

閉口深藏舌，下接「安身處處牢」，原本為馮道〈詠舌〉詩，警世慎言則處處可安身。清錢大昕《恒言錄》卷六，謂俗語出於唐宋詩者，舉此為《事林廣記》所集警世語。參見第八七首。明馮夢龍《醒世恒言》卷三五：緘口結舌，再不干預其事，也省了好些恥辱，正合著古人兩句言語，道是：閉口深藏舌，安身處處牢。

悶聲大發財，能沈住氣悶聲不響者，往往可以大發財，發財而驕、而宣揚者，常遭妒遭禍。《黃巖縣志》卷三二：戒爭訟則曰：悗聲大發財。注：悗，今俗音悶，即忍一忍、吃不盡意。又寧波人有悶聲大發財的說法，於正月初五敬財神，以及清明掃墓，特意不放鞭炮，成為禮俗。范寅《越諺》引「悶聲大發財」，注云：致富者每不茍言，不暴氣。

清明插楊柳，明清的一種風俗，清潘榮升《帝京歲時紀勝》：清明日摘新柳佩帶，諺云：「清明不帶柳，來生變黃狗。」又明田汝成《熙朝樂事》：清明戴柳，清明前兩日謂之寒食，人家插柳滿簷，青蒨可愛，男女亦咸戴之，諺云：「清明不戴柳，紅顏成皓首。」此並就不插柳言之，若清明插楊柳則一插即活，疑下當接「搭著便生根」，參見第七八首。又浙江兒歌有：「清明戴楊柳，下世有娘舅。」（見《中國廿省兒歌集》）

小暑一聲雷，下接「倒轉做黃梅」或「半個月黃梅倒轉來」、「重新做黃梅」等，參見第六一首。清顧祿《清嘉錄》卷五：「俗又忌小暑日雷鳴，主潦，俗呼倒黃梅，諺曰：小暑一聲雷，依舊倒黃梅。」

六〇

連晚日頭出，奇哉又怪哉。三辛逢板六，五子奪經魁。

錢是人之膽，禍從天上來。開門七件事，平地一聲雷。

連晚日頭出，似為禪家矛盾語法，宋普濟《五燈會元》卷十一：「池州魯祖山教禪師，僧問：如何是孤峰獨宿底人？師曰：半夜日頭明，日午打三更。」「半夜日頭明」與「連晚日頭出」相似。

奇哉又怪哉，上下可接之句必多，如「奇哉怪哉，楸樹上結的蒜苔」，見陝西諺語。江蘇兒歌有類似者，如「希奇希奇真希奇，麻雀踏殺老母雞，螞蟻身長三尺六，八十老翁坐在搖車裏」。

三辛逢板六，指農曆六月中有三個辛日與一個初六，皆吃素，叫做雷齋。有時初六又逢辛日，叫三辛逢板六，更是純素。清顧鐵卿《清嘉錄》卷六：六月，辛齋。二十五日，為辛天君誕辰，謂天君為雷部中主簿神。凡奉雷齋者，至日皆茹素，以祈神祐。又月之辛日及初六日，俗呼「三辛一板，六不御葷」，謂之辛齋。

五子奪經魁，比五子登科更出色。疑為某戲劇中事。戲劇有《北海現金橋》寫姑蘇蘇氏兄弟五人，大哥二哥，棄文習武，封平北侯、掃北侯。大比之年，蘇氏三四五三弟兄一同赴考，分別中狀元、榜眼、探花，蘇母教子有方，封為一品萬壽夫人。或相類似。又考江蘇兒歌〈甘棠橋〉有「五子奪魁燈」。又南陽新婚〈鋪床〉歌辭有：兩頭一握，五子登科，兩頭一捺，五子中狀元。又蘇州桃花塢年畫，以五個娃娃奪冠，寓意五子奪經魁。

錢是人之膽，有了錢就有膽量。石玉昆《三俠五義》第九六回：真是錢為人之膽，他有了銀子，立刻精神百倍，好容易趕赴長沙，寫了一張狀子，便告到邵老爺臺下。又有上接「衣是人之威」者，元劉唐卿《降桑椹》第一折：仇彥達云：秀才言者當也，便好道：衣是人之威，錢是人之膽。

禍從天上來，原本上接「閉門家裏坐」。清王有光《吳下諺聯》卷三：唐寅于歲暮書無數門聯：閉門家裏坐，禍從天上來。令館僮持貼橋頭巷口，轉彎牆垣，黑暗門第，時當除夕無知，元旦家家失色，是年蘇城疫流比戶。參見第一四首。然考元人鄭廷玉《金鳳釵》卷三已有此語，並非唐寅創作，意為無端飛來橫禍。

開門七件事，指柴米油鹽醬醋茶。元武漢臣《玉壺春》第一折：教你當家不當家，及至當家亂如麻。早晨起來七件事，柴米油鹽醬醋茶。又元無名氏《度柳翠》楔子，亦唸此詩。元無名氏《百花亭》第一折亦唸此詩。

平地一聲雷，上接「禹門三級浪」。指一聲春雷，大地為之忽然改觀。元無名氏《劉弘嫁婢》第三折：禹門三級浪，平地一聲雷。凭時節乘肥馬，衣輕裘，居館閣，坐琴堂。明徐霖《繡襦記》二齣：丑：大相公要去科舉，必定是禹門三級浪，平地一聲雷。《荊釵記》：躍過禹門三尺浪，管教平地一聲雷。

六一

留得青山在，青春不再來。今年吃苦菜，倒轉做黃梅。
落地僭一歲，來遲罰三杯。夜壺當酒鼈，無謊不成媒。

留得青山在，下接「不怕沒柴燒」、「依舊有柴燒」、「自有砍柴時」等，意皆同。曹雪芹《紅樓夢》第八二回：紫鵑道：姑娘身子不大好，依我說，還得自開解著些，身子是根本，俗語說的：「留得青山在，依舊有柴燒。」又青心才人《金雲翹傳》第五回：今雖好人多魔難，然留得青山在，自有砍柴時，你捱過此難，自有回天日子。參見第八二首，又見第一四三首。

青春不再來，上接「白日莫閑過」，本為唐林寬詩，參見第一〇〇首。元史九敬先《莊周夢》第二折：末云：將酒來。生云：賜飯足矣，小人酒上不明。末云：不吃酒不是斯文，豈不聞：白日莫閒過，青春不再來，今人不飲酒，古人安在哉！

今年吃苦菜，下接「明年中狀元」，參見第七六首。燕谷老人《續孽海花》第四六回：郁文道：我們鄉間有句話，叫做「今年吃苦菜，來年中狀元。」敦中是想中一個狀元玩玩的，所以先吃些苦菜。

倒轉做黃梅，未依黃梅天氣，先雨後雷。明徐光啟《農政全書》卷十一：時雨：中時主大水，若末時縱雨亦善。末時得雷，謂之送時，主久晴。諺云：迎梅雨，送時雷，送去了，便弗回。諺云：黃梅天日幾番顛。處暑日若聞一聲雷，則黃梅倒轉做。清顧鐵卿《清嘉錄》卷五：五月黃梅天，長元吳志皆載「處暑一聲雷，依舊倒黃梅」。舊占：處暑日忌雷鳴。此諺乃上接「處暑一聲雷」。黃梅若倒轉做，霪雨不歇，故《農候雜占》卷一有「三梅三送，低田白弄」之說。白弄是為水所淹，白忙的意思。參見第五九首。

落地僭一歲，疑下接「三年活兩歲」，參見第三三首。古代農曆不以實足年齡計數，落地即多報一歲。

來遲罰三杯，酒宴上常有的規矩，遲到者罰酒三杯。梁同書《頻羅庵遺集》卷十三云：吳俗飲酒，來遲罰三鍾。顧張思《土風錄》云：人題四韻，後者罰三杯，蓋本王子敬蘭亭詩不成罰三觥之事，俗以到遲比詩遲耳。孫錦標《通俗常言疏證》來遲罰三杯條引《荊釵記》劇：外云：來遲了。丑云：來遲罰三鍾。

夜壺當酒鼈，諺有「夜壺裏燉肉——臊（騷）貨」，可參考。又有「尿鼈子打酒——錯了壺了」、「尿鼈子裝酒——不是味道」、夜壺當酒鼈，可能取「不是味道」意。

無謊不成媒，謂媒人總要虛譽失實，因此不說謊話不成媒妁之言。胡君復《古今聯語》卷三引諺語「會做媒人兩下瞞」，即此意。馮夢龍《醒世恒言》卷七：顏俊道：常言無謊不成媒，你與我包謊，只說十二分人才，或者該是我的姻緣，一說便就，不要面看，也不可知。又《中國諺語集成・浙江篇》載杭州諺語：「無謊不成狀，無騙不成媒。」

六二

有禮不可缺，香爐蠟燭臺。堂前掛草薦，嘴上塗石灰。

怕婦千年富，行動三分財。自篩罰不滿，對個手兒來。

有禮不可缺，下接「無禮不可增」，不可缺或作不可減，朱介凡《中華諺語志》引：有禮不可減，無禮不可增。臺語或作「有例不可減，無例不可興」意相近。《殺狗記》劇：自古道：禮不可缺。

香爐蠟燭臺，疑是歌謠中句，《民俗叢書》合訂第十九冊載衢縣〈月亮婆婆〉謠：「月亮婆婆，拜你三拜，做雙花鞋，妹妹穿穿，一穿就破，丟得大門外，叫化子撮去當蒲鞋，穿到縣西街，撮著一對蠟燭臺。」清蔡奭《官話彙解便覽》器具服飾類列有「香爐」、「燭臺」、「正蠟臺」等。

堂前掛草薦，取歇後語「不是畫」，以畫話同音，指斥不成話兒。吳敬梓《儒林外史》第五四回：瞎子聽了半天，聽他兩人說的都是「堂屋裏掛草薦——不是話」，也就把扯勸，慢慢的摸著回去了。

嘴上塗石灰，疑是「白說」的意思。石玉昆《三俠五義》第三回：展昭便道：小弟現在有些小事情，不能奉陪尊兄，改日再會。說罷，會了錢鈔，包公也不謙讓，包興暗道：我們三爺嘴上抹石灰，那人竟自作別去了。近人劉江《太行風雲》第十五節作：你吃不了人，嘴上抹石灰，你白說哇！

怕婦千年富，疑下接「欺妻一世貧」，參見第六八首。蔡東藩《兩晉演義》第二回：「俗稱『懼內多富』，充之富貴，想即出此。」意相同。

行動三分財，說只要行動，就生三分財氣。吳承恩《西遊記》第六八回：古人云：行動有三分財氣，早是不在館中呆坐。孫錦標《通俗常言疏證》引〈連相梆子腔〉：行動行動，自有三分財氣。又諺云：勤力勤力，三分財氣。又云：行動三分財，坐著哪裏來？是下或接「坐著哪裏來」。

自篩罰不滿，謂自斟罰酒常不滿杯，與紹興諺語「自割肉勿深」意近。史襄哉《中華諺海》引「自肉刺不深」意亦近。

對個手兒來，疑為猜拳時出聲猜測兩人合計手指數為十，則稱「對個手兒來」，至今福州拳，九稱「快快」，十稱「對手」。又湯強《寧波鄉諺淺解》：「對手用作連手解，例如請別人幫忙，做好一樁事情，必曰：請你做對手好不好？自願替別人服務，也曰：讓我來做對手。」則對個手兒亦有作出手幫忙意。

秃秃秃狗才，引出洞仙來。有冤沒處訴，死店活人開。
外面敲堂鼓，親身立櫃臺。無零不成賬，孤老的錢財。

秃秃秃狗才，未詳。《中華諺語志》載諺語有「小和尚倒尿壺——禿、禿、禿」。亦像是罵小孩的話，《金瓶梅詞話》第二〇回：「就是你這小狗骨禿兒的鬼，你幾時往後邊去？就來哄我！」

引出洞仙來，疑上接「海龍王倒竈」，參見第五首。八仙過海事，見佚名所作《爭玉板八仙過滄海》一劇，因為藍采和腳踏玉板，放萬道毫光，東海龍王的二個兒子想搶奪，結果呂洞賓的飛劍把二小龍王殺得一死一傷。八仙為「上八洞神仙」，洞仙一來，海龍王家禍事。

有冤沒處訴，上接「天高皇帝遠」，指冤屈受下官矇蔽，無法上達天聽。《檮杌閑評》第四一回：無奈這是個欽差官兒，不受撫按的節制，無處告理，正是天高皇帝遠，有屈也難伸。又《施公案》第三八四回：東方亮道：他也曾到府裏喊冤，怎奈府裏不准，又往省裏控告，依然批駁下來，真所謂天高皇帝遠，有冤無處申。字稍不同，意無差別，參見第八九首。

死店活人開，比喻辦事要靈活，在死板的環境中創造出生機。清李綠園《歧路燈》第七二回：死店活人開，你看我三人一路，怕些什麼？齊如山云：屢開屢倒閉者謂之死店。或有下句為「死店活人開，買賣各自作」。《中國諺語集成・浙江篇》載台州諺語：死店活人開，活店死人開。上句指將沒生氣的店搞活，下句或作「買主都會來」不必張羅。

外面敲堂鼓，是外頭充闊老，擺排場的意思。朱介凡《中華諺語志》引：「外頭敲堂鼓，裏頭呷鹽菜肉。」與「外面講大話，屋頭吃豆渣」、「外頭大排場，屋沒引火柴」、「出門如官樣，洗鍋無米放」，均為只講面子擺闊氣者，故此諺下接「裏頭喝粥湯」，參見第九六首。

親身立櫃臺，紹興諺語有：種田勿離田頭，店倌勿離櫃頭。金華諺語有：好男勿離三尺櫃。都說親身立櫃臺，買主容易上門，所謂開店容易守店難，路靠走，店靠守。《中華諺語志》載諺云：老爺的神臺，老板的櫃臺。意相近。另有「瞎子站櫃臺——死等這買賣」，指不能主動兜售，唯有死等。與本諺意不同。

無零不成賬，指賬目必然不常是整數，沒有零數就不成為賬，「無零不成賬」與「無賒不成店」，均為中國生意人的口頭禪。

孤老的錢財，下接「瞎子的性命」，指唯一依靠的東西，無子孫者的錢財，與瞎子乞丐的性命，是唯一僅剩的寶貝，最為珍惜，最為吝慳。

六四

跳出三界外，生個五方騃。愛錢如愛命，爭氣不爭財。
扁擔兩頭塌，衙門八字開。不將辛苦去，請出令尊來。

跳出三界外，下接「不在五行中」，三界為佛家語，指欲界、色界、無色界，跳出三界外，已非世俗之人。許仲琳編《封神演義》第二六回：「妹妹既係出家，原是超出三界外，不在五行中，豈得以世俗男女分別而論？」參見第二六首。

生個五方騃，騃是癡呆的意思，五方指東西南北中。

愛錢如愛命，視錢如生命一般重要，指吝惜錢財者。清嶺南羽衣《東歐女豪傑》第四回：「我想近來世界，不管什麼英雄，什麼豪傑，都是愛財如命。」

爭氣不爭財，意近「輸財不輸氣」。東魯古狂生著《醉醒石》第四回：爭氣不爭財，只要事成，便是百金，家父不出，我出。參見第一三七首。又《中國諺語集成・浙江篇》引寧波諺語：爭氣勿爭財，禍從天上來。又紹興諺語：賭氣勿賭財，戲文做兩臺。又：爭財不爭氣，爭氣不爭財。

扁擔兩頭塌，意指兩頭落空。周立波《山鄉巨變》上十：「那邊聽說不是紅花親，定不肯要了，好吧！這下子，那邊擋駕，這邊又不能轉去，落得個『扁擔沒扎，兩頭失塌』。」與此諺語意近。又宋呂陶《淨德集》卷三一引諺云：「錦擔垂兩頭」，含意與此諺不同。又或作「尖擔兩頭脫」，亦兩面脫空之意。衢州諺語有「扁擔無梢兩頭脫」，元曲《氣英布》第一折：「你這裏怕不有千般揣摩，卻將咱一時間瞞過，則怕你弄做尖擔兩頭脫。」

衙門八字開，下接「有理無錢莫進來」。清汪輝祖《佐治藥言》：「諺云：衙門六扇開，有理無錢莫進來。非謂官之必貪，吏之必量也。一詞准理，差役到家，則有饌贈之盜。」吳趼人《九命奇冤》第六回：「凌氏道：算了吧！豈不聞衙門八字開，有理無錢莫進來！你兄弟的財勢，哪一樣敵得過凌貴興，受了這場惡氣還不夠，還要去討一場輸官司麼？」

不將辛苦去，下接「難賺世間財」。馮夢龍《醒世恒言》卷十四：「朱真道：不將辛苦意，難近世間財。」而笑笑生《金瓶梅詞話》第五九回：「你看貨才料，自古能者多勞，你看不會做買賣，那老爹托你麼？常言：不將辛苦意，難得世人才。」本諺詩作「不將辛苦去，難賺世間財」，參見第六五首。

請出令尊來，待考。或如浮白主人《笑林》中故事。

六五

活在狗身上，露出馬腳來。能知天下事，難賺世間財。
美色人人愛，心花朵朵開。六親同一命，八馬吃雙杯。

活在狗身上，史襄哉《中華諺海》引作「年紀活在狗身上」，朱介凡《中華諺語志》引此列入不成器、沒出息類，歲月虛增，無所長進，年紀如活在狗身上，有憤懣指責意。

露出馬腳來，指用心掩蓋偽飾的事，常露出破綻。清李漁《憐香伴》二九齣：錦標兒奪得秋雲文，誰知馬腳兒露向春風。元無名氏《陳州糶米》第三折：聽知聖人差包待制來了，兄弟，這老兒不好惹，動不動先斬後聞，這一來則怕我們露出馬腳來了。又考咄咄夫《一夕話》列五言巧對：「呵得牛頭熟，露出馬腳來。」

能知天下事，上接「秀才不出門」，參見第七九首。孫錦標《通俗常言疏證》引《通俗編》：老子：不出戶，知天下。按今諺云秀才不出門，能知天下事，即此。

難賺世間財，上接「不將辛苦去」，參見第六四首。明袁令昭《雙鶯傳》第一折：小淨上：不將辛苦事，難近世間財。兩位相公，要到那裏？又清李漁《比目魚》十齣：不將辛苦意，難取世間財。只要令愛受得，學生也受得，我和他有苦同受，有福同享就是了。

美色人人愛，食色性也，美色為人人所愛。天姿國色，何啻十人九愛，人人愛慕。史襄哉《中華諺海》引作「酒色人人愛，財帛動人心」。

心花朵朵開，指喜極而心花怒放，朵朵盛開。王陶宇《俏皮話大全》有「胸窩裏栽牡丹——心花怒放」。

六親同一命，指六親命運相同，相互關聯。李汝珍《鏡花緣》第五六回：「不意府上也因接駕合家離散，真可謂『六親同運』，豈不令人傷感。」又馮夢龍《醒世恒言》卷十八：「俗語說得好：六親合一運。那朱恩家事也頗長起，二人不時往來，情分勝如嫡親。」

八馬吃雙杯，此為猜拳術語，疑上接「行拳莫動氣」，參見第五四首。考今北京拳八數猶稱「八匹馬」、「八馬」，五更拳亦稱八馬。猜測兩人合計手指數為八，猜中則勝，敗者吃雙杯酒。唐朝亮謂浙江習俗豁拳時，有作臨時規定：如豁中五不喝酒，喊中「八馬雙杯」，要喝雙杯酒等（見《民間文化研究》）。

六六

雨落天留客，時衰鬼弄人。敲門捉犯夜，引火自燒身。
老虎呑蝴蝶，田雞服惰民。三升三合命，撲手沒蓬塵。

雨落天留客，下接「天留人不留」。參見第一二四首。相傳笑話：主人拒客云：雨落天留客，天留人不留。客別為斷句云：雨落天，留客天，留人不？留。又金華諺語有：「風催人，雨留人，下雪勿走糊塗人。」

時衰鬼弄人，說人在倒霉的時候，連鬼也來作弄人。清王士禎《香祖筆記》卷九：「惡詩相傳，流為里諺，此真風雅之厄也。如『亂世奴欺主，時衰鬼弄人』，唐杜荀鶴詩也。」本諺語或作「神衰鬼弄人」、「年衰鬼弄人」，意同。

敲門捉犯夜，敲門捉犯，恒在深夜，故元人《盆兒鬼》劇云：為人本分作經營，淡飯粗茶心自寧，平生莫做虧心事，半夜敲門不吃驚。又《水滸傳》第三六回：你是甚人？黃昏半夜，來敲門打戶。

引火自燒身，指自招災禍，如引火自燒煞。《黃巖縣志》卷三二：鬥風點火自燒身，孽由自作也。

老虎吞蝴蝶，謂僅供一抿，吃不飽的意思。送禮者自謂禮物少，亦可謙稱老虎吞蝴蝶。朱介凡《中華諺語志》引「老虎吃蝴蝶——吃不飽」，又「老虎吃蝴蝶——不經大嚼」，另有「老虎舔蝴蝶」。史襄哉《中華諺海》亦作「老虎吃蝴蝶，吃不飽」。

田雞服惰民，田雞即青蛙。朱介凡《中華諺語志》錄浙江紹興民諺：田雞服墮民手，謂墮民善捉蛙。周德培謂幼時有諺云：小惰民，釣田雞。惰民為明清以來住在紹興的賤民，以蚱蜢為餌，釣蛙如釣魚，抖動竹竿，使蚱蜢作跳躍狀，青蛙見而吞食，惰民手法純熟，手到擒來。又婁子匡《紹興故事與歌謠》頁六四：紹興自明以來，有種公奴名曰「惰民」，通作「墮民」，俗叫「墮貧」，據說清雍正元年後，政府屢次宣告除籍，見《會典事例》，但社會上還是同樣的歧視，他們仍甘以惰民自居：男的做戲子吹手，收雞鴨毛，換糖換豆換引線，釣田雞等，女的做「老嫚」，有喜喪等事為人家服務。

三升三合命，勸人安分知命，命是三升三合，不要再枉求。清范寅《越諺》卷上引「九斗九升命，輳成一石要病」。注：人貴知足。意相近。又江蘇兒歌有「七合升籮八合命，滿了升籮要生病」意亦同。

撲手沒蓬塵，疑下接「灰塵撲落脫」，參見第一一九首。可能正自誇撲手絕無蓬塵，自道乾淨，而灰塵撲落脫掉下，拆穿真相，甚為難堪。

六七

狗咬呂洞賓，大審玉堂春。無私卻有弊，弄假反成真。
惡事傳千里，荒年斷六親。堆金不算利，總是一家人。

狗咬呂洞賓，不識好人心。錢南揚《漢上宧文存》轉錄《六院匯選江湖俏話》：「狗咬呂洞賓——不識個好人。」曹雪芹《紅樓夢》第二五回：彩霞咬著嘴唇，向賈環頭上戳了一指頭，說道：沒良心的！狗咬呂洞賓，不識好人心！

大審玉堂春，事見明代小說話本《警世通言》中〈玉堂春落難逢夫〉一則，寫蘇三淪落風塵，幸遇王景隆，彼此相愛，卻被鴇子騙賣外省，被誣下獄，幾被處死的故事。與第七首「玉堂春富貴」不同。戲劇有《玉堂春》及《三堂會審》，王金龍喬裝私訪，賣花金哥將案情和盤托出，大審後蘇三無罪。

無私卻有弊，諺云：「小姑跟到和尚一路走——無情就有弊。」疑即是本諺之出處。作「無私卻有弊」亦佳。另諺云：有官就有私，有私就有弊。似與本諺含義相反。

弄假反成真，上接「弄巧翻成拙」。吳承恩《西遊記》第七〇回引作「弄巧翻成拙，作耍卻為真」意與此相近。參見第四三首。孫錦標《通俗常言疏證》引《瑣綴錄》：羅倫誚吳與弼詩：誰知弄假卻成真。又引元人《隔江鬥智》劇：那一個掌親的，怎知道弄假成真。

惡事傳千里，上接「好事不出門」。人喜傳播惡事，信其必有。笑笑生《金瓶梅詞話》第八五回：常言好事不出門，惡事傳千里。不消幾日，家中大小都知金蓮養女婿，偷出私肚子來了。

荒年斷六親，下接「旱年無鶴神」。荒年自顧不暇，六親無法周濟。清翟灝《通俗編》卷四倫常類引「荒年無六親，旱年無鶴神」，見《紀曆撮要》。又《楊升庵集》亦引此。

堆金不算利，指金銀堆著不能生出利息，疑下接「銀貲整腳籮」，只能守財保本而已。參見第八九首。

總是一家人，上接「道人見道人」。吳承恩《西遊記》第三三回：行者陪笑道：比較什麼？道人見道人，都是一家人。

六八

有子萬事足，欺妻一世貧。庸庸多厚福，醜醜做夫人。
窮鬼先出世，孿子不認真。栽花不栽刺，難保百年身。

有子萬事足，上接「無官一身輕」或「無病一身輕」、「無累一身輕」。東魯古狂生著《醉醒石》第七回：家下有五個兒子，真教：無官一身輕，有子萬事足。又淩濛初《初刻拍案驚奇》卷二〇：今你壽近七十，前路幾何？並無子息，常言道：無病一身輕，有子萬事足。又明一笠庵《人獸關》第二折：續弦嚴氏，中年才舉一雄，喚名施還，縱然未露頭角，也略奇嶷，真是：無累一身輕，有子萬事足。參見第一〇八首。

欺妻一世貧：疑上接「怕婦千年富」，參見第六二首。妻為世上唯一最忠心於自己者，竟然欺淩之，註定一世貧困，難有作為。

庸庸多厚福，說平庸的人常常多有厚福，所以中國人有「庸福」一詞，龔定盦就說「文格漸卑庸福近」，諺語也有「庸人多厚福」，清崇彝《道咸以來朝野雜記》崇禮兩次貶官，一為山海關副都統，一為熱河都統，然而成全其一品階級，否則未到外省，雖尚書不可得，遑論入閣拜相，亦可謂庸人多厚福。又考其原文出自《後漢書》，虞詡上疏曰：方今公卿，類多拱默，以樹恩為賢，盡節為愚，至相戒曰：白璧不可為，容容多後福。後變作「庸庸多厚福」。

醜醜做夫人，說相貌雖醜，常有福氣成了夫人。清佚名《定情人》第十回：從來說醜醜做夫人，況他面貌，也還不算醜陋。又清朱素雲《玉連環傳》第三四回：常嘲笑吾醜容顏，那曉得常言：醜醜夫人相。

窮鬼先出世，俗云：我比窮鬼先出世，我是窮鬼的阿爹。窮鬼一詞，見韓愈〈送窮文〉：三揖窮鬼而告之。

蠻子不認真，未詳。這蠻子可能是指蠻橫的兒子，南京諺有「包大爺兒子——拗蠻子」，又諺有「蠻妻拗子——無法可治」，「蠻妻劣子，無藥可治」，可參考。

栽花不栽刺，比喻說話，多為別人說好話，少講譏刺的話。朱介凡《中華諺語志》引：多栽花，少栽刺。並注道：多為人說好話，所謂「先容」。將此諺列入譽美類。又諺有：求福不求禍，栽花莫栽刺。

難保百年身，上接「未歸三尺土」，參見第一二七首。人在未曾入土前，以難保百年身為憂慮；人在既入土後，又以難保百年墳為憂慮。《莊河縣志》卷十一引此，注云：「言人生死難保，將來未可預定。」

六九

恨小非君子，怕死不忠臣。賭錢輸急漢，酒醉罵仇人。嫁的嫁不著，說話說得真。平安就是福，有子不愁貧。

恨小非君子，下接「無毒不丈夫」。說君子要能愛能恨，不能洩恨不算君子。羅懋登著《三寶太監西洋記通俗演義》第四七回：恨小非君子，無毒不丈夫，你與我備辦下三百擔乾柴，把南朝三個將官，我前日那一個太監一齊綑縛了，丟在篷上燒化了他，才泄得我心中之恨。參見第五四首。

怕死不忠臣，上接「忠臣不怕死」。陳汝衡修訂《說唐》第六〇回：自古道：忠臣不怕死，怕死不忠臣。我今奉聖上旨意，豈可不赤心盡力？若然私自回家，豈是忠臣所為？

賭錢輸急漢，與「猴賭必輸錢」、「輸鈿輸急漢」同意。朱介凡《中華諺語志》引「賭錢輸劇漢」，劇謂艱劇。今考，劇即急劇，急欲覓人賭者氣浮躁，常易輸錢。又「賭錢輸窮鬼」，賭本不厚，怕輸必輸。

酒醉罵仇人，即諺云「酒醉心明白，罵的是仇人」，凝成一句為「酒醉罵仇人」，蓋酒後吐真言，沒有不說的話，於是常罵仇人。

嫁的嫁不著，疑下接「沒吃又沒著」，諺有「老公嫁不著，沒吃又沒著」，疑與此同意。

說話說得真，諺有「有錢能說話」，又有「有錢道真話，無錢話不真」。考史襄哉《中華諺海》有「鄉親遇鄉親，說話也好聽」，下句似可用此句，又有「買貨買得真，折本折得輕」，上句句法類似此句，又《中國諺語集成・河北篇》有「說話要真，喝水要清」、「狐皮是白的好，說話是真的好」。

平安就是福，下接「怪異總非祥」。羅貫中《平妖傳》第二回：只因員外動了這念道，有分教：永兒弄得一般奇異姻緣，鬧遍了開封一府，正是：一味平安方是福，萬般怪異總非祥。

有子不愁貧，諺或作「有貨不愁貧」、「有子貧不久，無子富不長」、「有女不為孤，有兒不算窮」，意有相似。

七〇

吃飯量家道，好男不遊春。有心尋鳥門，氣殺抱雞人。

兩好合一好，家貧不是貧。逢橋須下馬，柴撫鐵三新。

吃飯量家道，從吃飯看教養，可以量出家道。俗語「三世仕宦，方解著衣吃飯」，意相近。典或出《魏志》：文帝詔云：三世長者知被服，五世長者知飲食。注：言被服飲食不易也。《三河縣新志》卷八引諺：吃飯穿衣量家當。注：生活程度隨環境而高下。

好男不遊春，原本作「好男不鞭春」，元俞希魯《至順鎮江志》卷三引《歲時雜記》：「立春鞭牛訖，庶民雜沓如堵，頃刻間分裂都盡，又相攘奪，以致傷毀身體者，歲歲有之。得牛角者，其家宜蠶，亦治病，故里諺云：好男不鞭春，好女勿看燈。」後鞭牛分肉之俗不行，諺語改為「好男不遊春」，不遊春閒嬉。

有心尋鳥門，《日本野語述說》載「鬥雀不恐人」的諺語，仲允父云：「二雀相鬥，則不恐人捕之也，譬之躁暴忿戾之徒，見役於血氣，而乃以不顧後悔，自甘而取禍也。」並引《顏氏家訓》：窮鳥入懷，仁人所憫。日本和漢古諺中往往存有中土諺意，若據此則有心去尋鳥鬥，欲收漁翁之利而捕之，如守株待兔一般，往往可遇不可求。

氣殺抱雞人，上接「抱雞雞不鬥」，參見第七五首。抱雞者養兵千日，用在一朝，抱雞雞不鬥，令抱雞者氣煞。史襄哉《中華諺海》引有此諺。

兩好合一好，下接「三好合到老」，見清范寅《越諺》卷上。第一二五首作「三好同到老」意同。又文康著《兒女英雄傳》第二五回：「你道兩好并一好，愛親才作親，一家不成，兩家現在，何至于就糟到如此？」是此下句亦可接「愛親才作親」。指男女雙好合成一門好親事，婚姻又好，乃同好到老。

家貧不是貧，下接「路貧愁煞人」。說在家貧不算貧，出外貧才要愁煞人。吳敬梓《儒林外史》第二四回：雖不是親戚，到底是你的一個舊鄰居，想是真正沒有盤費了，自古道：家貧不是貧，路貧愁煞人。

逢橋須下馬，下接「有路莫登舟」。清吳喬答萬季野詩問：「于六義中，姑置風雅頌而言興賦比，此三義者，今之村歌俚曲，無不暗合，矯語稱詩者自失之耳。如『逢橋須下馬，有路莫登舟』賦也。」另參見第二一首。又趙德麟《侯鯖錄》卷六：「宗弟鵬舉言，見一驛壁上有詩云：逢橋須下馬，過渡莫爭先，此征途藥石也。」

柴撫鐵三新，是杭州的五個橋名，即柴垛橋、撫橋、鐵佛寺橋、三聖橋、新宮橋，杭人五橋名簡稱成諺，唯杭人知曉，他地人不易知，見葛元煦《集杭諺詩・序》。

七一

出得我的手，寧可他不仁。七分不像鬼，半世枉為人。
搭桌兒點戲，王府裏做親。多年老土地，十月小陽春。

出得我的手，疑下接「入得你的手」。朱介凡《中華諺語志》引江蘇諺語：「出得我的門，進得你的門。」可參閱。又禮物太輕，也說「出不得手」。

寧可他不仁，疑下接「不可兩無情」，取寧人負我，無我負人之意。明徐畛《殺狗記》十二齣，有「寧可一不是，不可兩無情」句，可參考。又或下接「不可我不義」，今人常用「寧可他無情，不可我無義」亦可參考。

七分不像鬼，上接「三分不像人」，形容相貌醜陋。明王錂《春蕪記》十一齣：看你三分不像人，七分不像鬼，要想我家小姐，正是那癩蝦蟆思量天鵝肉吃。又《濟公全傳》第一九八回：一個窮和尚，短頭髮有二寸多長，一臉的油泥，破僧衣短袖缺領，腰繫絨絛疙裏疙瘩，足穿兩隻草鞋，梯他梯他，一溜歪邪，長得三分不像人，七分倒像鬼。

半世枉為人，疑上接「一身兼作僕」。參見第五九首。唯另有俗語云：知恩不報恩，枉為世上人，亦可供參考。石玉昆《三俠五義》第五二回：俗語說得好：知恩不報恩，枉為世上人。

搭桌兒點戲，古時民間草臺戲，無戲臺，都由八仙桌拼搭而成，戲目由主人自點，或慶壽，或酬神，多為喜事。搭桌點戲，為富家事。

王府裏做親，指爽快俐落，大手筆來，大手筆往。諺云：王府裏做親——大來大往。

多年老土地，近方的土地神，勿可勿拜。紹興諺語：山王土地，勿可勿拜。多年老土地則一切熟悉勝於地頭蛇。杭州諺云：當方土地當方靈，老虎拖人問土地。孫錦標曰：指鄉鎮地方之有勢力者。故湖州諺云：老虎下山，先拜當方土地。

十月小陽春，《三國演義》諸葛亮借東風，在十月天所以有東南風，蓋十月冬至一陽生，有小陽春和暖之日。《南皮縣志》卷四：「九月冷，十月溫，十一月小陽春，進了臘月冷幾日，年前年後就打春。」河北較冷，一般均說十月為小陽春。《中華諺語志》引諺語：八月暖，九月溫，十月小陽春，冬至月，冷幾日，臘月又立春。《中國諺語集成・浙江篇》載嘉興諺語：十月小陽春，無雨暖烘烘。

七二

無獨必有偶，見新不吃陳。行行出君子，眼眼看生人。
泥佛勸土佛，門神打竈神。耳聽好消息，躲過惡時辰。

無獨必有偶，有其一，復有其二，非只此一個，尚有一個可配對。且兩事非常相似，孫錦標《通俗常言疏證》物必有偶條，引《荷花蕩》劇：我想起來，天下物必有對。並曰：今人所謂物必有偶是也。王陶宇《俏皮話大全》：二四六八十——無獨有偶。

見新不吃陳，見新的菜蔬上市，就不再吃陳的，菜蔬如此，亦可以喻一切喜新厭舊的事物。嘉興諺語有「吃了新米飯，勿提陳年話」，亦以新陳相對，用意不同。

行行出君子，謂各行各業均有人才。文康著《兒女英雄傳》第十一回：俗語說得好：「行行出狀元」，哪一行沒有好人哪？好人意與君子同。孫錦標《通俗常言疏證》引《夢筆生花》杭州俗語雜對：行行出君子，處處有強人。第二三首有「村村出好漢」，可參閱。

眼眼看生人，上接「腳腳踏生地」，來到陌生異地的景況，人地生疏，即所謂人生地不熟，或人生面不熟。元武漢臣《金閨》劇：喒到這裏，人生面不熟，投奔誰的是？

泥佛勸土佛，同類貨色，自己也犯的錯，卻去勸別人。笑笑生《金瓶梅詞話》第十三回：那吳月娘聽了，與他打了個問訊，說道：我的哥哥，你自顧了你罷，又泥佛勸土佛，你也成日不著個家，在外養女調婦，又勸人家漢子！另第一三八首亦用此諺。指自顧不暇，還只想勸別人。後人或作「泥菩薩勸土菩薩」。

門神打竈神，門神或作家神，意思相同。均為自家之神相打。錢南揚《漢上宧文存》引《隱謎之諺》：「家神打竈神——自弄自。」朱介凡《中華諺語志》在對等類內錄諺語：門神打竈神。又紹興諺語：「門神打竈神，打煞自家人。」另參見第一四四首。

耳聽好消息，上接「眼觀旌旗捷」。元鄭德輝《王粲登樓》劇：眼望捷旌旗，耳聽好消息。羅懋登《三寶太監西洋記通俗演義》第十七回：燒了天地甲馬，祭了鐵錨祖師，開了爐，起了工，動了手，三位總督大爺歸了衙，只說眼觀旌旗捷，耳聽好消息。又第七〇回：鹿皮大仙說道：惟願得眼觀旌旗捷，耳聽好消息。孫錦標《通俗常言疏證》好消息條引：耳聽好消息。

躲過惡時辰，相信命相者，以為一切有數，能躲過惡時辰則自然改運。如湖北《孝感縣志》有「躲得過端午，躲不過端六」、《歸綏縣志》有「終日不出，曰躲端午」及「五時躲去了，六時躲不過」之類，亦算躲惡時辰之例。孫錦標《通俗常言疏證》引《蝴蝶夢》劇：說弗得，且躲過惡時辰再處。又引《夢筆生花》杭州俗語雜對：想過好日子，躲過惡時辰。

七三

好看不中吃，豬油炒麵筋。貨高招遠客，膽大做將軍。
晚飯少一口，身邊無半文。大頭闊鼻子，叫化孟嘗君。

好看不中吃，指徒具外形好看，不具實際味道。明單本《蕉帕記》四齣：尋思搖頭介：待元陽遍體周，才得個神珠入轂。指內笑介：龍郎龍郎，你不要做了個好看不中吃的。又錢南揚《漢上宦文存》轉錄《六院匯選江湖方語》：畫裏櫻桃——好看不好吃。又《石頭記》第三五回：寶玉是外像好，裏頭糊塗，中看不中吃的。

豬油炒麵筋，口感甚肥，明馮夢龍輯〈山歌〉，有「姐兒生得好像一朵花，吃郎君扳倒像推車，豬油煎子麵筋葷子我，村前孝子滿身麻」。別人披麻吃素，獨獨給我素裏藏葷，對我好。又《江蘇兒歌》第一冊有：「天上星，地上星，舅姆叫我吃點心，豆腐炒麵筋。」

貨高招遠客，說貨品上等，會招引遠來的顧客。胡君復《古今聯語》卷三引諺語「貨高招遠客」，羅懋登《三寶太監西洋記通俗演義》第七七回作「價高招遠客」，《中國諺語集成・浙江篇》引麗水諺語：貨高招遠客，好酒賣深巷。又引紹興諺：好貨招遠客，壞貨斷買主。

膽大做將軍，將軍要渾身是膽，膽愈大做大將軍。宋普濟《五燈會元》卷十二已有「將頭不猛，帶累三軍」語。清張南莊《何典》第十回：「豈不聞膽大有將軍做？若如此膽小怎做得將軍？」比喻要有所作為必須有膽量。又溫州諺語：膽大做將軍，膽小做蛀蟲。

晚飯少一口，晚飯少吃，是古人養生之法。清石天基《傳家寶》卷七引諺語「晚飯要少，不吃更好」，與佛家過午不食相似。又引諺語：「晚飯不入口，活到九十九」，意亦同。清錢大昕《恒言錄》卷六，引《七修類稿》，謂「晚飯少吃口，活到九十九」，出古樂府〈三叟〉詩，但考〈三叟〉詩無此語。清林伯桐《古諺箋》引此，並箋曰：養胃也。

身邊無半文，疑下接「有腿沒褲子」，用以形容窮困之甚。參見第一首。蝶廬主人《消閒大觀・集吳諺詩》：「怕見東家面，腰無錢半文，人窮沒志氣，伸手大將軍。」亦集四句不相關涉語成詩，「腰無錢半文」，疑即與此句同意。

大頭闊鼻子，中國命相對頭大多讚美語，如「頭大耳朵寬，不做少爺就做官」、「頭大是人才，腳大抬棺材」、「頭大享福，腳大忙碌」，闊鼻子亦為有錢之相。

叫化孟嘗君，叫化子雖也有做孟嘗君慷慨的時候，但一會兒就相約去討飯，因此或許本諺下句接「一會就討飯」，參見第五〇首。諺語中有「叫化子請客——說說算了」、「叫化子糴米——只有這一升」，王陶宇《俏皮話大全》引作「叫化子請客——窮張羅、窮大方」均可參閱。

七四

眼不見為淨，淨盤大將軍。人情留一線，河水長三分。
夜裏休說鬼，場中莫論文。年年十八歲，笑斷肚腸筋。

眼不見為淨，謂親眼看見，始知不乾淨，眼不見過程，便以為乾淨。清翟灝《通俗編》卷十六，身體類引《五燈會元》，云西臺其辨師舉此語。清李漁《奈何天》二齣：丑笑介：也不打你，也不賣你，只要把你權當新人。副淨：你若放我不過，寧可到晚間上床待我來伏事罷，俗語說得好：眼不見為淨。

淨盤大將軍，淨盤，未詳。疑是淨辦，作清淨解，《水滸傳》第二四回有「不曾有一個月淨辦」。《杭州府志》卷七五清道夫稱為「掃街盤垃圾者」，又或笑食量大者，碗盤齊淨而言。

人情留一線，下接「日後好相見」。說做事留餘地，待人留餘情。清李漁《意中緣》十八齣：自古道：人情留一線，日後好相見。你既不肯捨慈悲，我也不敢行方便。又李漁《奈何天》二三齣：人情留一線，日後好相見，行到水窮處，依然山色現。

河水長三分，上接「春雪落一落」，朱介凡《中華諺語志》錄有諺語：「春雪落一落，河水漲一尺」，「春雪落一落，河水漲三尺」，本諺詩則作長三分，長讀如漲。春雪一化，春潮急湧，所謂「雪一寸，水一溪」。

夜裏休說鬼，下接「說鬼則怪至」。《全唐詩》卷八七七引俗諺：白日無談人，談人則害生；昏夜無說鬼，說鬼則怪至。

場中莫論文，上接「窗下休言命」，謂考場中運氣為主，文與文莫相較論。清蒲松齡《聊齋誌異》卷四〈辛十四娘〉中，公子忽謂生曰：「諺云：場中莫論文，此言今知其謬，小生所以忝出君上者，以起處數語，略高一籌耳。」又天然癡叟《石點頭》卷一：秦宗師笑道：俗語說過好：「窗下休言命，場中莫論文。」

年年十八歲，史襄哉《中華諺海》引「年年十八歲」，單句為諺。比喻人怕老大，謊稱僅十八歲，年年如此。另有諺云：觀音菩薩，年年十八，亦形容女性怕老，故意隱藏年紀。又有諺云：窰子年年十八，當兵天天回家。則妓女年年偽稱十八歲。

笑斷肚腸筋，浙江方言「笑死人」叫做「笑煞脫」或「笑斷肚腸筋」。

七五

九子廿三孫，活得不耐煩。抱雞雞不鬥，入地地無門。

箭箭上靶子，行行出狀元。肥頭胖耳朵，拚死吃河豚。

九子廿三孫，下接「獨自造孤墳」。子孫眾多，相互推諉，老父反無人照顧，爭財有分，出力無人，只好獨自造孤墳。范寅《越諺》：「九子廿三孫，獨自造孤墳。」注：「此詛咒之毒辭。」《中華諺語志》又引「九子十三孫，抵不上床頭二百文」。有子孫不如有床頭錢，病時有人看護，死後有人哭葬。《中國諺語集成・浙江篇》引作「九子十三孫，獨自上孤墳」。上墳即掃墓，掃墓無人。

活得不耐煩，上接「壽星吃砒霜」。錢南揚《漢上宧文存》轉錄《隱謎之諺》：壽星吃砒霜——活得勿快活。清王有光《吳下諺聯》卷四：「老壽星吃砒霜——活厭了。」下注云：壽星其壽幾千百歲矣。頹然在碧落之天，去日兒童頻長大，昔年親友盡凋零，鰥寡孤獨，多半集于厥躬，待終其天年，正不知有幾千百歲，其吃砒霜，乃千古必無之事，實千古必有之情。又明徐復祚《投梭記》二三齣：神道不怕的，敢是活得不耐煩，討死哩？

抱雞雞不鬥，下接「氣殺抱雞人」。參見第七〇首。史襄哉《中華諺海》引即作「抱雞雞不鬥，氣死抱雞人」。

入地地無門，上接「上天天無路」，指無路可逃。宋普濟《五燈會元》卷十：「安吉州西餘體柔禪師上堂：一人把火，自盡其身，一人抱冰，橫屍于路。進前即觸途成滯，退後即噎氣填胸，直得『上天無路，入地無門』，如今已不奈何也。」又羅懋登《三寶太監西洋記通俗演義》第十九回：又沒有人來搭救，起頭一望，只見天連水，水連天，正是仰面叫天天不應，翻身入地地無門。

箭箭上靶子，箭無一虛發，喻效率高，命中要害，亦有算計精到意。《通俗編・俚語集對》：步步起花頭，箭箭上靶子。史襄哉《中華諺海》引：箭箭弗落空，事事勿落錯。

行行出狀元，指各行各業，均能出現頂尖成功的人物。文康著《兒女英雄傳》第十一回：張老道：姑爺，俗語兒說的「行行出狀元」，又說「好漢不怕出身低」，那一行沒有好人哪！今俗語有「七十二行，行行出狀元」、「三百六十行，行行出狀元」。史襄哉《中華諺海》引作：行行出狀元，類類有高低。

肥頭胖耳朵，形容胖子有福相，《太平廣記》唐逸士殷安謔其子堪為宰相曰：「汝肥頭大耳，不識古今。」

拚死吃河豚，俗話說「吃了河豚，百樣無味」。河豚味極佳，只是誤食毒卵則死。蘧園著《負曝閑談》第三回：昨天晚上跟沈金標說的話，原是拚死吃河豚的意思，哪裏知道果不期然把他架上了。又相傳蘇東坡吃河豚時，曾說：「這值得一死！」（見陸樹聲《清暑筆談》引）

七六

火到豬頭爛，明年中狀元。冤家路兒窄，鬍鬍強遭瘟。
老鼠打地洞，鯉魚跳龍門。眉毛先出世，不聽老人言。

火到豬頭爛，下接「錢到公事辦」。指火候一到，即使難爛的豬頭肉也會燉爛。笑笑生《金瓶梅詞話》第四七回：這裏西門慶隨即就差玳安拿了盒，還當酒抬送到夏提刑家，俱不在話下，常言道：火到豬頭爛，錢到公事辦。《儒林外史》第十三回：自古錢到公事辦，火到豬頭爛。上下句顛倒。

明年中狀元，上接「今年吃苦菜」。指苦盡將甘來。燕谷老人《續孽海花》第四六回：「郁文道：我們鄉間有句話，叫做：今年吃苦菜，來年中狀元。敦中是想中一個狀元玩玩的，所以先吃些苦菜。」參見第六一首。

冤家路兒窄，指冤家偏是相逢，路狹難回避。笑笑生《金瓶梅詞話》第十二回：「那金蓮聽見他來，使春梅把角門關閉，鍊鐵桶相似，就是樊噲也叫不開，說道：『我不開！』這花娘遂羞訕滿面而回。正是：廣行方便，為人何處不相逢；多結冤仇，路逢狹處難回避。」又吳承恩《西遊記》第四五回：正欲下手擒拿，他卻走了，今日還在此間，正所謂冤家路兒窄也。

鬎鬁強遭瘟，杭州嘲鬎鬁歌謠特多，《民俗週刊》合訂第十四冊載趙肖甫〈杭州歌謠〉：「茄兒結子，鬎鬁要死，茄兒紅湅湅，鬎鬁臭烘烘。」又「一鬎鬁生病，二鬎鬁請郎中……五鬎鬁說要死病，六鬎鬁說買棺材……」又《北大歌謠》週刊合訂第二冊載羅式剛錄〈杭州歌謠〉：鬎鬁病了不請醫生，反而抬去燒，「燒得鬎鬁吱吱叫起來」。強遭瘟為杭州俗語，《夢筆生花》有此語，另戲劇《十五貫》：正撞著個做閑家莊的強遭瘟。意或同「該死的傢伙」。

老鼠打地洞，諺云：「龍生龍，鳳生鳳，老鼠的兒子會打洞。」又《江蘇兒歌》第二冊：「龍生龍，鳳生鳳，麻雀生兒飛蓬蓬，老鼠生兒打地洞，婢女生兒做朝奉。」

鯉魚跳龍門，古時科舉考試，貢院的頭門就叫龍門，一登上龍門就身價百倍。《辛氏三秦記》：江海魚集龍門下，登者化龍，不登者點額暴鰓。鯉魚跳龍門，為黃河實景，用以比喻科舉高中或受貴人接引。諺語中或別有用意，諺云：清幫轉洪門，鯉魚跳龍門。據陳一帆《清門考源》先清後洪，名曰鯉魚變龍，是說以國為家的行為。

眉毛先出世，諺云：先出眉毛短，後出眉毛長。朱介凡云：有後生可畏之意，則眉毛先出世者，謂不如後出世。又諺云「先長眉毛，不及後長的鬍鬚」，「先出的眉毛長勿過後出的鬚」，亦謂眉毛先出世者，不如後來。

不聽老人言，常言下接「吃苦在眼前」，本諺詩所用可能下接「難免悽惶淚」，參見第一○一首。清袁于令《西樓記》十四齣：哭介丑上：不聽老人言，必有悽惶淚。末上：晴乾不肯行，雨到難回避。又明張伯起《新灌園》第九折：正是不聽老人言，如今果有悽惶淚。

七七

聖人有三錯，相罵沒好言。貴人多忘事，賭錢不去翻。
孤墳蔭祭主，一紙入公門。財去人安樂，倒掇聚寶盆。

聖人有三錯，朱介凡《中華諺語志》錄有諺語：「神仙也有三個錯」及「孔子也有三分差」，可參閱。另孟守介《漢語諺語詞典》錄「聖人也有錯」，所謂金無足赤，人無完人，再高明的人也會有過錯。浙江溫州諺語有「聖人也有三綻，長人也有短處」。

相罵沒好言，下接「相打沒好拳」。指相罵時氣急敗壞，出口都沒好話。笑笑生《金瓶梅詞話》第七五回引常言道：要打沒好手，廝罵沒好口。西周生輯《醒世姻緣傳》第八七回：張樸茂媳婦道：奶奶，你罵我也罷，相罵沒好口，相打沒好手，只許你百聲叶氣的罵俺爺麼？參見第一七首。

貴人多忘事，貴人事多心分，容易忘事。石玉昆《小五義》第十四回：蔣爺說：你是貴人多忘事，可記得在鄧家堡，我去拿花蝴蝶時，與你相過面，你可記得？又燕谷老人《續孽海花》第三三回：盧老板是貴人多忘事，我是滄州的王義，我的性命是老板救的，老板自然施恩不求報，所以不放在心上，我是天天總要想著的。

賭錢不去翻，賭博輸錢求翻本，往往傾家蕩產。《中國諺語集成・浙江篇》載杭州諺語：「賭輸若去翻，必定要拎籃。」疑本作「賭錢不去翻，去翻要拎籃」。拎籃指提叫化籃去討飯。

孤墳蔭祭主，孤荒的墳無人祭掃，若有人願祭祀，往往得其庇蔭。瘞白骨，祭孤墳，前人視為積陰德的事。

一紙入公門，下接「九牛曳不出」。乃勸人慎於訴訟。清翟灝《通俗編》卷六引《普燈錄》：黃龍慧南禪師，嘗舉揚此語，唯「一紙」作「一字」。清陳確《陳確集・祭文一・告捍沙廟土地文》：諺云：一字入公門，千牛不能拔。故吏受賄而拔之，則官得而罪之；官受賄而拔之，則朝廷得而罪之，故弗敢也。又西周生《醒世姻緣傳》第九八回：若果遞了呈紙，一字入公門，九牛拔不出，太爺的官法容得甚情？

財去人安樂，有去財消災的意思，丟了些財，人方能平安。吳趼人《瞎騙奇聞》第二回：俗話說的：財去人安樂，那就好養了。張南莊《何典》第三回：還虧錢能通神，方能泥補光鮮，尚不能財去身安樂，接連又是一場瘟疫大病。唯本諺或聯上句「風吹鴨蛋殼」，形容吝嗇鬼一個鹹蛋吃數月，忽遭風吹走，乃自我安慰：「風吹鴨蛋殼，財去人安樂。」參見第九五首。取前言不對後語意。

倒掇聚寶盆，清褚人穫《堅瓠集》明沈萬三買蛙放生，後蛙環踞一瓦盆，遺一銀記於其中，而見盆中銀記盈滿，不可數計，以金試之亦如是，由是財雄天下。又《餘冬舊錄》舊傳沈萬三家有聚寶盆，貯少物，經宿輒滿，百物皆然。倒掇之則聚寶盆中亦難貯金銀，俗稱人用度不竭曰「家有聚寶盆」，倒掇則傾倒淨盡。

七八

急急如律令，軍中無戲言。看他不像樣，搭著便生根。
大事化小事，財源似水源。燒香打倒佛，饒命大天尊。

急急如律令，柳宗元〈祭纛文〉、〈禡牙文〉，結尾並云：急急如律令。此原為道家符咒之末句，以揮斥鬼神聽命奉行，速去而不得遲滯也。清鄭志鴻《常語尋源》引瑣言：「西域有神獸，形如馬，名律令，其行如風，足不著地，道家書符籙，每曰急急如律令，言神速之意。但《搜神記》：律令，周穆王時人，善走，死為雷部之鬼。」姜彬《吳越民間信仰民俗》引〈治丁兜福咒語〉，末句為：吾奉太上老君，急急如律令。

軍中無戲言，軍令如山，絕無戲言。李綠園《歧路燈》第三六回：王紫泥笑道：得了頭功，重重的有賞，夏逢若也回頭笑道：軍中無戲言。又蝶廬主人《消閒大觀・集吳諺詩》：「有福宜同享，軍中無戲言。」聯接不相干句成詩。

看他不像樣，下接「倒是挽花匠」，參見第五〇首。說外貌相人，往往不準，看他不像樣，倒是個心思細密而高雅的挽花匠，挽花匠有作雕花匠者。

搭著便生根，《中華諺語志》載諺有「春天的楊柳枝——一插就活」，疑上接「清明插楊柳」，參見第五九首。俗諺以此形容人善用關係，一搭著就生根發芽往上攀纏。

大事化小事，下接「小事化無事」。以掩蓋擺平為省事之法，將大事化作小事。王濬卿《冷眼觀》第二六回：「從前范文正說：天下能省一事，即多積一德，還是大事不如化小，小事不如化無的好了。」參見第四八首。

財源似水源，堪輿命相均以水源為財源，早在荀子時已有此喻，《荀子・富國》：財貨渾渾如源泉，汸汸如江河。民間黃曆所附年月日合共兩數，其四兩七云：平生原有滔滔福，可有財源如水源。

燒香打倒佛，形容鹵莽的冒失鬼，去燒香時卻把佛都打倒了。《中華諺語志》引諺有「燒香打倒佛」、「燒香打倒菩薩」、「燒香打破磬」，意並相近。

饒命大天尊，饒是憐恕的意思，天尊是佛的異名，《涅槃經》謂天有五種，佛為第一義天，是天中之最尊者，故云天尊。俗諺中呼人為饒命天尊，求人如菩薩憐恕放我一命。《水滸傳》第三三回：只口裏念救苦救難天尊。又或稱「救命王菩薩」。

三請諸葛亮，秀才不出門。要知山下路，但聽口中言。
窮漢街頭舞，惡狗當路蹲。貪多嚼不爛，青菜裏餛飩。

三請諸葛亮，用《三國演義》劉備三請諸葛亮故事，亦即〈出師表〉「先帝三顧臣於茅廬之中」的意思。後人用作「諸葛亮難請，三次也行了」。朱介凡《中華諺語志》引江蘇海州諺：「三請諸葛亮，四請毛驢子。」驢子脾氣尤大。又諺語有：借錢桃園三結義，討債三請諸葛亮。參見第一一六首。又紹興諺語：三請諸葛亮，四請馬娘娘。馬娘娘是朱元璋之妻。范寅《越諺》引作「四請太娘娘」。

秀才不出門，下接：能知天下事。形容讀書人修養到家，學識淵博。王有光《吳下諺聯》卷二：秀才以天下為己任，自應日新其德，知能並進。必也杜門不出，十年讀書，十年養氣，如董江都（仲舒）下帷不輟，一旦出身任事，乃無所不知，無所不能。參見第六五首。

要知山下路，下接：須問過來人。形容經驗對陌生的新人，有必須依仗處。王有光《吳下諺聯》卷三注云：「山下路，多曲折，不曾過，終冒率，懶開口，怕屈節，有誰人，對你說？」

但聽口中言，上接「要知心裏事」。清翟灝《通俗編》卷十五謂此諺或出自古樂府：要知心裏事，看取腹中書。又石玉昆《小五義》第二八回引作：要知心腹事，但聽口中言。馮夢龍《醒世恒言》卷十三引亦作：要知心腹事，但聽口中言。參見第二四首。

窮漢街頭舞，形容天氣由寒而更凍。明馮應京《月令廣義》卷二冬至諺：「五九四十五，窮漢街頭舞。」自冬至日數起至五九四十五日，凍得酷烈，窮漢受凍亂舞街頭。清福申《俚俗集》引《豹隱紀談》云，此田家諺為范石湖作。

惡狗當路蹲，上接「好狗不攔路」或「好狗不當道」。路為公眾需走的地方，不能以一人蠻橫霸道，擋住去路。孫錦標《通俗常言疏證》癩狗當路坐條：《韓詩外傳》晏子曰：左右者為社鼠，當事者為惡狗，此國之大患也。《通俗編》引作「惡狗當路」。今俗又有「好狗不攔路，癩狗當路坐」之諺。

貪多嚼不爛，食物如此，治學亦如此。清石天基《傳家寶》卷一：「讀書不在貪多，只要章句少而熟讀精思，久而義理自然貫通，若或貪多則不熟，務博則不精，欲速反遲，此事學人大病，俗云：『貪多嚼不爛』，意正如此。」又曹雪芹《紅樓夢》第九回：雖說是奮志要強，那功課寧可少些，一則貪多嚼不爛，二則身子也要保重。《石頭記》第六九回：如今秋桐等輩人皆恨老爺貪多嚼不爛。此乃喻娶妾多也。

青菜裏餛飩，考浙江民歌有：「阿大阿二割芥菜，阿三阿四裏餛飩。」又黃詔年編《孩子們的歌聲》第一四九首浙東兒歌：「蓬蓬蓬，開園長，摘莧菜，裏餛飩。」又王翼之《吳歌乙集》第三〇則：「下晝點心，菜心餛飩。」江蘇兒歌亦有「阿大阿二挑菠菜，阿三阿四裏餛飩，阿五阿六吃得屁騰騰」。

八〇

同本不同利，託人如託山。火燒延慶寺，炮炸兩狼關。
克己情交久，人情照帳還。明知不是路，九曲十三灣。

同本不同利，謂一樣本錢，賣買不同，利潤未必相同。《中國諺語集成・浙江篇》載杭州諺語「沒本難求利」，疑接此為下句。又載湖州諺語：生意好勿好，勿在本大小。台州諺語：有本長得利，無本莫嘆氣。另山西諺語：「有同本，無同利。」

託人如託山，指受人之託，責任重如山。清張南莊《何典》第五回：兄弟，托人如托山，倘我死了，你務必領了外甥回去。

火燒延慶寺，取「廟災（妙哉）」的意思。錢南揚《漢上宧文存》轉錄《六院匯選江湖方語》：「火燒城隍殿，廟災（妙哉）。」疑燒延慶寺，取義相似。延慶寺為宋明名寺，後人改為其他熟悉名稱者頗多，如服部隆造《中國歇後語の研究》引「觀音堂著火——廟災（妙哉）」。又考梁章鉅《浪蹟續談》：「從前杭州有『火燒雷峰塔，沙壅錢塘江』之諺，今皆應之。今年寓居城西三橋阯，上吳山為觀潮之會，初飲於延慶山房……。」則杭人「火燒延慶寺」或別有用意。

炮炸兩狼關，北宋末金兀朮攻打兩狼關，守將韓世忠與妻梁紅玉等迎戰，殺四平章，詐敗回城，金兀朮追至城下，韓世忠以火炮擊之，金兵狼狽敗走，本事見《說岳全傳》第十七回，有「雷震三山口，炮炸兩狼關」語，戲劇有《兩狼關》。又彈詞《梁紅玉》開篇：「為國肯播夫性命，謝天炮炸兩狼關，居然一品夫人福，贏得聲名震北番。」

克己情交久，克己是顧及人情而退讓一些的意思，《官場現形記》第八回：陶子堯道：「這個自然，價錢克己點。」陸澹安《小說詞語匯釋》釋克己為情讓。

人情照帳還，人情不該欠，受多少，還多少，故有「人情好像一把鋸，你一來，我一去」，彼此有往有來。紹興諺語有「人情勿起利，一禮還一禮」，與「照帳還」同意。蝶廬主人《消閒大觀·集吳諺詩》：「有命上梁山，銅錢照帳還」，人情作銅錢。

明知不是路，下可能接「事急且相從」。王濬卿《冷眼觀》第十六回：若有人貿貿然倡議立憲，無論政府裏的人必不肯行，即或肯，亦不過明知不是伴，事急且相從。將計就計的拿著立憲兩個字來做楚歌用。「事急且相從」見第三四首。此「明知不是路」，可能是「明知不是伴」的異文。

九曲十三灣，形容地形彎曲多。上虞諺有：娥江九轉十八灣，撐船難過霸王山。又戲劇有《九曲黃河陣》。邯鄲諺有：黃河九曲十八彎。

八一

小辮兒筆掇，碰鼻子轉灣。萬般都是命，眾手好移山。
羊肉不曾吃，螺螄裏梟彎。人生路不熟，那個送來還。

小辮兒筆掇，今浙江嘉善鄉里諺云：小辮兒筆掇，外婆家吃肉。

碰鼻子轉灣，指直走無路時轉彎。張孟良《兒女風塵記》第一部四：他有個鐵牛犄角脾氣：「不撞鼻子不回頭」，意略相近。灣宜作彎，因第六句押彎字，避複作灣。

萬般都是命，下接「半點不由人」。明王玉峰《焚香記》十六齣：身世浮萍莫認真，好將消息付東君，須信萬般都是命，果然半點不由人。明柯丹邱《荊釵記》十三齣：萬般皆是命，半點不由人。當初招王十朋為婿，誰知我那婆子嫌貧愛富，定要嫁孫家，我女不從，因此變作參商，翻成仇怨。

眾手好移山，與「眾志成城」同意，今湖州諺語有「一人挑一擔，萬人堆成山」，又「萬人萬雙手，拖著泰山走」。

羊肉不曾吃，下接「空惹一身臊」。吳敬梓《儒林外史》第五二回：「他只要一分八釐行息，我還有幾釐的利錢，他若是要二分開外，我就是羊肉不曾吃，空惹一身臊，倒不如不干這把刀兒了。」又夢覺道人《三刻拍案驚奇》第二六回：罰穀，事完也用去百十兩，正是：羊肉不吃得，惹了一身羶。意亦同。參見第八八首。

螺螄裏梟彎，或與「螺螄彎彎糾，總有出頭路」、「螺螄彎彎糾，自有出頭日」同意。亦與「螺螄殼裏做道場——團團轉」意相近。王有光《吳下諺聯》卷二有「螺螄殼裏做道場」，注云：「螺螄大如雀卵，其殼裏邊三轉旋窩，如僧家所謂大乘、小乘、最上乘，具此殼內，故和尚可于此做道場也。」

人生路不熟，指到陌生地方，環境不熟悉。天花藏主人述《玉支磯》第十一回：恐怕黑天摸地，人生路不熟，轉又撞到別樣的死路上去。又諺云：人生路不熟，隨處叫阿叔。多叫幾聲阿叔問路，少走十里迢迢。考寧波諺語有「人生地勿熟，到處叫阿叔」。

那個送來還，疑為歇後語的下句，如諺云：「洞庭湖裏吊桶——何日能還？」人人有用場，那個送來還？

八二

半夜裏呼貓，扶空架石橋。有心開飯店，不怕沒柴燒。

老鴰嫌豬黑，麻皮用糞澆。將軍不下馬，一箭射雙鵰。

半夜裏呼貓，半夜正是貓捕鼠的時機，不必呼貓，給予晚餐。故諺有「朝餵貓，夜餵狗」、「貓莫暝，犬莫晝」，暝為福州話晚餐，午餐為晝，音相近，此朱介凡說，可參考。又秦皇島諺語：夜貓子進宅，無事不來。亦或取此意。

扶空架石橋，未詳，疑與「牽牛過紙橋」同一類型之歇後語，參見第八三首。扶為佐助，空無佐助而架石橋。

有心開飯店，下應接「不怕大肚漢」。吳璿《飛龍全傳》第二三回：匡胤道：「你們這般小人，忒也量淺，我雖吃了這些，難道白吃了不成？常言道：賣飯的不怕大肚漢。你既有心抹殺，只揀好的拿來，我老爺吃得快活，莫說六十石，就是六千石，只管跟我前去取便了，何必這般著急？」參見第三一首。

不怕沒柴燒，上接「留得青山在」。南亭亭長著《中國現在記》第二回：「常言說得好：留得青山在，不怕沒柴燒。只要留我們幾個人在這裏，將來相機而動，總有推翻他們的一日。」參見第一四三首。

老鴰嫌豬黑，形容人無自知之明，老鴰自身黑看不見，卻嫌豬黑。《紅樓夢》第六五回引「老鴰窩裏出鳳凰」，與「烏鴉變鳳凰」同意，第五七回又有「天下老鴰一般黑」語，是老鴰與老鴉相類。笑笑生《金瓶梅詞話》第六九回：月娘道：你不曾潛胞尿看看自家，乳兒「老鴉笑話豬兒足」，原來燈臺不自照。與「老鴰嫌豬黑」同意。近人李滿天《水向東流》上冊第十四章：你老鴰別嫌豬黑，豬還長著兩個白蹄子哩！又朱介凡《中華諺語志》錄山東諺：「老鴉笑豬黑，我黑你也黑。」湖北諺：「老鴉笑豬黑，自醜不覺得。」又浙江諺語有：「老鴉笑豬烏，白殼笑螺螄。」《俏皮話大全》引：「老鴰落在豬身上——光看別人黑，不見自己黑。」

麻皮用糞澆，疑與「大蘿蔔還用尿澆」意近。《紅樓夢》第十三回：「是了！知道了！大蘿蔔還用尿澆。」陸澹如《小說詞語匯釋》：譬喻大人物也要小人物扶持。張季皐《明清小說辭典》則謂：意為聰明的人用不著笨人來教。又麻皮浸水發臭，再用糞澆，或與「大糞澆臭蒿——臭上加臭」意相似（見王陶宇《俏皮話大全》引）。

將軍不下馬，與第一〇九首「各自奔前程」為上下句，見錢南揚《漢上宧文存》引《俏皮話選》。又張南莊《何典》第九回引作「將軍不下馬，急急奔前程」。而吳承恩《西遊記》第五四回：我們如今招的招，嫁的嫁，取經的還去取經，走路的還去走路，莫只管貪杯誤事，快早兒打發關文，正是將軍不下馬，各自奔前程。

一箭射雙鵰，喻一舉兩得，或作「一箭貫雙鵰」。《通俗編・禽魚》引《北史・孫晟傳》：共突厥遊獵，有二鵰飛而爭肉，突厥以兩箭請射取之，晟馳往，遇鵰相攫，遂一箭雙貫焉。

八三

嘴唇薄囂囂，恨人剷缽焦。火燒青竹管，尿浸臭皮條。
打狗看主面，牽牛過紙橋。胡蜂炒韭菜，老虎吃胡椒。

嘴唇薄囂囂，下接「慣會說嘮呶」。指嘴唇薄者說話厲害。清翟灝《通俗編》卷十七言笑條引俚語：「嘴唇薄囂囂，慣會說嘮呶。」史襄哉《中華諺海》有「薄唇輕言」語。《日本野語述說》亦有「唇薄」之諺，仲允父云：俗謂唇薄者能言。並引《靈樞經》，岐伯曰：唇薄輕言。

恨人剷缽焦，浙江諺語有「勿想吃鑊焦，勿來竈邊立」。鑊焦是飯在鍋底結成的鍋巴，疑缽焦亦屬此類。

火燒青竹管，取歇後語「空炭（嘆）」意。王陶宇《俏皮話大全》引「火燒竹筒——熱心，空炭（嘆）」、「火燒竹子——不變節」、「火燒竹林——全是光棍」等。

尿浸臭皮條，浙江俗語謂任意撮合男女為拉皮條，李伯元《文明小史》第十六回：馬夫阿四一向不做好事情，是專門替人家拉皮條的，這一男一女，就是他拉的皮條。

打狗看主面，對付下屬的東西，也要顧到上屬者的情面。笑笑生《金瓶梅詞話》第七九回：「就是打狗也看主人面。」酌元亭主人著《照世盃》掘新坑一則引作「打狗看主人」。又明楊柔勝《玉環記》十七齣：外：我的人誰敢就打？淨：爹爹，打主看狗面。外：打狗看主面。淨：正是。

牽牛過紙橋，疑為一歇後語，如「紙做欄干——靠不得」之類。《醒世姻緣》第六〇回有「牽癩驢上窟窿橋」謂小心翼翼，不敢亂動。孫錦標《通俗常言疏證》引《通俗編・俚語集對》：捉豬上板櫈，騎驢過紙橋。上句形容吝嗇者被勒迫出金錢。牽牛與騎驢當同一意義。

胡蜂炒韮菜，疑上接「要得快」，言要食物中毒得快，以蜂蜜炒韮菜食之即快，此諺疑即民間食物禁忌之一。《中華諺語志》載貴州諺語：「要得快，蜂糖對韮菜。」又載：「若要快，吃了甲魚和莧菜；若要急，吃了葱與蜜。」葱與蜜和胡蜂炒韮菜相似。

老虎吃胡椒，大概亦屬歇後語句，諺語中有「老虎吃螞蚱——碎拾掇」、「王八吃花椒——有點麻爪了」、「猴子吃胡椒——抓耳撓腮」，而日本諺語中常存中國諺意，日本有「丸吞胡椒」語，仲允父云：「不咀嚼之而吞，則不知其氣味辛辣。」並引朱子語：「須是細嚼教爛，則滋味自出。」（見《日本野語述說》）

八四

纖手兒不動，捧卵子過橋。輸了再擺擺，沒錢自搖搖。
肥肉夾飯嚼，秧籮整擔挑。窮人的性命，只好挖腰腰。

纖手兒不動，纖手細瘦秀麗，不事勞作。纖手兒不動，但作旁觀狀，不挽起袖管出力。
捧卵子過橋，指謹慎過度，捧著睪丸過橋，惟恐掉落。清范寅《越諺》卷上引「搦卵子過橋」意同。下注：《通俗編》引證《晉書・蔡謨傳》中有時人語作此。又《警世通言》卷十八：科貢官兢兢業業，捧了卵子過橋，上司還要尋趁他。又金粱《瓜圃述異》：杭有俗諺曰：捧卵子過橋，譏膽怯也。疑下接「奉承不落地」，據諺云：「十根指頭捧卵子——十分奉承」，參見第四五首。朱介凡《中華諺語志》載諺有「搗著卵子過河——假小心」，意略有異。
輸了再擺擺，疑上接「棋輸木頭在」，參見第一一首。諺云：「棋輸子兒在，輸脫再好來。」下句有作「輸了再擺擺」者，棋盤棋子尚在，輸局之後，重新再擺擺新局。《中國諺語集成・浙江篇》引湖州諺語：棋子木頭做，輸了擺擺過。

沒錢自搖搖，疑上接「有錢婆搖搖」。參見第八五首。

肥肉夾飯嚼，下接「勝如吃補藥」，今浙江鄉間，猶流行此諺。肥肉夾飯嚼，其味甚美，古人以為享受，與今人怕肥怕膽固醇者不同。

秧籮整擔挑，疑形容婦人大腳板之好處，山東《牟平縣志》卷十：腳大三件好，挑柴拾糞和摟草。與本諺意相通，第一一八首有「撇脫溜煞快」即形容婦人大腳，疑即本諺之上句。

窮人的性命，窮人只剩一條性命，特別珍惜，所以沒兒孫者的錢、窮人的性命常並列，以表示唯一的寶貝。《中國諺語集成・浙江篇》載台州諺語：財主的錢財，討米七的性命。討米七為討飯的，是最窮的人。又載紹興諺語：孤老的錢財，討飯的性命。討飯或作瞎子。參見第六三首。

只好挖腰腰，腰腰似與半腰同意，德清縣「烏青山高高，勿及莫干山只腰腰」，「莫干山高高，碰著黃回山只腰腰」，又「名山高高，只道士巖半腰」。又孫錦標《通俗常言疏證》有「嘴裏呥呥，腰裏擻擻」語，引《夢筆生花》杭州俗語雜對作「嘴裏搭搭，腰裏扱扱」。大意指嘴裏札唬，腰裏挖不出錢，可參考。

八五

有錢婆搖搖，搖到外婆橋。星星要自己，日日有明朝。
叫化子騎馬，王道士斬妖。庸醫養三口，急則治其標。

有錢婆搖搖，疑下接「沒錢自搖搖」，參見第八四首。考《金印記》劇：你看我吃好的，穿好的，在人前搖搖擺擺。

搖到外婆橋，上接「搖搖搖」三字，今浙江鄉間童歌：搖搖搖，搖到外婆橋，外婆叫我好寶寶，糖一包，果一包，還有團子還有糕。搖搖搖，搖到外婆橋，外婆叫我好寶寶，尿一泡，污一包……。又《民俗週刊》合訂第十四冊載王鞠侯〈寧波歌謠〉一首：「搖搖搖，搖到外婆橋，外婆來紡紗，外公來燒茶，看見外孫眯眯笑。」

星星要自己，未詳。唯「星星」可作「樁樁」、「件件」解，《董西廂三侍香金童纏令曲》：一星星都待說與子箇。又《傷梅香》劇第一折：一星星盡訴想思病。湯強《寧波鄉諺淺解》有「星星綻，粒粒爆」謂閑聊題材涉及己身興趣，則一變昏昏欲睡之態而精神百倍，全身細胞個個活躍。

日日有明朝，原本下接「明朝何其多」，用以警惕世人把握今日，勿推諉至明朝。明文嘉有〈明日歌〉云：明日復明日，明日何其多，日日待明日，萬事成蹉跎。

叫化子騎馬，形容叫化子的全部家當隨身攜帶，騎馬時物品眾多在馬上，凡人隨身叮噹物件太多者，亦如此。清范寅《越諺》卷上：告化子騎馬——零碎多。

王道士斬妖，下接「像煞有介事」。或作「王道士捉妖——像煞有介事」，道士比手劃腳捉妖斬妖，像真有這回事。道士斬妖時舞劍揮刀，疑本諺或下接「亂舞關王刀」，參見第八七首。

庸醫養三口，醫生賺錢如賺水，庸醫雖殺人不用刀，上門者仍多，足以養三口，諺云：冷店供三口。與此意近。《中國諺語・河北篇》諺云：木匠動動手，養活七八口。與此意亦近。

急則治其標，上接「用兵如治病」。用兵急時，只治其標。明張伯起《女丈夫》第二三折：靖聞：用兵如治病，急則治其標。今王世雄聚兵數萬，屯于金州，討之不克，儻擊蕭銑，急則與世雄連兵，愈為難下。又《紅拂記》：用兵如治病，急則治其標。又《病玉緣》：如今急則治標，除用兵掃蕩外，並無他策。

八六

掇欖如馬走，討好跌一跤。做花莫做蒂，添盞不添肴。
癩蟹煞床腳，蚊子叮卵脬。磚錢不買瓦，我有癟荷包。

掇欖如馬走，說把著欖子當作駕馬奔走。日本尚存「欖馬」的諺語，仲允父引《戰國策》諺云：「以書為御者，不盡馬情。」並說：「凡學御者，始御之以欖，及知其法，又御馬，則得其術乎?若知御欖而不知御馬，焉知御術耶?故知與行其功並進者也，譬有知無行，猶御欖，雖知之，妄知而已。」（見《日本野語述說》）

討好跌一跤，想去討好巴結，反跌一跤，難看。嘲笑跌交的浙江兒歌有：「撲的跌一交，狗屎吃個飽。」「別達跌一交，攞個豬尿泡，撥爺爺做煙荷包，撥娘娘做哆囉帽。」討好別人，跌了自己，得不償失，惹人笑話。

做花莫做蒂，蒂為花與枝莖相連處。蒂亦有蒂芥刺梗意。墨子曰：甘瓜苦蒂，天下物無全美。或取做花榮耀於外，做蒂辛苦於內意，用意待考。

添盞不添肴，指多一個客人，只增添碗盞，不增添菜肴。諺云：「添客不添菜」，「添客添碗不添菜」，與本諺意同。《中國諺語集成・浙江篇》載杭州諺語：「客多添雙箸，添碗勿添盤」，意亦同。

癩蟹煞床腳，煞浙語同塞，取竭力撐持的意思。范寅《越諺》有「蛤蠣墊床腳——竭力撐」語，蛤為貝殼，蟹為螺螄，意相近。王陶宇《俏皮話大全》有「癩蛤蟆墊床腳——死撐活挨」，考韓愈詩云：蛤即是蝦蟆，同實而異名。疑蛤蠣即蛤蟆，本諺取意亦在死力硬撐。

蚊子叮卵脬，蚊子飛入褲襠叮最敏感部位，癢了也不便抓，此可能形容蚊蟲之多，叮人之厲害。顧頡剛《吳歌甲集》有〈天子重英豪〉歌：「天子重英豪，蚊子釘卵泡，釘子隔壁大嫂嫂，橫冷橫冷吵一泡。」又婁子匡輯《越歌百曲》：「天子重英豪，蚊蟲叮卵泡，勿搔癢難熬，搔搔要起泡。」卵泡為腎囊。又紹興諺語：九月九，蚊蟲叮搗臼。又八月八，蚊蟲叮菩薩，九月蚊蟲叮樹杈。九月後蚊叮無力，叮不動。

磚錢不買瓦，死板固執，是智是愚難說。清陳確《陳確集・別集・瞽言二》僮智條：「坐言有僮而呆者，使持二錢入市，曰：一買鹽，一買油。僮受錢竟往，中道而若有悟，復歸問其主曰：吾向者乃失問，此二錢孰買鹽，孰買油者？而舉座皆失笑也。陳子曰：智哉此僮，夫何笑？諺所云：磚錢不買瓦者，非即此童子之智乎哉？」嚴格控制預算，便成了智者。

我有癟荷包，荷包是一種緞製的抽口繡花小袋，扁圓形，可置細小物件，後專指錢包而言。癟荷包指沒錢。清高靜亭《正音撮要》列「荷包」、「小荷包（漢袋）」在雜貨類。

八七

性急頭開裂，亂舞關王刀。虛空八隻腳，忙作一團糟。
笑話年年有，安身處處牢。送人須好物，千里送鵝毛。

性急頭開裂，謂性急之人，急得頭暈。杭州人常言「性急頭開裂」，收入《中國諺語集成・浙江篇》，今人謂「頭昏腦脹」、「頭大了」均與頭開裂同意，但不如頭開裂更誇張。

亂舞關王刀，疑上接「王道士斬妖」，道士斬妖，舞刀舞劍，將關王刀亂舞，像煞有介事。參見第八五首。

虛空八隻腳，形容相距極遠，七搭八搭也搭不著。今浙江鄉間俗語：懸天八隻腳，意同。疑上接「四金剛上天」，今浙諺謂「四金剛騰雲，懸天八隻腳」。參見第一三三首。

忙作一團糟，疑上接「掇欖如馬走」，參見第八六首。一團糟謂事之散亂不可收拾，諺如「風箏放得高，跌下一團糟」。

笑話年年有，下接「今年分外多」，參見第九一首。大凡末世醜態畢露，慨嘆者往往作此語。

安身處處牢，上接「閉口深藏舌」，原為馮道〈詠舌〉詩，謂閉口慎言則處處可牢靠安身。參見第五九首。《靖江縣志》卷五方言引：閉口深藏舌，安身處處樂。

送人須好物，送人須選好物，不可以已所不愛之物搪塞送人。唯此諺疑下接「好物不在多」，則別有用意。考《目前集．常言部》有「好物不在多」條：「元宗曲燕保和堂，命從官賦詩，學士朱鞏詩成獨晚，上疑其構思太久，復不終篇，鞏再拜致謝曰：好物不在多。左右掩口而笑，自是金陵士庶遺餉不豐好者，皆以朱公為口實。」送東西少，就自稱是好物，所以不多。

千里送鵝毛，下接：禮輕人意重。最早見於宋吳曾《能改齋漫錄》所引諺語：「千里寄鵝毛，物輕人意重。」清錢大昕《恒言錄》謂此俗語出於唐宋詩，東坡〈寄少游〉詩：且同千里寄鵝毛。宋吳曾《能改齋漫錄》佚文引謝陳〈追用惠紙〉云：千里鵝毛意不輕。

八八

須帶三分孝，跳得八丈高。陰陽怕懞懂，買賣論分毫。
老虎拖鬍鬍，松鼠偷葡萄。贏來千隻眼，惹得一身臊。

須帶三分孝，上接「若要俏」三字，謂縞素女子，特別俏麗。馮夢龍《警世通言》卷三五：少頃邵氏出來拈香，被支助看得仔細，常言：若要俏，添重孝。縞素妝束，加倍清雅。凌濛初《初刻拍案驚奇》：一個年少的婦人穿著一身縞素，領了十一、二歲的孩子，走進觀來，俗語說得好：若要俏，帶三分孝，那婦人本等生得姿容美麗，更兼這白衣白髻，越顯得態度瀟灑。又張南莊《何典》第四回：那雌鬼原有幾分姿色，戴著孝，更覺俏麗，正是若要俏，須戴三分風流孝。

跳得八丈高，比喻自誇者不知自己分量，故諺云：骨頭無有四兩重，身子跳得八丈高。骨頭沒有四兩重吳語叫「輕骨頭」，《繡襦記》劇稱為「輕骨頭叫化子」，「骨頭無有四兩重」亦有配以「鼻涕拖得一丈長」者。

陰陽怕懞懂，是說陰陽堪輿家巧言道理，最怕遇到懞懂漢，朱介凡《中華諺語志》第一冊收有「陰陽怕懞懂」，《兒女英雄傳》第二三回，及《後西遊記》第二九回，均引「陰陽怕懵懂」。巧言遇上懞懂，無所用其技，且懞懂者常將小心謹慎諱言處，當面拆穿。《夢筆生花》杭州俗語雜對：陰陽怕懞懂，買賣論分毫。即據本詩。

買賣論分毫，上接「人情送匹馬」，參見第四四首。謂若論人情，則可贈送一匹馬，若論買賣，則必須分毫計算。諺亦有作「吃喝不計較，買賣論分毫」者。

老虎拖鬍鬍，謠諺中對鬍鬍向多歧視，可參見第七六首「鬍鬍強遭瘟」，《北大歌謠》週刊合訂第三冊載顧良錄江蘇兒歌：「盲子篤篤叮，篤到高山嶺，撥隻老虎拖去當點心。」又浙江民歌有：「天裏白洋洋，老虎拖娘娘，娘娘告狀，告出和尚。」此諺亦似兒歌。

松鼠偷葡萄，常為連環圖案之題材，有西域風味。元人貢性之有〈題松鼠葡萄畫〉詩：猥似獼猴捷似猱，栗梢走過又松梢，紫萄若使知滋味，一日能來一百遭。又蔡銑〈題松鼠葡萄畫〉詩云：慣肆騰空技，松陰得地幽，蒲萄秋正熟，一飽外何求。蔡詩題於扇上，見歷史博物館印《扇的藝術》。

贏來千隻眼，下接「輸來一搭烏」，參見第五一首。吳璿《飛龍全傳》第十六回引作「贏來三隻眼」，與千隻眼同意，贏家似窺見勝敗之機，一下注便贏，似較常人多一隻眼。

惹得一身臊，上接「羊肉不曾吃」，參見第八一首。明秦樓外史著《男王后》第三折：哎呀，打得我好！我羊肉不得吃，倒惹下一身臊。清李漁《風箏誤》二四齣：新婚弄出醜名聲，悔煞當初沒正經，羊肉吃不成，惹得一身腥，幾時洗得餘膻盡？

八九

紅嘴綠鸚哥，銀背整腳籮。天高皇帝遠，客少主人多。
四子攏壁角，三長不攏拖。同行莫失伴，兩腳走奔波。

紅嘴綠鸚哥，指菠菜的紅根綠葉。相傳乾隆皇帝下江南，吃清炒菠菜味美，詢問菜名，宦者答以「紅嘴綠鸚哥」，傳為笑談。又古時菠菜之謎語即為「紅嘴綠鸚哥，朝朝晚晚走我門口過」（見劉萬章《廣州謎語》第一二九則）。又白啟明錄《河南謎語》：「紅嘴綠鸚哥，札地一鋪攤。」則為胡蘿蔔之謎語。

銀背整腳籮，疑上接「堆金不算利」，堆著金銀沒有利息，而銀背整腳籮地藏著。腳籮是江南冬天用以烤腳的銅器，形如臉盆大小。參見第六七首。

天高皇帝遠，下接「有冤沒處訴」。喊冤興訟都無法上達天聽。梁同書《頻羅庵遺集》引黃溥《閒中今古錄》云：此元末民間語。張南莊《何典》第九回：「這裏鄉村底頭，天高皇帝遠的，他又有財有勢，就是告到當官，少不得官則為官，吏則為吏，也打不出甚麼興官司來。」又《施公案》第三八四回：他也曾到府裏喊冤，怎奈府裏不准，又往省裏控告，依然批駁下來，真所謂天高皇帝遠，有冤無處申。參見第六三首。又杭州諺語有「天高皇帝遠，做人最悠閑」。

客少主人多，上接「羅漢齋觀音」，參見第一三三首。錢南揚《漢上宧文存》轉錄《六院匯選江湖方語》：羅漢請觀音，客少主人多。又考咄咄夫《一夕話》列五言巧對：「客少主人多，天高皇帝遠。」即取自本諺詩。

四子攏壁角，今杭州諺語有：「手裏窸窸索，銀子堆壁角。」「下麻三日落，油瓶掛壁角。」壁角指牆壁角落，攏，俗謂穢壞雜碎之物如垃圾攏於壁角，四子，未詳。或指《大學》、《論語》、《孟子》、《中庸》之四子書。

三長不攏拖，疑此為賭天九牌時之術語，考《紅樓夢》第四〇回〈金鴛鴦三宣牙牌令〉鴛鴦：右邊是三長（為押韻將長三說成三長）。「一拖」吳語為一對之意。考湖州民歌〈牌九拖》：「三長四短筒拖神（哎）金，……三長四短夾七夾八夾子真，筒拖神（哎）金。」（見《中國民間歌曲集成・浙江卷》）「筒拖」疑即攏拖之誤。

同行莫失伴，《儒林外史》第四五回作「同行不疎伴」，指行人須相互照顧，不要離群獨行。諺云：「出外結個伴，彼此都方便」、「同行不失伴」，意相同。

兩腳走奔波，諺云：賺錢少，用錢多，一生受奔波。又雲和諺語云：商字八個口，雙腳奔奔走。謂做生意要多講多走。又《中華諺語志》載諺云：手中碎紋多，一生受奔波。與此相反之諺為「兩腳擱起」，《夢筆生花》杭州俗語雜對：兩腳擱起，一氣呵成。史襄哉《中華諺海》有「兩腳忙忙走，只為身和口」。

九〇

出力不討好，人多主意多。四日興道士，六賊鬧彌陀。
頭頂千片瓦，門前一條河。燒香望和尚，不是善婆婆。

出力不討好，同於「吃力不討好」。既費力又得不到別人的喜歡。吳趼人《二十年目睹之怪現狀》第十八回：老實說：有了錢，與其這樣化的吃力不討好，我倒不如拿來孝敬點叔公了。婁子匡《越歌百曲》有出力不討好一首：「出力不討好，黃胖搖年糕，年糕還勿韌，黃胖搖出病。」

人多主意多，是人多各有各的主意。人多舌頭多，則非僅主意多，且多閑言是非。笑笑生《金瓶梅詞話》第八五回：不瞞老薛說：如今俺家中人多舌頭多。又青心才人《金雲翹傳》第十六回引「一個人肚皮裏一個主意」，亦與「人多主意多」同意。又寧波諺語：「人多辦法多，螞蟻能把泰山拖。」則謂眾志成城，又「人多出韓信」，謂人多智謀多。

四日興道士，未詳。諺云：「十年興和尚，十年興道士。」興是浙江方言「作興」，是流行的意思。佛道輪替流行。又道士禮有跪、升香、灌地、拜、興等，興為起立，見《儒林外史》第三七回。供作參考。

六賊鬧彌陀，謂彌陀被六塵所鬧，定性動搖。《古今小說》卷二七：「七八個老嫗丫鬟，扯耳朵，拽胳膊，好似六賊戲彌陀一般。」陸澹安《小說詞語匯釋》：「佛家謂色聲香味觸法為『六塵』，《涅槃經》六大賊者即外六塵，菩薩摩訶薩觀此六塵如六大賊。彌陀有定性，六賊戲之，毫不動心。所以有六賊戲彌陀之說。」戲與鬧意近，疑下接「脫柄娑婆訶」，六賊戲鬧，定性有虧，故所誦真言亦無憑。參見第九一首。

頭頂千片瓦，未詳，疑指居有一屋。《唐書・五行志》：咸通七年童謠云：頭無片瓦，地有殘灰。相對於此則頭頂千片瓦有寧居之意。唯俗諺恐另有寓意，考古時手指謎語為：「十個老人家，頭上頂片瓦。」瓦是指「指甲」而言。手指謎語參見曹松葉〈謎語的修辭〉一文，見《民俗週刊》合訂第十七冊。

門前一條河，下接「討個媳婦像阿婆」，杭州有此諺。媳婦像阿婆，參見第九二首。

燒香望和尚，下接「一事兩勾當」。勾當也是事或辦事的意思。謂燒香求菩薩的女信眾，往往另一目的是望望和尚。張南莊《何典》第二回：村中那些大男小女，曉得廟已起好，都成群結隊的到來燒香白相，正是燒香望和尚，一事兩勾當。又第四回：常聽人說：燒香望和尚，一事兩勾當，每思燒香是為佛天面上望他救苦救難，自宜一念誠心。

不是善婆婆，待考。諺云：「觀世音宰牛——不是善菩薩」，喻表面善，行為惡，要當心此人，可參考。

九一

落馬長二哥，今年分外多。毛頭小夥子，癟嘴老太婆。
物在人何在，面和心不和。雞飛狗上屋，脫柄娑婆訶。

落馬長二哥，二哥是稱呼強盜的隱語，《鄉女語》第六回：店主一見，便驚呆了，開口問道：「尊駕是那一路的二哥？」唯店中伙計店小二亦稱小二哥。疑特稱長二哥者，戲劇中有「三戰張月娥」，張月娥為梁山附近草莽英雄首領，因搶劫梁山糧草，與林沖等合戰，張因馬失前蹄落馬，為林擒獲。疑與此有關。

今年分外多，上接「笑話年年有」，參見第八七首。謂笑話雖年年皆有，唯獨今年分外多，嘆世風日下之意。

毛頭小夥子，指年少初長成的男子。《海上花列傳》第二回：「王阿二知道是個沒有開葷的小夥子。」毛頭指舉動輕率，毛頭與毛手毛腳相似。

癟嘴老太婆，老太婆牙齒全脫落，嘴巴癟陷。王陶宇《俏皮話大全》引「老太太的嘴——吃軟不吃硬」，可參考。

物在人何在，指物是人非，物尚在而人何在耶？「物在人亡」語出宋曾會〈重登瀟湘樓〉

詩：「物在人亡空有淚，時殊事變獨傷心。」

面和心不和，上接「口善心不善」。指表面上和睦，心中依然敵意甚濃。明無名氏《霞箋記》十三齣：小淨上：假做笑呵呵，滿肚毒蛇窠，口善心不善，面和心不和。孫錦標《通俗常言疏證》引《夢筆生花》杭州俗語雜對：物在人何在，面和心不和。即取自本詩。

雞飛狗上屋，指雞狗受驚的情狀。范寅《越諺》引此，注云：雞狗上屋，家必禍敗。陳無已採用俚語入詩，作「雞飛狗上屋」、「驚雞透籬犬升屋」等。近人或作「雞飛狗跳牆」。杜鵬程《在和平的日子裏》第二章：整天雞飛狗跳牆，烏煙瘴氣。

脫柄娑婆訶，脫柄是沒有把柄、無憑無據的意思。《豆棚閒話》第八回：「若今日說出些沒頭脫柄的故事，被側邊尖酸朋友做鬼臉，捉別字，笑個不了。」而娑婆訶是真言咒語的結句，意思是所發誓咒必定無謬，不虧法則。但脫柄娑婆訶則指信心無憑，故疑上接「六賊鬧彌陀」，六賊大鬧，定性有虧，參見第九〇首。

成也是蕭何，間壁張大哥。和尚拜丈母，媳婦像阿婆。
天怕秋來旱，人鈍世上磨。有錢沒買處，好子不須多。

成也是蕭何，下接「敗也是蕭何」。原意是謂成功也是靠了他，失敗也是決定於他。《史記》載韓信逃亡，是蕭何把他追回來，劉邦才封為大將軍。後來呂后想殺韓信，恐不易對付韓信，與蕭何商量，詐稱陳豨謀反已破解，令韓信入賀，便把韓信殺死。宋洪邁《容齋隨筆・續筆》卷八云：「信之為大將軍，實蕭何所薦，今其死也，又出其謀，故俚語有『成也蕭何，敗也蕭何』之語。」

間壁張大哥，間壁即隔壁，此諺不見於戲劇小說情節，疑為飲酒時猜拳助興詞，猜拳有小調曲拳，每出一拳前，先用歌曲唱一句，今小調曲拳起語用歌曲唱者，如「鐵馬響叮噹啊啊——」「隔壁王大娘啊啊——」，或與此相似。又考浙江兒歌〈篷〉：「哪個？隔壁張大哥，張大哥來作啥？借竹刀……」見《中國地方歌謠集成》。

和尚拜丈母，涵意可作多方面想像。朱介凡《中華諺語志》引作「和尚拜丈母——第一遭」，意或如此，未引出處。類似此諺者尚有「和尚哭丈母，多攬這層閑」，指多餘的閑是非。而王陶宇《俏皮話大全》引「和尚拜丈母娘——怪事一粧」「和尚拜丈人——不可能的事，沒人見過」。

媳婦像阿婆，上接「門前一條河」，參見第九〇首。杭州諺語：門前一條河，討個媳婦像阿婆。

天怕秋來旱，下接「人怕老來窮」，參見第三一首。明徐光啟《農政全書》卷十一〈農事占候〉，畏旱，諺云：「田怕秋旱，人怕老窮。」秋熱損稻，旱則不熟。

人鈍世上磨，下接「刀鈍石上磨」，帶有磨礪成就的意思，亦或作「刀在石上磨，人在世上磨」。參見第九三首。史襄哉《中華諺海》作「人鈍人上磨，刀鈍石上磨」。

有錢沒買處，指東西極好，非有錢即可買得，類似諺語如「背後說聲好，千金難買到」、「千金買勿來好名聲」、「有錢難買一身安」、「千金難買開心笑」、「千金難買老來瘦」、「有錢難買子孫賢」、「有錢難買背後好」。

好子不須多，下接「一個抵十個」，十個子女往往不能養一個母親，不如一子孝順。清范寅《越諺》卷上：好子勿用多，一個抵十個。

若要家不和，夾幫麂皮韃。許宣開藥店，來富唱山歌。
貨買當頭長，刀鈍石上磨。面甜心裏苦，世上苦人多。

若要家不和，下接「娶個小老婆」。娶了小老婆，不僅一時不和，常會數世家不和。清李漁《憐香伴》十二齣：這俗語說得好：若要家不和，娶個小老婆，你如今只曉得同聲共氣的快樂，不曾想到分房獨宿的淒涼，萬一娶進門來，熱腸翻為冷面，知己變做冤家。

夾幫麂皮韃，幫是傍的假借字，夾幫是夾靠，韃，音薛，與靴相同，麂皮靴與氈襪是同一幫的，疑本諺上接「見人著氈襪」，參見第四二首。見人著氈襪，則以皮靴幫攏。《儒林外史》第十四回：「而今這銀子我也不問是你出，是他出，你們原是氈襪裹腳靴。」張季臯《明清小說辭典》：氈襪、裹腳布與靴子都是穿在腳上的，指離不開的歇後語，寸步不離，不分彼此。

許宣開藥店，事見明代話本小說《警世通言》中〈白娘子永鎮雷峰塔〉一則，白蛇娘娘化身女子到人間尋求幸福，與許宣相親相愛，以生藥鋪營生，卻終被法海干預破壞。考彈詞《義妖傳》第五回「見父」一節：「貧僧法號道宗，俗字許仙……開張藥店為生業，保和二字是堂名。」（見《民俗叢書》合訂第六二冊）許仙或作許宣。

來富唱山歌，疑下接「越聽越動情」，參見第一〇九首。顧頡剛《蘇州唱本敘錄》：「來富唱山歌，是直抄〈雙珠鳳〉彈詞中的一段，裏頭有來富唱的山歌以及唱山歌時的情節，歌後有一段風雅主人的跋語，勸人勿犯姦淫。」

貨買當頭長，買宜作賣，長宜作漲。史襄哉《中華諺海》及朱介凡《中華諺語志》均作「貨賣當頭漲」，當頭正漲，是出貨的好機會。

刀鈍石上磨，上接「人鈍世上磨」，參見第九二首。朱介凡《中華諺語志》另收「刀鈍石上磨，人鈍人前磨」、「刀在石上磨，人在世上磨」等，意同。

面甜心裏苦，諺有「窮攀富，口甜心裏苦」與此意近。另有諺云「口甜心苦，腰藏利斧」，則有口蜜腹劍的意思，蝶廬主人《消閒大觀・集吳諺詩》：「口甜心裏苦，眼飽肚中飢。」湊以成對。

世上苦人多，諺云：「莫道座中安樂少，須知世上苦人多。」仔細觀察人生，美滿安樂者少，千人有千般苦，每人苦處不同，才明白世上苦人真多。

九四

寂寞恨更長，鶯鶯燒夜香。牙疼不是病，心定自然涼。
前客讓後客，張郎尋李郎。路遙知馬力，一去不還鄉。

寂寞恨更長，上接「歡娛嫌夜短」。寂寞時時間過得特別慢，更漏漫長，令人憎恨。文康著《兒女英雄傳》第二〇回：從來說：歡娛嫌夜短，寂寞恨更長。只這等說說笑笑，不覺三鼓。又施耐庵《水滸全傳》第二一回：宋江心裏氣悶，如何睡得著，自古道：歡娛嫌夜短，寂寞恨更長。看看三更交半夜，酒卻醒了。參見第九首。

鶯鶯燒夜香，下接「張生跳粉牆」，為《西廂記》中踰牆幽會的故事，參見第一〇六首。又蝶廬主人《消閒大觀》載民間小調〈十隻檯子歌〉：第五隻檯子是端陽，鶯鶯小姐夜燒香，紅娘月下偷棋子，勾引張生跳粉牆（收入《民俗叢書》合訂本第一七八冊）。

牙疼不是病，下接「病殺無人問」。明徐渭《歌代嘯雜劇》二齣：妻：家母牙疼。孫：此病最是苦楚，常言道：牙疼不是病，病殺無人問，利害著哩！

心定自然涼，心亂滿頭大汗，心定自然清涼。清曹庭棟《老老恒言》卷二燕居條引《濟世仁術編》曰：手心通心竅，大熱時以扇急扇手心，能使遍體俱涼。愚謂不若諺語云：心定自然涼。心定二字可玩味。

前客讓後客，有長江後浪追前浪的意思，後一輩又勝於前一輩。孫錦標《通俗常言疏證》引此諺，並舉《通俗編．俚語集對》：前客讓後客，大蟲吃小蟲。

張郎尋李郎，洪為溥以為是岔過、枉勞的意思。另「張郎送李郎，送得沒下場」，取累贅之意。「張郎送李郎，一夜勿上床」，取難分難捨意，送與尋或不同。孫錦標《通俗常言疏證》尋作等，引《通俗編．俚語集對》：張郎等李郎，五祖傳六祖。

路遙知馬力，下接「日久見人心」，參見第一三一首。明范受益《尋親記》二一齣：路遙知馬力，日久見人心。我只道周娘子心如鐵石，一旦改了，且住，知他是真是假，我如今潛地到他家，看他動靜，便知分曉。又明袁白賓《楚江情》第三四折引作「路遙知馬力，義重識交情」。又戲劇有《路遙知馬力》之劇目，路遙與馬力，均為人名。

一去不還鄉，上接「清明嫁九娘」。明田汝成《遊覽志餘》錄諺云：「清明嫁九娘，一去不還鄉。」並云：「書此貼楹間，則夏日無青蟲撲燈之擾。」則九娘似為夏季某昆蟲。又《石門縣志》載清明前一日祭餓鬼，又剪紙束竹為三四寸，祭後棄大路旁，亦謂送九娘。又《霓裳續譜》：「〈秧歌〉：七月裏秋海棠……劉郎一去不回鄉。」

九五

九月菊花黃，先觀屋下郎。三年兩頭閏，千佛一爐香。
鬅鬆做和尚，烏龜裝霸王。風吹鴨蛋殼，狗咬破衣裳。

九月菊花黃，下接「先生尋館忙」，參見第九八首。《青浦縣志》：「師之去就，主人每於七八月設宴定之，故有七辭八聘之語。」至九月尚無館聘者，故尋找忙碌。諺云：「九月菊花黃，先生尋館忙。」另諺云：「九月菊花黃，先生講學堂」、「九月菊花黃，先生進書房」。另紹興諺有「九月菊花黃，郎中戳門枋」，戳是斜倚的意思。

先觀屋下郎，謂欲看山川風水，先看屋下人物即可，善人始有好風水，因此上接「未看山頭土」五字。明郎瑛《七修續稿》卷五詩文類：余又嘗曰：惟天之理，可括乎地，地之利，不可逆諸天，故諺有曰：「未看山頭土，先觀屋下人。」天生善人，必得吉地。

三年兩頭閏，下接「行閏不行閏」或「餓煞經濟人」。中國農曆每三年一閏，五年再閏，故有時三年之內，兩頭皆逢閏月，三年兩頭可閏，但看冬至剩餘之日子，以決定行閏月或不行閏月。故云三年兩頭閏，行閏不行閏。逢閏月則一年的日子較多，對度小月的人來說更艱苦，故云餓煞經濟人。又衢州諺語有：三年兩頭閏，兩閏兩勿閏。溫州諺語有：一年趕雙春，三年兩頭閏。

千佛一爐香，蘇北諺語：千個饅頭一滾湯，千尊菩薩一爐香。一爐香可供千佛。

鬍鬍做和尚，是說剛剛恰好的意思。清范寅《越諺》卷上：「癩子做和尚——剛剛好。」癩子亦稱鬍鬍。又文康著《兒女英雄傳》第六回：這就叫「禿子當和尚——將就材料兒」。將就材料與剛剛好意相近。《中華諺語志》引作「禿子當和尚——將就事兒」。又「禿子當和尚——湊合著幹罷」，意近。

烏龜裝霸王，閩南有諺云：溝仔底無魚，泥鰍做王。又有諺云：獅子不在山，猴子稱霸王。井中的烏龜，亦可裝霸王。《中華諺語志》載「菜子開花黃，叫化子充霸王」，意相似。

風吹鴨蛋殼，下接「財去人安樂」，參見第七七首。孫錦標《通俗常言疏證》：此二句見言語驢頭不對馬嘴。明蘇復之《金印記》劇中二相公極吝嗇，用鹹蛋下飯，一蛋吃三年，後遭鬼頭風吹走，乃說：今日風吹鴨蛋殼，財去人安樂。唯湯強《寧波鄉諺淺解》：有大言不慚的人，做了簡單的事，自以為了不起，到處自我宣傳，旁人亦用「風吹鴨蛋殼」來形容，謂所做的事，不過輕而易舉，不必丑表功了。

狗咬破衣裳，諺有「人識不是低，狗咬穿破衣」、「人敬有錢的，狗咬拿籃的」、「人敬富的，狗咬破的」、「人欺沒錢的，狗咬匡籃的」、「賊偷懶屍貨，狗咬爛布巾」、「錢輸窮朋友，狗咬爛布巾」，匡是食飯器，均可參照。

九六

李樹代桃僵，寅年吃卯糧。單絲不成線，好肉挖做瘡。上岸討包裹，裹頭喝粥湯。貴人抬眼看，也要福來當。

李樹代桃僵，後人多用為相互頂替或代人受罪，原本為比喻兄弟共度患難。語出古樂府〈雞鳴〉：「桃生露井上，李樹生桃傍，蟲來嚙桃根，李樹代桃僵，樹木身相代，兄弟還相忘。」又清黃遵憲〈感事〉詩：「芝焚蕙嘆嗟僚友，李代桃僵泣弟兄。」

寅年吃卯糧，寅年預吃了次年卯年的糧，是透支、赤字的意思。胡君復《古今聯語》卷三諺語：寅月吃了卯月糧。

單絲不成線，下接「獨木不成林」。吳璿《飛龍全傳》第四八回：「牛皐道：單絲不成線，獨木不成林。你一個舞終久不好看，待俺來和你對舞。」又許仲琳編《封神演義》第七二回：「廣成子自思：自古道：單絲不成線，反而不美。」參見第一三一首。

好肉挖做瘡，好肉無瘡用刀挖，本來完滿無事，偏要生出缺憾來。南亭亭長著《中國現在記》第六回：撫臺等畢珠看完了，說道：這從那裏說起！這豈不是好肉上生瘡麼？怎麼回他？畢珠也慌了。「好肉上生瘡」，與「好肉挖做瘡」同意。

上岸討包裹，上接「落水求人救」。《黃巖縣志》卷三二：落水求人救，上岸討包布，無厭之索也。清黼臣《好男兒》：常言道：落水要命，上岸討包裹。你們真有這個情境。又清天花才子《快心編》一集四：人心落河要命，上岸要錢，到吃緊處原一樣的拿了出來，若可以緩得的又放僵了。指情況危急只顧要命，情況一緩和又貪吝錢物。

裏頭喝粥湯，上接「外面敲堂鼓」，參見第六三首，外頭講排場擺闊氣，裏頭只喝粥湯，連飯也吃不起。

貴人抬眼看，下接「便是福星臨」。天然癡叟著《石點頭》卷一：這一場入場，也是一般做文，只覺得精神猛勇，真是「貴人抬眼看，便是福星臨」，三場完了，候到發榜之期，郭喬名字，早高高中了第九名亞魁。抬眼看指精神抖擻，集中注意力。參見第一三二首。

也要福來當，所謂福地福人居，福地洞天，也要福來當。無福之人居之，反折福折壽，無法消受。故相反的諺語為「沒福消受」，《意中緣》劇：雖蒙見允，只怕沒福消受。此諺或上接「福人葬福地」，參見第五〇首。

九七

三個縫皮匠，一字並肩王。七穿打八洞，五馬調六羊。瞞上不瞞下，官場如戲場。哥哥抱上轎，錯過喜神方。

三個縫皮匠，下接「賽過諸葛亮」，或「比個諸葛亮」。謂眾人商量計策，可與一人才智者相比。蔡東藩《元史演義》第五一回：自此脫脫等留住禁中，與順帝密圈方法，三個縫皮匠，比個諸葛亮，這遭伯顏要墮入計中了。參見第二七首。

一字並肩王，瘂弦說是「一字排開，並肩而坐，無分大小，皆稱為王」的意思，古說書或小說中常用此語。

七穿打八洞，形容到處是洞洞。與笑笑生《金瓶梅詞話》第七八回引俗語「七個窟窿倒有八個眼兒」意不同，與俗語「七打八」有相似處，張南莊《何典》第二回：「活鬼雖說是個財主，前日造廟時已將現銀子用來七打八，今又猝不及備，要拿出准千准萬銀子來，甚覺費力。」這七打八，正似七穿八洞，錢快漏光了。

五馬調六羊，或作「五馬換六羊」，調換的物品很難相當。又浙江諺語有「五馬翻六羊，抬砲翻鳥槍」，翻亦作販，亦經營調換之意。大砲換鳥槍，亦不相當。山西諺語有：「五馬換六羊，越換越上當，六羊換七雞，越換越不值。」

瞞上不瞞下，指串通下屬瞞著上司。下接「瞞官不瞞私」，參見第四六首。笑笑生《金瓶梅詞話》第二六回：「你還有甚親故？俺每看陰師父分上，瞞上不瞞下，領你到這裏，胡亂討些錢米。」又南亭亭長《中國現在記》第十回：誰能保得沒有瞞上不瞞下的事？又孫錦標《通俗常言疏證》引《宣政雜錄》，謂民間以竹徑二寸，長五尺許，冒皮於首，鼓之，因其製作之法，謂之謾上不謾下，通衢用以為戲。則此諺亦為鼓名。

官場如戲場，說做官如演戲，假戲真做，上臺下臺，如出一轍。黃濬《花隨人聖盦摭憶》頁四云：「在官言官，在戲言戲，此理相通，抑亦相類，趙撝叔《章安雜記》中，有一節云

『官場如戲場，以相似也，然相似而不同……』撝叔此文殊妙，並生旦亦使諢數語，尤刻且悲。」又《粉妝樓》第四五回引作：王法如家法，官場如戲場。兩句成對，此為下句。

哥哥抱上轎，為民間習俗。姜彬《中國民間文學大辭典》謂傳說之由來是：孫權妹孫姣與劉備訂婚，孫姣要求以荊州做陪嫁禮，吳國太同意，孫權無奈，交出荊州地圖戶籍，臨上轎時孫權大哭，要求抱妹上轎，乘機將嫁妝單偷回。後人不解內情，遂加仿效，相沿成俗。又考《民俗週刊》合訂本第九冊載羊錫彤〈富春兒歌〉：「上轎哭三聲，下轎拜觀音，大哥哥抱上轎，二哥送到城隍廟。」又《民俗叢刊》合訂第九三冊載江蘇〈太倉兒歌〉：「白果果，開白花，白家大姐嫁人家，哥哥抱上轎，嫂嫂哭到關帝廟。」後閨女出閣，若自己上轎，被人嘲笑為「輕了骨頭自上轎」。

錯過喜神方，或作「錯過喜神」。孫錦標《通俗常言疏證》錯過喜神條引《通俗編・俚語集對》：倚著閻王勢，錯過喜神方。又周振鶴《蘇州風俗》：正月元旦晨，視時憲書所定之喜神方為何方，出門即向何方作揖，且向此方步行數百步，謂此一年多得意事。

窮漢受罪畢，先生尋館忙。娶妻先看舅，有奶便為娘。
嫖賭吃著考，麻鬍黑胖長。打頭不應腦，姨叫百花香。

窮漢受罪畢，形容冬至後天氣由冷轉熱。清顧鐵卿《清嘉錄》卷十一引陸泳《吳下田家志・冬至後九九歌》云：九九八十一，窮漢受罪畢。時節至此天氣已不冷。

先生尋館忙，上接「九月菊花黃」，參見第九五首，九月開學，先生講學堂，尚未有館聘者，尋館慌忙。故諺云：九月菊花黃，先生尋館忙。

娶妻先看舅，妻與小舅子品貌相像。凌濛初《二刻拍案驚奇》卷十七，撰之道：「令姊有如此巧藝，曾許聘那家了？」俊卿道：「未曾許人。」撰之道：「模樣如何？」俊卿道：「與小弟有些廝像。」撰之道：「這等，必是極美的了，俗語道：未看老婆，先看阿舅。小弟尚未有室，吾兄與小弟做個撮合山何如？」

有奶便為娘，誰給奶吃，誰便是娘，比喻得何人飼養，即聽命何人。《中國諺語集成・浙江篇》載寧波諺語：有穀便是米，有奶便是娘。

嫖賭吃著考，指人生五項浪費金錢的事，俗語說：吃是實用，穿是威風，賭是對沖，嫖是精空。吃著是指奢侈充闊而言，古時科舉考試，惡例極多，也甚費錢，而中舉者少。王有光《吳下諺聯》卷三：「嫖賭吃著，人生四大病。豈得以考字附尾？或曰考亦費錢，與前四件子一例。或曰：世間好事居先為佳，不好事居殿猶可。嫖不如賭，賭不如吃，吃不如著，著不如考，從末減例也。」

麻鬍黑胖長，麻鬍子，民間用作嚇小孩的人物，《野客叢書》引《會稽錄》：有鬼號麻胡，好食小兒腦，遂以恐小兒。後傳說騙拐小孩之人為麻鬍子，在頭頂一拍，就只會跟他走，眼前只有一條路，後有虎追。本諺詩下接「打頭不應腦」，或取此意。《中華諺語志》載諺「麻鬍子來了」，即嚇孩子的話。

打頭不應腦，指聯接不上，反應不過來。夢覺道人輯《三刻拍案驚奇》第二六回：「此時說來，卻是驢頭不待馬嘴，婦人倒弄得打頭不應腦，沒得說。」

姨叫百花香，風神為封家姨，乃眾花之精，《合璧事類》據《博異記》有封家十八姨，擋惡風而庇護百花。封家姨簡稱為封姨、風姨或姨，十八合成木字。但《民俗週刊》合訂第十七冊，謝雲聲文引嘉興歌謠有：「阿婆亮亮，媛兒望娘，娘叫心肝肉，爺叫百花香。」疑本出此，爺本作姨字，則與風姨無關。又沈承周引杭州兒歌作「月亮堂堂，女兒望娘，娘叫心肝肉，爸叫百花香」。

九九

先下手為強，泰山石敢當。無風三尺浪，出馬一條槍。
老手舊肐膊，黑心爛肚腸。救兵如救火，擒賊必擒王。

先下手為強，下接「後下手遭殃」。搶得先手主動者為強。元紀君祥《趙氏孤兒》第四折：那穿紅的想道：先下手為強，後下手遭殃。暗地裏遣一刺客，喚做鉏麑，藏著短刀，越牆而過，要刺殺這穿紫的。

泰山石敢當，泰山為魂魄所歸之府，石敢當取辟邪義。清王漁洋《古夫于亭雜錄》云：齊魯之俗，多于村落巷口，立石刻「泰山石敢當」五字，云能暮夜至人家醫病，北人謂醫士為大夫，因又名之曰石大夫。清俞樾《茶香室叢鈔》謂此五字南方亦有，並無醫病大夫之說。又清連橫《雅言》引顏師古注《急就章》：石氏敢當，所向無敵。謂是秦漢時之勇士，泰山或石氏之里居，附會為泰山可治鬼。又《象山縣志》卷十七：本《急就篇》，輿地碑記目：

唐大曆五年，莆田縣令鄭銘一石曰：石敢當，壓災殃。

無風三尺浪，比喻無事生非，三尺形容其大。《景德傳燈錄》卷二六：揚瀾左里，無風浪起。又《二刻拍案驚奇》卷十：在城棍徒無風起浪，無洞掘蟹。又考浪嵩島有諺云：無風三尺浪，有風浪過嵩。舟山諺語云：無風三尺浪，有風浪打浪。

出馬一條槍，形容鹵莽，一出馬二話不說，就是一條槍。見朱介凡《中華諺語志》引。史襄哉《中華諺海》亦引「出馬一條槍」，單句成諺。

老手舊肐膊，或下接「一個勝十個」，謂行家熟能生巧，個中老手，勝人多矣。又或下接「窮嘴餓舌頭」，則說貪嘴的老手。

黑心爛肚腸，黑心，浙江方言為貪心，諺云：眾人吃上眾人香，一人吃了爛肚腸。一人貪心獨吞，將爛肚腸，與此同意。《中華諺語志》載諺云：「歹心黑肚腸，要死初一十五，要埋風與雨。」《北大歌謠》週刊合訂第三冊顧良記錄浙江兒歌：「阿媽娘，黑心爛肚腸，七歲賣我做梅香。」梅香為小丫頭。又馮慰慈記錄浙江兒歌〈月亮彎彎照到前坑〉：「上轎哭三聲，不怨哥弟，不怨爺娘，只怨媒公黑心爛肚腸。」又《俏皮話大全》引：黑心爛肚腸——壞透了。

救兵如救火，戰事熾烈，一發不可收拾，所以救兵門要如救火災一樣，越快越好。《楊家將演義》第三回：王貴道：君命召，不俟駕而行。嘗言：救兵如救火。若待宋師臨城涓涓之勢，徒勞無益也。正須亟出兵相援，庶表忠國之志。又明張伯起《新灌園》第十一折：眾：呀！將軍，自古道：救兵如救火，為何不要進兵？

擒賊必擒王，原本為杜甫詩：射人先射馬，擒賊先擒王。後則與「為人須為徹」相聯。明張伯起《女丈夫》第三三折：淨：自古為人須為徹。生：為君擒賊必擒王。又明楊柔勝《玉環記》二三齣：末同眾上：「用箭須用長，挽弓須挽強，射人先射馬，擒賊先擒王。」全用杜甫詩。

一〇〇

老菱殼兒響，棺材木頭香。皮郎殺秦檜，小鬼跌金剛。
白日莫閑過，黃牌三進張。牡丹花下死，萬物有無常。

老菱殼兒響，菱老殼大，其中肉結硬，中有空隙，搖時能作聲。紹興諺云：「烏大菱殼，余攏一堆生。」即形容中空可浮。又杭州諺云：「天河跌角，老菱出殼。」天河跌至屋角，秋菱可出殼而食。考馮夢龍編《山歌》四，〈娘兒〉云：「囡兒道池裏藕兒嫩箇好，娘道沙角菱兒老箇香。」香嚮雙關，老娘說老有老的妙處，不比嫩的差。本諺即含此意。

棺材木頭香，疑與諺語「棺材裏搽粉——死要面子」相似。亦或與諺語「新箍馬桶三日香」相近，謂新鮮一時，不能持久。又諺有「吃點著點，棺材薄點」，則不吃不著，棺材木頭香點？又蘇州諺語「棺材板上畫花——討鬼好」（見服部隆造《中國歇後語の研究》），又《俏皮話大全》有「屁股上抹香水——不值一文（聞）」。用意待考。

皮郎殺秦檜，未詳。考明末清初小說《生綃剪》中有「霜三八仗義疏身」一節，寫皮匠霜三八，因出於偶然，被誤為殺死演魏忠賢演員之凶手，實則以戲為真，殺死戲臺上扮演魏閹者另有其人，但此皮郎被捉住，卻毫無怨言，並云：「小的也是恨魏閹的，他殺就是我殺一般。」魏忠賢與秦檜皆為眾人痛恨的姦臣，或可參考。

小鬼跌金剛，金剛有時跌在小鬼手上，大人物多敗於小人之手。金剛可以踏在小鬼身上，金剛也可以跌在小鬼手上。溫州諺云：小鬼可以搬金剛，小鼠可以斷大繩。搬有扳倒的意思。清范寅《越諺》「小鬼跌金剛」，鬼作畿，浙江音居，下注：「要謹細行。」

白日莫閑過，下接「青春不再來」。可參見第六一首。元史九敬先《莊周夢》第二折：

末云：不吃酒不是斯文，豈不聞：白日莫閑過，青春不再來。今人不飲酒，古人安在哉！又：柳煙侵御道，門映夾城開，白日莫閑過，青春不再來。梁同書《直語補證》：此二句唐林寬〈少年行〉詩。

黃牌三進張，賭牌時，來牌成嵌成碰或有靠牢，叫做進張。三進張謂手氣極順，疑此諺為紙牌賭局中語。

牡丹花下死，指為女色而情死。下接「做鬼也風流」，此語先見於明黃文華輯《詞林一枝・劈破玉歌》，為民歌中句，清宣瘦梅《夜雨秋燈錄》三卷三，情死條：「語曰：牡丹花下死，做鬼也風流。此王伯倫為情而死也。然苟非其人，則等一死如鴻毛矣。」謂要為值得的人情死，否則色鬼之死輕如鴻毛。參見第一二七首。

萬物有無常，佛教以無常警醒世人，萬事萬物，皆變動無常。諺云：無常一到，萬事皆休。民間又名拘魂使者為無常鬼。史襄哉《中華諺海》引：三寸氣在百般用，一旦無常萬事休。無常指死期。

難免悽惶淚，啞子夢見娘。蒼蠅戴豆殼，老鼠拖生薑。
一鍬掘個井，三碗不過岡。肉爛在汁裏，青龍白虎湯。

難免悽惶淚，上接「不聽好人言」。馮夢龍《醒世恒言》卷六：只因他是個倔強漢子，不依眾人說話，後來被那狐把他個家業弄得七零八落。正是：不聽好人言，必有悽惶淚。又周清源《西湖二集》卷三一：元順帝雖下詔罪己，而事已不可為矣，正是：不聽好人言，必有悽惶淚。

啞子夢見娘，與「啞子做夢——說不得」相似，見宋蘇子瞻《雜纂》卷下。吳敬梓《儒林外史》第五一回：看見被囊開了，才曉得被人偷了去，真是啞子夢見媽——說不出來的苦。又李伯元《文明小史》第四回引作：啞子夢見媽，說不出的苦。

蒼蠅戴豆殼，指好大面皮。夢覺道人《三刻拍案驚奇》第二七回：先生便道：如今老兄已打了渠一頓，看薄面饒了渠，下次再弗敢來。皮匠道：蒼蠅戴網子，好大面皮！又吳承恩《西遊記》第八七回：行者笑道：該與不該，煩為引奏引奏，看老孫的人情何如？葛仙翁道：俗語云：蒼蠅包網兒，好大面皮。按蒼蠅戴豆殼，疑下接「頭巾廓落大」，參見第四六首。

老鼠拖生薑，指徒勞無用。清錢大昕《恒言錄》卷六：俗語多出于釋氏語錄：老鼠搬生薑。又清褚人穫《堅瓠集・餘集》卷二：工部主事黃謙譏傍人借書者曰：「老鼠拖生薑」，譏其無用也。

一鍬掘個井，譬喻用力少而成功多，與一步登天相似。《京本通俗小說》第二一回：世上哪裏有一鍬掘個井的道理？後人用以誇張行動得要領，言語切中要害，歇後諺語有「一鍬挖了個井——捅打在正經地方了」。但王陶宇《俏皮話大全》則有「想一鍬挖個井——癡心妄想」。

三碗不過岡，原出於《水滸傳》武松打虎故事，謂飲酒三碗者，不再過此山岡。

肉爛在汁裏，多少消長，反正都不會出外邊去。王濬卿《冷眼觀》第二五回：怎麼算都不要緊，好在是肉爛在湯裏，多也是他的，少也是他的。第五回亦云：「左右是肉爛在湯鍋裏，天掉下來有文大爺長人去擋。」比喻即使有損失，仍屬自家人得好處。

青龍白虎湯，青菜豆腐湯，俗稱青龍白虎湯。趙翼《甌北詩鈔》：白虎青龍一口吞。注：俗以豆腐野菜為青龍白虎。又考彈詞《三笑姻緣》第三〇回合同一節：「羅裏曉得到子第四日，吃青龍白虎哉！……直到今朝第四日吃豆腐個。」（見《民俗叢書》合訂第六二冊）清秦篤輝《平書》引趙雲崧集：俗以豆腐青菜為青龍白虎湯。

一〇二

不吃狗饞食，趙五娘糟糠。不顧羊性命，瞎倉官收糧。

好大牛力氣，緊對龍王堂。換官不換幕，坐落太平坊。

不吃狗饞食，諺云：吃狗食，活九十。又諺云：月照後壁，人食狗食。又：未蟄先蟄，人吃狗食。有陰濕異常之憂。

趙五娘糟糠，趙五娘為小說戲曲中受苦難的女主角，家中遭遇饑荒，趙五娘吃糟糠，事奉公婆，常受冤屈，公婆餓死後，隻身尋夫蔡伯喈。元末高明取材民間傳說「趙貞女蔡二郎」故事寫成南戲劇本《琵琶記》，後湘劇《琵琶上路》、川劇《吃糠》、越劇《吃黃糠》均演趙五娘糟糠故事。

不顧羊性命，上接「止顧羊卵子」。清王有光《吳下諺聯》卷二引「止顧羊卵子，弗顧羊性命」。止取羊卵子，則每日所殺不下數羊，吳下人惡其奢，訾其食，疾其殘忍，故有此諺。吳敬梓《儒林外史》第三四回：你說這羊棗是甚麼？羊棗，即羊腎也。俗語說：只顧羊卵子，不顧羊性命，所以曾子不吃。

瞎倉官收糧，沒有不收的。錢南揚《漢上宧文存》轉錄《六院匯選江湖方語》：瞎倉官收糧——無有不納。天然癡叟《石點頭》卷十：兩個小老婆也要學樣，手中卻少東西，只有幾件衣服，將來表情，丫頭們只送得汗巾香袋，周玄分明是瞎倉官收糧——無有不納。

好大牛力氣，未詳待考。古人比喻大力，均喜以牛作喻，如寧波諺語：「疔瘡破頭，力頭大如牛。」又《中華諺語志》載諺有：「小媳婦出了頭，力氣大似牛。」

緊對龍王堂，緊對龍王之祠堂，用意待考。

換官不換幕，幕指秘書吏員，故此諺與「換官不換吏」、「官去吏在，吏去案在」意近。

坐落太平坊，長安城坊，皇城南側，含光門外，即為太平坊坐落所在，最近皇城，最為顯赫之地。唐時為王鉷所居，《封氏聞見記》：王鉷太平坊宅內有自雨亭，飛流四注，當夏處之，凜若高秋。

人不可貌相，撩蕩困混堂。稀糊腦子爛，假使面皮光。
淡裏沒有我，閑時莫燒香。九頭十八塊，屁股辣如薑。

人不可貌相，人不可以相貌美醜，推斷其才能。有時下接「海水不可斗量」。吳承恩《西遊記》第六二回：孫大聖聽見了，厲聲高叫道：陛下，人不可貌相，海水不可斗量，若愛丰姿者，如何捉得妖賊也？

撩蕩困混堂，混堂，吳語即浴堂。《醒世恒言》卷一：趙二在混堂內洗了一個淨浴。困同睏，撩蕩是撩亂不寧，亦或作攪閙浪蕩，在浴堂中睡覺。梁同書《直語補證》：混堂，見《菽園雜記》溫泉一條。《通俗常言疏證》引劇《四節記》：混堂裏是我安身之處，賭場中纔說我是個吃白食的光棍。

稀糊腦子爛，腦肝塗地，爛漿稀糊。文康《兒女英雄傳》第四〇回：誰知叫這位老爺子這麼一折，給折了個稀呼腦子爛。

假使面皮光，疑指行事得宜，臉上光彩。面皮猶言面子，《水滸傳》第一回：撇不過柳大郎面皮。《夢筆生花》引杭州俗語有「抹面光」。

淡裏沒有我，命意待考，按淡可以作瘦字解，陸澹安《小說詞語匯釋》：俗稱瘦為清減，所以淡有瘦的意思。《警世通言》第九回：金哥說：「三嬸，你這兩日怎麼淡了？」故疑上接「肥頭胖耳朵」，參見第七五首。又史襄哉《中華諺海》引〈規勸歌謠〉：「番攤一事我滑淡，看等開二又來三……九胡一事我滑淡，掀倒四將又有橫。」所述皆賭博擲骰子及紙牌術語。

閑時莫燒香，下接「急來抱佛腳」。明馮夢龍《古今譚概》卷九：雲南之南一番國，俗尚釋教，人有犯罪應誅者，捕之急，趨往寺中抱佛腳悔過，願髡髮為僧，便貰其罪，今諺云：「閑時不燒香，急來抱佛腳。」皆番僧之語流于中國也。參見第一三一首。

九頭十八塊，未詳。俗語九頭多為不祥。《易林》：八口九頭，長舌破家。又九頭鳥亦為不祥之鳥。人狡猾可比作九頭鳥。張君房《脞說》：時人語曰：天上有九頭鳥，人間有三耳秀才。

屁股辣如薑，可能形容辣得太厲害。湖南有諺語云：胡椒辣口薑辣心，辣椒辣到屁股眼裏出身。又諺云：「屁股眼裏夾胡椒——一時不走過不得。」似亦有相類處。

一〇四

獨坐中軍帳，虞姬別霸王。三年學徒弟，千里送京娘。
濕手惹乾麵，空船載太陽。寒衣未可送，春暖百花香。

獨坐中軍帳，中軍為發號施令之所，主帥統領一人獨坐。唯此為蜘蛛謎語中句，趙肖甫《杭州謎語》蜘蛛網條：「小小諸葛亮，獨坐中軍帳，佈起八卦陣，專捉飛來將。」（參見《民俗週刊》合訂本第十七冊）

虞姬別霸王，《霸王別姬》，為有名的劇目，演西漢初年楚霸王項羽被圍於垓下，與虞姬倉黃惜別的故事。今歇後語尚存「霸王別姬——奈何不得，無可奈何」（參見王陶宇《俏皮話大全》）

三年學徒弟，疑下接「回湯豆腐乾」，湯強《寧波鄉諺淺解》：學徒三年，若未到期限，因故辭歇，里人就譏稱為「回湯豆腐乾」，可參見第一〇首。另諺云「徒弟徒弟，三年出師」、「徒弟徒弟，三年奴隸」、「徒訪師三年，師訪徒三年」，均可參照。

千里送京娘，話本有《趙太祖千里送京娘》，小說有《飛龍全傳》，戲劇有《千里送京娘》，趙員外之女京娘，為山寇張廣與周進劫至一古廟，趙匡胤帶京娘逃走，殺死山寇，送京娘歸家，京娘自願以身相許，趙匡胤不允，遂結為兄妹。《盛世鴻圖》作京娘母疑趙與女有私，京娘表明貞節自縊。

濕手惹乾麵，一惹難以脫手。清范寅《越諺》卷上：濕手搦乾麵粹。注：粘綴不得脫手。

空船載太陽，空寂之船，唯載太陽而已。歇後語句為「空渡日而已」。日人服部隆造著《中國歇後語の研究》引「大船頭上載太陽——渡（度）日而已」即古語之今譯。王陶宇《俏皮話大全》引「大船載太陽——勉強渡（度）日」。

寒衣未可送，上接「未吃端午粽」句，謂端午之前，尚可能有寒流。清厲鶚《宋詩紀事》卷一〇〇〈謠諺雜語〉：陸泳《吳下田家志》有〈田家雜占〉云：「未吃端午粽，寒衣未可送。」清林伯桐《古諺箋》云：未食端午粽，寒衣不敢送。教慎也。其間乍陰乍陽，固不可測也。

春暖百花香，下接「睡煞懶婆娘」。春暖季節，所謂春眠不覺曉，最宜睡睡醒醒，醒醒又睡睡。又紹興諺語有「春暖百花香，腰骨三段生」。生謂睡僵不柔軟，又金華諺語：「春寒多雨水，春暖百花香。」

一〇五

吃苦不記苦，老來普濟堂。生蠶作硬繭，老鼠攢冬糧。
冷雨濯脰脛，燒刀割肚腸。人無千日好，城外白茫茫。

吃苦不記苦，下接「到老無結果」。不在痛苦經驗中牢記教訓，則苦白吃，到老無所長進，所以說到老無美滿的結果。《中國諺語集成・浙江篇》載舟山諺語：吃苦勿記苦，將來要吃兩遍苦。

老來普濟堂，普濟堂近似養濟院。馮夢龍《警世通言》卷二四：老鴇對玉姐說：「有錢便是本司院，無錢便是養濟院。王公子沒錢了，還留在此做甚?」又諺云：「養濟院的鴿子——窮咕嘟。」據清《宜興荊谿縣新志》卷二〈善堂記〉中列有普濟堂，皆由地方士紳設置之善堂。老年無靠，棲宿其中。湯強《寧波鄉諺淺解》引諺：孤老住祠堂。意同。又周振鵬《蘇州風俗》中老店普濟堂專賣疳積藥餅。

生蠶作硬繭，指無法硬逼的事。清范寅《越諺》卷上：逼押生蠶做硬繭。下注：「如何使得？」今杭州人常言：生蠶做勿來硬繭。參見《中國諺語集成・浙江篇》。王陶宇《俏皮話大全》引：僵蠶作硬繭——不成功（宮）。

老鼠趲冬糧，各地諺語有「松鼠子也要留半年過冬的存糧」、「老鼠存儲三年糧」、「老鼠還有三年餘糧」，意並相近。

冷雨濯脰脛，脰脛即項頸，《公羊傳・莊公十二年》：絕其脰。《釋文》：脰，脛也。冷雨洗頸，或與澆一頭冷水相似。俗喻突聞意外拂逆之事為冷水澆頭。

燒刀割肚腸，燒刀是燒酒的意思，今浙江呼高粱烈酒為燒酒。《負曝閑談》第三〇回：江家兄弟拿手按著杯子，推說不會呷燒刀。又《鄉女語》第六回：燒了火炕，去買一斤燒刀，飲酒禦寒。本諺似取酒入愁腸意。

人無千日好，下接「花無百日紅」。參見第三三首及第一四五首。清翟灝《通俗編》卷三〇謂此語見谷子敬《城南柳》曲。明鄭若庸《玉玦記》二二齣：悔當初錯認仙源，使劉郎歸去無家。占上：人無千日好，花無百日紅，只因一著錯，滿盤都是空。又明馮夢龍《墨憨齋歌・掛枝兒・情淡》：想當初罵一句先心痛，到如今打一場也是空，相交一旦如春夢，人無千日好，花無百日紅。

城外白茫茫，白茫茫，或形容雪景，清無名氏輯民歌《時興呀呀呦》中有「一推紗窗白茫茫，萬里乾坤似粉妝」句。又疑為帳子謎語，朱雨尊編《民間謎語》第四九六則：「城無磚，門無鐶，城外亂紛紛，城內大平安。」帳子為四方一座城，或謂城外白茫茫，城內大平安。

一〇六

有說有商量，張生跳粉牆。外甥多像舅，女兒來望娘。
麻骨成把硬，炒菜當肉香。人情如紙薄，回不得家鄉。

有說有商量，浙江俗語指二人情意相投，十分融洽。馮夢龍《古今小說》卷三八引：嬌妻喚做枕邊靈，十事商量九事成。意略相近。又考紹興戲《珍珠塔》、《金玉緣》中均有「方卿見姑娘，越見越淒涼，狄青見姑娘，有話有商量」句。

張生跳粉牆，上接「鴛鴦燒夜香」，為《西廂記》中有名的故事，少年男女感應熱烈，踰牆赴約。參見第九四首。又考明代〈采茶山歌〉云：「三月采茶桃花開，張生跳過粉牆來，紅娘月下偷情事，這段姻緣天上來。」又馬燈調〈瑞香花開〉：「瑞香花開正當時，有個鶯鶯小姐去燒年香，二八二八張生跳粉牆。」

外甥多像舅，外甥與娘舅，遺傳因子相同者多，故相像。宋洪邁《容齋隨筆・續筆》卷十二：「又有以書語兩句而證以俗諺者，如『堯之子不肖，舜之子亦不肖』，諺曰：『外甥多似舅』」，堯之女嫁給舜，舜之子呼堯之子為舅。謂非僅容貌相像，行為善惡亦有相像者。又明郎瑛《七修類稿》卷五〇：「諺云：外甥似娘舅，水木本源，此豈非其驗歟？」又吳趼人《瞎騙奇聞》第六回：常言說得好：外甥不脫舅家相。

女兒來望娘，浙江諺語有「大水白洋洋，囡來望爹娘」，囡即女兒，大水指水災。又《民俗叢書》合訂第十九冊〈月光光歌謠專輯〉，載杭縣謠：「月亮婆婆旺一旺，女兒回來望望娘，娘叫女兒心肝肉，爺叫女兒百花香。」載海寧謠：「月亮長長，女兒去望娘，娘道我心肝肉，爺道我百花香。」

麻骨成把硬，可能指麻稈成把，堅硬而不易折斷。麗水諺語有「蘆柴成把硬」，意同。麻骨不成把則不硬，打人也不痛。松陽〈月亮灣灣照圍牆〉謠有「親娘打我用蔴骨」句。

炒菜當肉香，貧家自我安慰，自求滿足，炒菜亦可當肉香。又諺有「性定菜根香」。

人情如紙薄，早期作「官情如紙薄」。馮夢龍《醒世恒言》卷二七：和尚笑道：公子差矣！常言道：官情如紙薄。總然極厚相知，到得死後，也還未可必，何況素無相識？卻做恁般癡想。又諺云：「人情似紙張張薄，世事如棋日日新。」另有：「春水薄，人情更薄，黃河險，人心更險。」蝶廬主人《消閒大觀・集吳諺詩》：「世情如紙薄，狗眼看人低。」

回不得家鄉，回或作還，孫錦標《通俗常言疏證》：元戴善夫《風光好》劇：我直教你還不得家鄉。歌謠常有「還不得家鄉，見不得爹娘」之語。

一〇七

會把把兒郎，金釵十二行。無花不飲酒，有麝自然香。
各廟各菩薩，叫屈叫地方。出門看天色，寅卯不通光。

會把把兒郎，把是配給的意思，下當接「不會把把田莊」，與「會挑的挑兒郎，不會挑的挑房梁」、「會揀揀新郎，不會揀揀田莊」、「會嫁嫁對頭，不會嫁嫁門樓」。意均相同。

金釵十二行，考白居易〈戲贈〉詩云：鍾乳三千兩，金釵十二行。或謂十二行為六鬟齊眉比肩而立，為釵十二，言歌舞之妓頗多。

無花不飲酒，或作「有花方飲酒」。明朱有燉《賽嬌容》第一折：香醪滿斟花在手，手撚花枝嗅，花插鬢邊垂，醉舞羅衫袖，常言道：有花方飲酒。

有麝自然香，下接「何必當風立」。見明顧起元《客座贅語》。王有光《吳下諺聯》卷一注曰：「麝香在臀，收取其香，香氣必達于外，偶一沾染，經月不散。」謂真香四射，何處不聞？何必當風炫耀，自以為得計。又元無名氏《連環計》第一折：願你順人和，有麝自然香。休要逆天心，無禍誰能勾？

各廟各菩薩，下接「各人籤念法」，或上接「各人各法」。「各人各法，各廟各菩薩」，是說各有一套，不必相同，「各廟各菩薩，各人籤念法」也是各有一套修佛念佛法，各有一套領會悟解法。

叫屈叫地方，與「叫爺叫娘痛苦至極」同意。孫錦標《通俗常言疏證》云：《史記・屈原列傳》：人窮則反本，故勞苦倦極，未嘗不呼天也，疾痛慘怛，未嘗不呼父母也。《夢筆生花》杭州俗語有「叫爺叫娘叫屈叫地方」之語。

出門看天色，下接「進門看臉色」。朱介凡《中華諺語志》引：「出門看天色，進門看臉色」或作「出門睇天色，入門掠目色」，參見第三八首。另類似諺語有「出門看天氣，買賣看行情」。

寅卯不通光，寅時為淩晨三時至五時，天色未明，卯時為淩晨五時至七時，東方曙光未明。不通光指不吐光。冬季日出較晚，至寅時卯時尚未吐光。《中國諺語集成・浙江篇》引紹興諺語：寅卯不通光，辰時亮堂堂。

一〇八

有教終須教，頭贏不是贏。租田當自產，官路做人情。
貨到地頭死，寒從腳下生。在家千日好，無債一身輕。

有教終須教，有可教之處則必須教導之。諺語有「能教人人服，須教面面全」，字面略似而用意不同。

頭贏不是贏，賭博時一開始贏，還不能算贏，所謂「贏了不走，等於沒有」。湖州諺有：「高手勿贏頭副棋」。頭贏易驕，驕者必敗。

租田當自產，有將租田占為自產的想法，用以比喻借物不想歸還者。

官路做人情，借官家權力之便，容易做私人人情。上接「法能為買賣」。《粉妝樓》第五七回：撫院道：「既是大人這等委曲，盡在小弟身上，從今不追此事便了。」沈廷華大喜道：「多蒙周全，以後定當重報。」正是：法能為買賣，官可做人情。紹興諺語有「官判十條路」，謂辦案時可此可彼，無有定向，故可作人情。

貨到地頭死，說遠路運貨到市場，被殺價也無可奈何。清李光庭《鄉言解頤》卷二：「地部：鄉言貨到街頭死。言路遠至此，則不得不賣，且有經紀把持之，雖欲居奇而不能。」街頭、地頭同意，貨既不能運回，任其殺價。《中國諺語集成・浙江篇》引台州諺語：貨到地頭地，魚到街坊臭。

寒從腳下生，與「百病從腳起」同意，古人認為風寒易從腳穴而入。清梁章鉅《歸田瑣記》卷七：「昔人以夜臥不覆首為致壽之原，取其夜氣之不鬱蒸，又有『百病從腳起』之說，蓋湧泉穴與心相通，風最易入，故養生家皆慎之。」《夢筆生花》杭州俗語雜對：寒從腳下起，惡向膽邊生。

在家千日好，下接「出外一時難」，參見第一〇首。孫錦標《通俗常言疏證》引《夢筆生花》杭州俗語巧對：在家千日好，吃酒三年窮。吳趼人《情變》第一回：自古說在家千日好，出外一朝難。今年不幸遇了荒年，列位要出外謀食，在下怎好阻止？又「在家千日好」，原為唐戎昱〈長安秋夕〉詩：在家貧亦好。

無債一身輕，疑本諺詩下接「有子萬事足」。《說岳全傳》第六〇回引作「無官一身輕，有子萬事足」，《初刻拍案驚奇》卷二〇引作「無病一身輕，有子萬事足」，又或作「有子萬事足，無錢一身輕」，無官無錢，不如無債更輕鬆。參見第六八首。

一〇九

到手是功名，無錢事不行。三貓四老鼠，一目五先生。
邊說邊有理，越聽越動情。隨他風浪起，各自奔前程。

到手是功名，諺云：功名到手是功名。亦有上接「前程是錢成」，成「前程是錢成，功名到手是功名」。清末捐官之風甚盛，故言前程是錢所造成。蝶盧主人《消閒大觀・集吳諺詩》：「天高皇帝遠，到手是功名。」拼湊不相干者成句。

無錢事不行，或即「處家人情，非錢不行」。清沈復《浮生六記》：余夫婦居家，偶有需用，不免質典，始則移東補西，繼則左支右絀，諺云：處家人情，非錢不行。先起小人之議，漸招同室之譏。蝶廬主人《消閒大觀・集吳諺詩》：「膽大將軍做，非錢事不行。」拼湊不相干諺語成句。

三貓四老鼠，是說貓每胎生貓的多少，決定此貓能力的高下，諺云：一龍二虎，三貓四老鼠。生子愈少，乳量多，小貓發育特佳，如龍如虎，亦用以譬喻人家生子不宜太多。

一目五先生，待考。《遼史・楊遵勗傳》：遵勗一目五行俱下，判決如流。極言閱讀之敏速。又一目有「同等相視」意，《景德傳燈錄》：師安得一目我哉？

邊說邊有理，各邊所說，皆執一端，而自成理，如公說公有理，婆說婆有理。

越聽越動情，疑上接「來富唱山歌」，參見第九三首。山歌中對男女之情，往往率直不諱，對性愛比喻亦甚露骨，明人馮夢龍所輯《山歌》無不如此，故有越聽越動情的煽惑力。

隨他風浪起，諺云：任他風浪起，穩坐釣魚臺。任與隨同意，謂只要操持自己穩當，不必管他風浪險惡。正所謂「只要船頭坐得穩，不怕四面浪來顛」。

各自奔前程，上接「將軍不下馬」。指各奔西東。文康著《兒女英雄傳》第八回：話也大概說明白了，千里搭長棚，沒個不散的筵席。你我將軍不下馬，各自奔前程，恕我失陪。

參見第八二首。

一一〇

春寒多雨水，夏至一陰生。肐膊連大腿，耳朵當眼睛。
小兒無詐病，老女上繡綳。貓來開當鋪，五鼠鬧東京。

春寒多雨水，春天寒流常至則多雨水。明徐光啟《農政全書》卷十一：凡春當和而反寒，必多雨，諺云：春寒多雨水。《中國諺語集成・浙江篇》載金華諺語：春寒多雨水，春暖百花香。參見第一〇四首。

夏至一陰生，冬至一陽生，剝復循環，《易經》十二辟卦，即所謂十二消息之理，五月夏至一陰生成遘卦，十一月冬至一陽生成復卦。

肐膊連大腿，諺有「小胳臂擰不過大腿」或「臂膊扯不過大腿去」。諺又有「練肐膊練腿，不如練二片嘴」。本諺語言及肐膊者尚有「擄拳勒肐膊」，參見第二四首。

耳朵當眼睛，下接「撈得書皮當書讀」，浙江猶有此諺。史襄哉《中華諺海》僅一句：耳朵當眼睛。疑此本為古語「耳而目之」，《韓非子》：王子登薦人于襄王，襄王曰：我用登，已耳而目之，登取人，又耳而目之也。《呂氏春秋》亦有此語，作趙襄子與任登語。

小兒無詐病，下接「病好就去玩」。所謂「小兒口裏出真話」、「小孩無假病，病好就去玩」、「小囡不詐病」，可參閱。

老女上繡綳，《越諺》作「老囡上繡絣」，並注「昔會今否」，手拙的老女上了精細的繡絣，當年手巧，現今力不從心了。朱介凡《中華諺語志》引浙江吳興諺語：「老牛上繡柵」，牛女浙江方言相近，牛上繡綳不通，改綳為柵，顯然以本諺詩為確。今考紹興諺語有「老妞上繡綳，八十學跌打」。似意同「臨老學繡花，心巧手弗巧」。

貓來開當鋪，俗語認為狗來富，貓來貴，豬來則多災晦。清黃漢《貓苑》卷下引《通俗編》：「豬來貧，狗來富，貓來開質庫。」質庫即當鋪。又明盧若騰《島居隨筆》卷上云：紫燕來巢，主其家益富。六畜自來，占吉凶，諺云：豬來貧，狗來富，貓兒來，開質庫。《雄縣新志》第七冊：質庫謂之當鋪。

五鼠鬧東京，民間傳說的故事，《包公案》採自《玉面貓》所記五鼠鬧東京故事。後被改寫為《三俠五義》及《七俠五義》，寫南俠展昭為「御貓」，五鼠是鑽天鼠盧方，徹地鼠韓彰，穿山鼠徐慶，翻江鼠蔣平，錦毛鼠白玉堂，在包拯感化下，歸順受職。戲劇有《五鼠鬧東京》之劇目。

一一

能說不能行，生薑樹上生。黃鬚無弱漢，白戶出公卿。
打鼓隨大眾，燒香不至誠。饒人多主顧，功到自然成。

能說不能行，說得動聽者未必就能做到。語出《史記・孫子吳起列傳》所引古諺。孫臏能對付龐涓，卻不能早替自己防身，吳起能說形勢不如德行，但行事卻刻暴少恩，所以太史公引古語替他們可惜。《荀子・大略篇》亦引此。史襄哉《中華諺海》引諺：能說不能行，空口講空談。本諺詩第五首有「空口打白牙」，或即下句。

生薑樹上生，典出《邵康節語錄》附：邵堯夫臨終時，依然態度諧謔，程頤前往探視，邵雍說：「你道生薑樹上生，我也只得依你說。」生薑長於土中，不生樹上，比喻亂說。

黃鬚無弱漢，考王維〈老將行〉詩：射殺山中白額虎，不數鄴下黃鬚兒。是黃鬚兒極有勇力。曹操子曹彰，鬚黃，有勇力，《三國志》載彰字子文，烏丸反，擊大破之，北方悉平。操喜，持彰鬚曰：黃鬚兒！竟大奇之。史襄哉《中華諺海》才智類引作：黃鬚無弱漢，一生不受欺。

白戶出公卿，說公卿常出自白戶布衣。宋樂史《廣卓異記》卷八：「荀爽數征聘不就，後拜平原相，行至宛陵，進為光祿大夫，視事三日，進拜司空。爽出自巖穴，九五日而登臺司，時號『白衣登三公』。」意與「白戶出公卿」相似。又清石天基《傳家寶》卷八：俗語云：朱門生餓殍，白屋出公卿。是說富貴家不肯勤學必至敗落，貧賤家能勤學必致興發。又有上接「寒門生貴子」者，石玉昆《小五義》第二三回：天下各省，隱匿英雄壯士過多，古云：寒門生貴子，白屋出公卿。又明無名氏《白兔記》六齣：自古道：草廬隱帝王，白屋出公卿。我家一洼之水，怎隱得真龍在家？

打鼓隨大眾，諺有「打鼓看頭錘」。又諺云：「打三盤鼓，也要有對手。」《中華諺語志》載諺有「想打鼕鼕鼓，總得二三人」，不成眾也打不成鼓。

燒香不至誠，諺有「燒香看和尚——一事兩勾當」、「燒香打倒佛」，平時燒香不至誠者，多臨時抱佛腳。

饒人多主顧，說做買賣者如能放鬆增益一點給顧客，自然顧主盈門。元施惠《幽閨記》二三齣：丑：我在外面發賣，你在裏面會鈔記帳，我一賣還他一賣，兩賣還他成雙。末：說得是：奉饒加一二，自有客人來。

功到自然成，功夫到了，自然成就。吳承恩《西遊記》第三六回：孫大聖聞言呵呵冷笑道：「師父不必掛念，少要心焦，且自放心前進，還你個功到自然成也。」又第四三回：行者聽畢，忍不住鼓掌大笑道：這師父原來只是思鄉難息，若要那三三行滿，有何難哉！常言道：功到自然成哩！

一一二

樹倒猢猻散，十事九不成。希奇八古怪，失忽二先生。
弄得醬胖臭，甩出刮浪聲。各人心所愛，便把令來行。

樹倒猢猻散，猢猻依仗大樹，樹一倒則猢猻無所依藉，全散去。明楊慎《楊慎詞曲集・

清江引》嵇康對山：「人間榮華無主管，樹倒猢猻散。」凌濛初《初刻拍案驚奇》卷二二：若是富貴之人，一朝失勢，落魄起來，這叫做樹倒猢猻散，光景著實難堪了。

十事九不成，上接「水鼈蟲做媒人」，浙江諺云：水鼈蟲做媒人，十事九不成。水鼈蟲在水面游移無定性，故比喻無定性者，做事甚少成功。又《中國諺語集成・河北篇》有「人多不齊心，十事九落空」。

希奇八古怪，謂奇特不合時宜，或甚為少見者。韓邦慶《海上花列傳》第二一回：「我有個朋友，內外科才會，真真好本事，隨便耐稀奇古怪個病，俚一把脈，就有數哉。」又古時小腿之謎語為：「希奇古怪，古怪希奇，前面背脊，後面肚皮。」希奇古怪中加八字，未見，八疑即夾字，范寅《越諺》引訛異詠：希奇夾古怪，蒼蠅咬碗破，尼姑要花戴，和尚舐髮排。

失忽二先生，未詳，「失忽」或與「落忽」相似。《古今小說》卷三六：「使未得，更等他落忽些個。」落忽是睡熟的意思。亦或是「失忘」之意，指記不起來。《水滸傳》第二〇回：宋江道：兄長是誰？真個有些面熟，小人失忘了。

弄得醬胖臭，上接「不經廚子手」，諺云：「不經廚子手，總有點醬棒氣。」醬棒、醬胖，均以字表音。又諺云：「勿經司工手，弄來醬嗙臭。」司工即廚師，醬嗙即醬棒、醬胖，喻一陣醬臭氣。

甩出刮浪聲，甩，同摔，刮即「東風刮地，折木飛花」之刮，謂勁風吹動刮浪之聲音。能摔出此刮刷之聲。考《中國民間歌曲集成》錄杭州市流行碼頭調：蘇州內湖船：「蘇州城裏有一隻內河船，船頭船艄鐵包頭，水面上起浪頭，浪浪起甩頭。」意略相近。

各人心所愛，上接「麻油拌生菜」。王仁俊據《通俗編》卷三〇引俚語：麻油拌生菜。王濬卿小說《冷眼觀》第二八回：「同他要好，把自己累得落花流水，不可收拾，竟沒有一絲抱怨氣，真是：香油拌藻菜，各人各心愛。又明張伯起《女丈夫》第十一折：末：好咀臉！又是許多年紀，那個要你？丑：熟油苦菜，各人心愛。待老娘說兒粧故事你聽。參見第一二二首。

便把令來行，上接「一朝權在手」，原本為唐朱灣詩，參見第六首，羅懋登《三寶太監西洋記通俗演義》第五三回：「自古道：朝中天子三宣，閫外將軍一令，但得一朝權在手，等閑便把令來行。」又第八七回：什麼有信無信，一朝權在手，便把令來行。

一一三

鼓不打不響，蛇無頭不行。十八般武藝，廿四分人情。
水滿金山寺，炮打襄陽城。病從根腳起，惡向膽邊生。

鼓不打不響，下接「鐘不撞不鳴」，或「話不說不明」。名教中人《好逑傳》第八回：俗語常言：鼓不打不響，鐘不撞不鳴。你前日留了這鐵公子在家養病，誰知你們禮則禮、情則情，全無一毫苟且之心。吳趼人《情變》第二回：照例說了幾句「鼓不打不響，話不說不明」的話。因下接兩句不同，而成不同的含義。

蛇無頭不行，說事無帶頭者則不易行動成功。清王有光《吳下諺聯》卷三：「蛇無頭而不行。」無頭不行，凡物皆然，何獨言蛇？唯蛇無下半身尚可行。又王重民《敦煌變文集》卷一：「大將軍，蛇無頭不行，鳥無翼不飛，軍無將不戰，兵無糧不存。」又蔡東藩《清史演義》第八四回引作「蛇無頭不行，兵無將自亂」。

十八般武藝，下接「件件皆能」或「無有不拈，無有不會」。明楊柔勝《玉環記》二一齣：此人有萬夫不當之勇，十八般武藝，件件皆能。元無名氏《千里獨行》第四折：某姓蔡名陽，字仲威，關西人氏。十八般武藝，無有不拈，無有不會，某身披二鎧，刀重百斤，馬行千里，但寸鐵在手，有萬夫不當之勇。

廿四分人情，未詳待考，二十四有一特殊用法，當作生氣。《金瓶梅詞話》第五三回：莫不是我昨夜去了，大娘有些二十四麼？陸澹安《小說詞語滙釋》謂一年二十四節氣，所以二十四是「氣」的歇後語。一般而言，二十四分形容破格的多，比十分還要超出，如《九尾龜》第一〇四回：「小寶為了這件事兒，心上二十四分的抑鬱。」又第一二八回：「不上半個月，就把這兩位騙得二十四分的歡喜，秋谷見了自然也十分快活。」

水滿金山寺，取《白蛇傳》中情節為諺，白娘娘與法海和尚鬥法，白娘娘施法術，使水潮陡昇，淹沒金山寺。滿即漫淹。今歇後語有「白娘子水漫金山——大動干戈」（參見王陶宇《俏皮話大全》）。

炮打襄陽城，疑為地方戲曲中情節，待考。

病從根腳起，考元施惠《幽閨記》二五齣描寫伸出腳來看脈，已有「病從腳跟起」的話，清梁章鉅《歸田瑣記》卷七：「昔人以夜臥不覆首為致壽之原，取其夜氣之不郁蒸，又有『百病從腳起』之說，蓋湧泉穴與心相通，風最易入，故養生家皆慎之。」

惡向膽邊生，上接「怒從心上起」。元無名氏《氣英布》第二折：直氣的咱不鄧鄧按不住雷霆，眼睜睜慢打回合，氣撲撲重添嚷掙，不由唯不怒從心上起，惡向膽邊生。參見第一一五首。

一一四

一得而兩便，先禮而後兵。金剛門裏大，萬物土中生。丈母看女婿，娘舅請外甥。青天落白雨，九月十三晴。

一得而兩便，浙江有諺云：走路吃煙，一搭兩便。凡事一舉兩得之意。

先禮而後兵，下接「先文而後武」，史襄哉《中華諺海》引作「先理而後兵，先文而後武」，理當作禮。先禮數周到，曉之以理，行之以文，若講理不成，蠻不識禮，則以兵繼之，動之以武。孫錦標《通俗常言疏證》先禮而後兵條引《翡翠園》劇：度理原情，後兵先禮。又引《三國演義》第十一回：郭嘉諫曹操曰：劉備遠來救援，先禮後兵，主公當用好言答之。

金剛門裏大，佛寺門兩脇所立之金剛神，金剛藥叉或持杵、持杖、持鈴覺悟有情，或示現四臂，摧伏一切。諺云此金剛力士在門裏為大，或與諺語「金剛再高，也高不過丈六」相似，金剛高到一丈六也就到頭了，比喻任何事物的發展總有一定的限度，門裏自然更有局限。又考明代馮夢龍《山歌》二：〈打人精歌〉中有「你再像寺裏金剛假大人」，則金剛門裏大亦可能有「假大人」意。

萬物土中生，或「土能生萬物」，強調土地生養萬物的重要，喚人珍惜與感謝。俗語「萬物土中生」、「萬物歸土」，萬物消長俱由土。

丈母看女婿，下接「越看越中意」，或「越看越歡喜」，或「越看越有趣」。此外寧波諺語尚有：「丈姆娘看見女婿郎，骨頭像個藕酥糖」、「丈姆看見女婿，老母雞趕得死去」。

娘舅請外甥，江浙一帶舅甥甚相親，江蘇《川沙縣志》卷十四，錄〈娘舅請外甥〉兒歌一則：「牽牽磨，做豆腐，豆腐漿，請外甥。外甥吃得呼呼笑，舅媽登（躭）在房裏激氣擯家生（摔家具），馬桶擯到陸家浜，娘舅回來說你不要響，我是只有一個小外甥，舅媽就不響，外甥跳跳回家鄉。」

青天落白雨，朱介凡謂「出太陽又下雨，謂白雨」。夏日陣雨，一日下午下白雨，則一連三天，皆同時出現白雨，諺云：「白雨三場」或「白雨三後晌」。《中國諺語集成・浙江篇》載寧波諺語：青天落白雨，山南做大水。台州諺：青天落白雨，打死看牛鬼。看牛即放牛。

九月十三晴，指此日若晴，整個冬季少雨雪。清顧鐵卿《清嘉錄》卷九：九月祭釘靴。

十三日俗祭釘靴，占一冬晴雨，晴則無雨雪。諺云：九月十三晴，釘靴掛斷繩。又《江震志》云：是日晴，主一冬少雨，利收穫。諺云：九月十三晴，不用蓋稻亭。參見第一二二首。

一一五

一報還一報，皇天有眼睛。家貧憐子苦，久雨望庚晴。
和氣不折本，文言道俗情。怒從心上起，人向利邊行。

一報還一報，指因果循環報應，如何對付人，人亦如何對付他。夢覺道人《三刻拍案驚奇》第二四回：御史道：你把那十四年前事細想一想，這一報還一報！諺語作：一滴水，一個泡——一報還一報。又或作：屋簷水，滴舊窩，一報還一報。又或作：黃八郎不行孝，一報還一報。

皇天有眼睛，諺云：「老天有眼」、「人在做，天在看」、「皇天不可欺」、「皇天不負苦心人」、「皇天不負善心人」，均與本諺同意。蔡琰〈胡笳十八拍〉：為天有眼兮，何不見我獨飄流。《病玉緣》劇：理該不害痲瘋，纔算得天公有眼。

家貧憐子苦，第一四六首亦引此諺，天下父母心，家貧者益憐子苦，深愧無以照顧。

久雨望庚晴，上接「久晴逢戊雨」。清梁章鉅《農候雜占》卷三〈晴雨占〉，田家五行引諺曰：久晴逢戊雨，久雨望庚晴。謂久晴逢戊則可能有雨，久雨逢庚則放晴。故卷三又曰：「久雨逢庚必晴，久晴逢庚必雨。」

和氣不折本，和氣能生財，不會因和氣而賠折本錢，諺有「和氣生買主」、「和氣能招萬里財」、「買賣和氣賺人錢」、「生意生意，全靠和氣」，均可參閱。

文言道俗情，待考。不實之言為文言，指文飾之言。《韓非子・說疑》：文言多，實行寡。俗情指俗人之心意，俗情好文飾而不實。又或道情係指民間講唱藝術。

怒從心上起，下接「惡向膽邊生」，或「火向耳邊生」。《七國春秋平話》卷下：「石丙聞知樂毅用計，怒從心上起，惡向膽邊生，綽半破石搥在手，出陣覷袁達頂門上便打。」又李寶嘉《官場現形記》第十二回：胡統領至此方才大悟，剛才唱的不是別人，一定是文七爺，不由怒從心上起，火向耳邊生，把桌子上一只茶碗，豁瑯一聲，向地下摔了個粉碎。參見第一一三首。

人向利邊行，或作「人往利邊行」。《太平御覽》卷四九六引諺語《六韜》曰：天下攘攘，皆為利往，天下熙熙，皆為利來。又諺云：為人不圖利，誰肯遲睡早起來？都說明利之所在，眾人爭往。

一一六

桃園三結義，荷花二先生。可為知者道，留與後人耕。
貂嘴勤說話，龍頭屬老成。破船多攬載，以有事為榮。

桃園三結義，為小說《三國演義》中故事，劉備、關羽、張飛在桃園結義為兄弟，為後代幫派社會所效法，多結拜兄弟。諺語則有：借錢桃園三結義，討債三請諸葛亮。參見第七九首。

荷花二先生，疑與「荷花大少」有關，用以形容好作狎邪遊，而囊中羞澀的浪蕩子，蓋其無力置辦上等冬衣，僅於夏季可穿紗羅，搖擺充闊，謂之荷花大少，參見朱介凡《中華諺語志》中「荷花大少」條。本諺疑上接「窮人穿海青」，參見第一一九首。

可為知者道，下接「難與俗人言」。世俗人沉迷榮華富貴，若有人厭棄官位，歸隱林泉，不求屋寬，但求心寬之類，均難與俗人談論，唯可為知曉箇中況味者談論。

留與後人耕，說存心寬厚，可留與後人有福蔭。宋羅大經《鶴林玉露》卷六：俗語云：「但存方寸地，留與子孫耕。」子孫或作後人。

貂嘴勤說話，貂又作刁，刁人的嘴一定勤於說話，有諺云：「說三道四的嘴不閑著」，與此意近。

龍頭屬老成，謂推舉領頭的，總以選老成者為妥當。明馮北海《不伏老》第一折：龍頭屬老成乎？屬後生乎？豈不聞人有三不幸，少年登高科，一不幸；襲父兄之勢為美官，二不幸；高才不能文章，三不幸。三不幸之說梁同書《直語補證》引《遯齋閒覽》云：此梁灝〈及第謝恩〉詩中語。

破船多攬載，下接「腳大愛小鞋」，亦有作「破車多攬載」者，破船破車，無所愛惜，荷重既差，攬載偏多。

以有事為榮，有事可能指「有曖昧關係」，《警世通言》第十三回：「當時大孫押司見他凍倒，好個後生，救他活了，教他識字寫文書，不想渾家與他有事。」陸澹安《小說詞語匯釋》釋「有事」是有曖昧關係的隱語。則有事與「有一手」、「有一腿」意同。

一一七

撒空老壽星，亂念《法華經》。有帳算勿折，無錢課不靈。望他簷下過，拔去眼中釘。人在人情在，三丁抽一丁。

撒空老壽星，撒星是四散的意思，撒空是風氣虛誕，假有其表的意思。《杭州府志》卷七五引：「杭諺云：『杭州風，一把葱，花蔟蔟，裏頭空。』又諺云：『杭州風會撮空好。』」撮空即撒空，空頭玩花樣。《民俗叢書》合訂第十九冊載〈月光光歌謠專輯〉，流行杭縣的〈月亮婆婆拜三拜〉：「月亮婆婆拜三拜，拜到明年好世界，世界大，買隻鵝，世界小，買隻鳥，鳥會飛，買隻雞，雞生蛋，過夜飯，夜飯蛋，落到地。撒空老壽星，連到吃不成。」意為吃不到，一場空。蝶廬主人《消閒大觀・集吳諺詩》：「嘴硬骨頭輭，棉花老壽星。」撒空作棉花。

亂念《法華經》，或作「亂說《三官經》」，張英超謂吳中禮俗，凡有喜慶，必請戲班子做堂會，簡約者則請宣卷先生，說唱「觀音得道」等《妙法蓮華經》，勸人為善，可熱鬧一天，宣卷時設桌案，具神位，道教則《三官經》，佛教則《法華經》，一定要宣說，宣說者未必深諳此道，隨口亂念。

有帳算勿折，上接「算帳如掃地」，算帳要清要勤，帳算千遍不為醜，所以如掃地，落葉旋落旋掃，朱介凡《中華諺語志》帳項類引諺：算帳如掃地，好帳算不折。有帳就不算虧本。

無錢課不靈，有諺云：有錢能解話，無錢話不靈。話不靈不如課不靈，占卜課卦，如金錢課、梅花神數，均須以金錢為課卦之工具，且一語雙關，無錢問卜，則卜亦不靈。

望他簷下過，下接「怎敢不低頭」。說在他管轄之下，不能不低聲下氣。明馮夢龍《古今譚概》卷二六：「王伯固令太和，一士昂然而進曰：一等生員告狀。伯固斂容徐答曰：三甲進士不准。在他矮簷下，怎敢不低頭？」又李寶嘉《官場現形記》第二九回引作「在他簷下走，怎能不低頭」。

拔去眼中釘，指拔掉最難忍受的仇家。元李文蔚《燕青博魚》第四折：大姐，我們且結果了那個綁的去，與你拔了這眼中的釘子哩。又或以「除卻心頭病」為下句。明一笠庵《永團圓》第六折：謝你個九里山前成大功，拔出眼中釘，除卻心頭病。

人在人情在，指人死則情義不復存在。清范寅《越諺》卷上引「人在人情在」。石玉昆《三俠五義》第十五回：「後來秦鳳自焚身死，秦母亦相繼而亡，所有子孫不知娘娘是何等人，所謂『人在人情在，人亡兩無交』，娘娘在秦宅存身不住，故此離了秦宅，無處棲身。」又寧波諺語：「人在人情在，人死斷往來。」

三丁抽一丁，家中有三個壯丁，就要抽一丁去當兵。

坐化六和塔，赧色《三官經》。立在暗地下，錯認定盤星。
撇脫溜煞快，頭毛痱子叮。真金不怕火，一統萬年青。

坐化六和塔，舊傳六和塔為鎮錢塘江潮水而建，故諺云：六和塔倒掉，杭州城沉掉。坐化謂佛家語，《資治通鑑·後晉紀》注：崇信佛釋氏而學其學，專一而靜者，其死也能結趺端坐如生，謂之坐化。能坐化六和塔中，當是道行高深，金身不壞。

報色《三官經》，即「亂說《三官經》」。張英超謂吳中禮俗，凡有喜慶，富者請戲班子演草臺戲，簡約者則請宣卷先生，宣卷時，例於廳堂設桌案，具神位，而《三官經》則一定要宣說，《三官經》乃道教天官、地官、水官等三官大帝之經，宣說者未必諳此道，亂說而有報色。《清風亭》劇：前村張家，請我去唸《三官經》。

立在暗地下，上接「出了燈油錢」。蘇北諺語：出了燈油錢，站在黑地裏，比喻為善不欲人知，雖出燈油錢的是我，我卻仍立在暗地下，光照別人，自己卻不出面。參見第二〇首。

錯認定盤星，《世說新語》載馬融追殺鄭玄，錯認星盤，誤認鄭玄已死。後世此諺多指恩怨是非弄錯，不能認識人的真相。明無名氏《珍珠記》二〇齣：俺這裏思後思前，休把定盤星兒認錯了。又明徐畛《殺狗記》三一齣：生：思之兩個忘恩的，教人恨切齒，錯認定盤星，都緣我不是。合：把從前是非，再休提起。又或以為是戥子上零位之星，與戥盤等重者。朱熹曾云：記取淵冰語，莫錯定盤星。有時亦可比方錯失良機。又諺有「東西耳朵南北聽，認不清定盤星」，耳聽有誤，判斷差錯，參見第一二一首。

撇脫溜煞快，有諺云：「撇的撇脫，一雙大腳。」此可能即形容大腳老婆的三件好處。疑下接「秧籮整擔挑」。參見第八四首。

頭毛痱子叮，毛指鬍髮，髮屑癢時，如痱子叮人，夏熱煩人時發作。

真金不怕火，或作「真金不怕火煉」、「真金不怕火來燒」。天然癡叟著《石點頭》卷四：三方氏一頭走，說道：真金不怕火，憑他調嘴何妨？又燕谷老人著《續孽海花》第三一回：三兒道：真金不怕火煉，聽你的信兒就是了。

一統萬年青，曆法中的一統，是取十九歲為一章，一統凡八十一章，因而《論衡・調時》：千五百三十九歲為一統。取為一君統領全國，無有割據而永久如春的吉祥語。又考萬年青為植物名，范寅《越諺》卷下：萬年青，葉如粽箬，霜雪不改色。在剪紙藝術中，用以配作吉祥圖案，萬年青配兩個百合或葫蘆，叫做「龢合萬年」，萬年青配以南天竺，叫做「天子萬年」，萬年青配在桶中種，叫做「一統萬年青」，取桶統同音，取一君統領全國萬年如春意。

一一九

先斷後不亂，惺惺惜惺惺。雞無三隻腿，狗看滿天星。
聾子放爆仗，窮人穿海青。灰塵撲落脫，朋友不歸經。

先斷後不亂，係用《史記・春申君列傳》：「當斷不斷，反受其亂。」先斷則後不亂。明楊珽《龍膏記》二四齣：儻或他懷舊日之恨，尋事害我，甚是可慮，自古道：當斷不斷，反受其亂，不若先劾他一本，絕了他仕路，免得復報。笑笑生《金瓶梅詞話》第七回：這老虔婆說道：官人在上，不當老身意小，自古「先說斷，後不亂」。

惺惺惜惺惺，下接「才子惜才子」或「好漢惜好漢」。凌濛初《初刻拍案驚奇》卷十六：平時與一班好朋友，只以詩酒娛心，或以山水縱目，放蕩不羈，其中獨有四個秀才，情好更篤，自古道：惺惺惜惺惺，才子惜才子。又吳璿《飛龍全傳》第七回：降服了昆明山二寇，才在張家莊相遇仁兄，結成手足，自古惺惺惜惺惺，好漢惜好漢，若無半點兒本領，怎敢在兄長跟前誇口？

雞無三隻腿，下接「娘有兩條心」，謂雞生三隻腿者無有，而娘生兩條心者或有之，為人母者，或另生戀情，或待人有等差。諺云：「娘要嫁人起横心」、「一般兒女兩般心」，均可參閱。另參見第一三四首。

狗看滿天星，疑下接「不知道稀稠」。朱介凡《中華諺語志》於不識好歹類引諺：狗看星星哩——不知道稀稠。滿天星在俗語中或指星象，或指炮仗，《石頭記》第五四回：又放了許多的滿天星。即指炮仗，故下句接放爆仗。

聾子放爆仗，不聞其聲，只見其形——散了。作歇後語「散了」解。曹雪芹《紅樓夢》第五四回：鳳姐兒笑道：「外頭已經四更，依我說：老祖宗也乏了，咱們也該聾子放炮仗——散了。」又諺云：「耳朵聾勿怕放炮，眼睛瞎勿怕舞刀。」意則不同。

窮人穿海青，疑下接「荷花二先生」。參見第一一六首。窮人無力置辦貴重之冬衣，僅於夏季輕衫紗羅時，穿著海青，以充闊佬，謂之荷花大少，荷花僅在夏季搖擺也，形容囊中羞澀的浪蕩子，亦作一時狎邪之遊。

灰塵撲落脫，疑上接「撲手沒蓬塵」，謂自誇清淨者，不意吹牛拆穿，灰塵撲落脫，撲落脫為浙江方言掉下的意思。參見第六六首。

朋友不歸經，諺有「老和尚念佛——一心歸經」語，歸經或作一心解，朋友不歸經，疑指朋友不一心。

一二〇

延壽命難算，秤鉤兒打釘。真人不露相，做佛自然靈。

菩薩靠神道，短命遇剋星。後頭賣鴨蛋，實在不離經。

延壽命難算，因積德而延壽之命，非八字所能算。《中國諺語集成・浙江篇》載紹興諺語：「延壽命難算，積福命難斷。」積德改運延壽，非機械宿命所能推斷，這也是鼓勵命好不如心地好的意思。

秤鈎兒打釘，此諺意義有多種，《二十年目睹之怪現狀》第五九回引「秤鈎兒打釘——扯直」。又朱介凡《中華諺語志》引「秤鈎打鐵釘」入「不得其用」類，均非本詩作者意，潘琦君謂浙江諺語有「生下的命，釘下的秤」，秤被釘住幾斤幾兩，如命被註定相似，合於本詩上下句意。

真人不露相，指高人絕技，往往深藏不露。清李光庭《鄉言解頤》卷五：「張鹿樵天姿超邁，談笑風生，工書，尤善漢隸，而迄未知其能畫梅。語云：良賈深藏。又曰：真人不露相，豈謂是歟？」笑笑生《金瓶梅詞話》第六九回：哥這一著做的絕了，這一個叫做真人不露相，露相不是真人。

做佛自然靈，疑上接「高功大法師」，參見第四〇首。有高功的大法師，彼做佛事自然靈驗。做佛指「做佛事」，或稱「做好事」。

菩薩靠神道，朱介凡《中華諺語志》錄諺有：窮靠富，富靠天，菩薩靠神仙。意相似。

短命遇剋星，諺所謂「短命的兒郎，遇見妨夫的女」。短命鬼偏遇上剋星，遇剋星就短命。

後頭賣鴨蛋，下接「前頭賣生薑」。用以形容婦女纏小腳的形狀，孫錦標《通俗常言疏證》引《夢筆生花》杭州俗語雜對：嘲初纏腳之小女子也。今江北人則云：前頭賣生薑，後頭賣鵝蛋。後面腳踵如鵝蛋鴨蛋，前面五趾如生薑。

實在不離經，疑上接「老和尚念佛」，《中華諺語志》載諺有「老和尚念佛——一心歸經」，本諺接為下句頗順當，不離經與一心歸經相近。

一二二

燈下無藍綠，三光日月星。江西人釘碗，老和尚搖鈴。

撐大眼睛看，掇起耳朵聽。矮子矮乾豬，回報肚腸經。

燈下無藍綠，謂燈光黯淡，藍色綠色不易辨別。或作「燈下不辨色」，意雖相似，卻不如此諺生動。

三光日月星，日月星為天上的三光，中國人造字，凡祭示之示旁字，示的「二」為上天，下的「小」字即代表日月星，示今寫作礻。許慎《說文解字》：示，从二，三垂者日月星也。《淮南子・原道訓》：「紘宇宙而章三光。」注：「三光，日月星也。」考咄咄夫《一夕話》巧對中，「三光日月星」，對「四詩風雅頌」。或對「一陣風雷雨」，「四德元亨利」，貞乃仁宗廟諱故省。

江西人釘碗，湯強《寧波鄉諺淺解》引「江西人釘碗——自顧自」。江西景德鎮，瓷器甲於天下，故釘碗行業亦以江西人擅長，釘碗係將破碗加釘，補成完整，現今此業已絕跡。

老和尚搖鈴，取其鈴聲為歇後語：「不當不當」。王有光《吳下諺聯》卷三，有「老道士前搖響鈴——不當不當」。下注文謂一道士，酒色財氣齊備，一面搖鈴作法，一面恐天神罪罰，心中自省「不當不當」，手內亂搖，鈴響亦作此聲。又羅懋登《三寶太監西洋記通俗演義》第七五回：一片鞭打得只是一片響，恰正是老和尚搖鈴，撲璫撲璫。打了一回，弄鬆了一回。

撐大眼睛看，大抵是提醒人看仔細之意，諺有「眼睛不亮，到處上當」。《花月痕》第四三回：見癡珠眼撐撐的說道：什麼時候。眼撐撐即眼睜睜，撐大即睜大。

掇起耳朵聽，掇本為拾取，在吳語是搬動的意思，掇弄耳朵的方向，仔細辨別，與撐大眼睛細看類似。另諺有「東西耳朵南北聽，認不清定盤星」。又「東西耳朵南北聽——橫豎聽不進」。謂耳朵聽不準，行事方向將弄錯。

矮子矮乾豁，形容人矮者，肚裏心思花樣最多。明沈璟《義俠記》十六齣：小丑：阿呀，不好了，踢了我的小肚子，踢出許多趷踏來了。小旦：怎麼說？小丑：矮子肚裏趷踏多，怎麼不踢了些出來？趷踏今作疙瘩。朱介凡《中華諺語志》即作「矮子肚裏疙瘩多」，另有「矮子矮，一肚子怪」、「矮子計多」等語。

回報肚腸經，只在肚腸中腹誹，不聲不響。今浙江猶以肚中做功夫而不外露怨意者為「肚腸經」。

一二二

餵不飽的狗，打坍餓老鷹。麻油拌生菜，荷葉包刺菱。

扇子不離手，釘鞋掛斷繩。鄉風處處別，好女不看燈。

餵不飽的狗，狗兒貪食，饞狗似餵不飽。本諺或作「餵不家的狗」。另諺有「買不起的驢，餵不起的馬」，可參閱。

打坍餓老鷹，疑為越歌〈天上七顆星〉中之一句，婁子匡《越歌百曲・天上七顆星》：「天上七顆星，樹上一隻鷹，牆上一枚釘，桌上一盞燈，桌下一個瓶，地上一塊冰，湖裏一口罾。扳起湖裏罾，踏碎地下冰，敲破桌下瓶，吹烏桌上燈，拔起牆上釘，趕走樹上鷹，摘落天上星，星鷹釘燈瓶冰罾。」此為急口令式的兒歌。「趕走樹上鷹」，疑或作「打坍餓老鷹」。

麻油拌生菜，下接「各人心所愛」。取各有所愛的意思。王仁俊經籍佚文據《通俗編》卷三〇補：俚語云：「麻油拌生菜」，對云：「呷醋咬陳薑」。並未說明取義何在，今考王濬卿小說《冷眼觀》第二八回云：「同他要好，把自己累得落花流水，不可收拾，竟沒有一絲抱怨氣，真是『香油拌藻菜，各人各心愛』了。」正為本諺語含義。參見第一一二首。

荷葉包刺菱，下接「水裏按葫蘆」，均取意於不易掩飾，終必顯露。見朱介凡《中華諺語志》所引。意與「布袋兜菱角」、「布袋張菱角」相似。錢南揚《漢上宧文存》轉錄《六院匯選江湖方語》：布袋兜菱角——尖嘴出頭。又轉錄《江湖俏語》：布袋張菱角，尖者出頭。

尖奸音近。古代民間多以荷葉包物，則尖刺尤易露。又考麗水諺語：荷葉難包帶刺菱，遲早總要露真情。又顧頡剛〈關於謎史〉中引縮腳語：荷葉包沙角菱——勿曾戳穿。

扇子不離手，形容天氣漸熱。明馮應京《月令廣義》卷二〈歲令夏至諺〉云：一九二九，扇子不離手。

釘鞋掛斷繩，上接「九月十三晴」，參見第一一四首。釘鞋為農夫之雨鞋，九月十三晴，整個冬季少用雨鞋，掛在壁上不用，而繩為之掛斷。明徐應秋《玉芝堂談薈》卷二一：歲時雜占：十月初一陰，柴炭貴如金，九月十三晴，釘靴掛斷繩。

鄉風處處別，下接「離家十里又重天」。說各地風俗有別，十里外即有差異，所謂「離家十里路，各處各鄉風」，與此諺意同。

好女不看燈，因看燈時趁人群擁擠，燈色昏黑，時有祿山之爪，趁機猥褻，因此貞靜之女不去看燈。孫錦標《通俗常言疏證》引「好男不看春，好女不看燈。」又引《閨範》注：美女不看燈，美男不看春。上接第七〇首「好男不遊春」，可參閱。

也要裝鷹叫，叫天天不應。拖油大土蚨，原罎老紹興。
受得苦中苦，全虧僧贊僧。喉嚨頭作壩，煙囪上盤藤。

也要裝鷹叫，未詳待考。本諺詩涉及鷹者，另有「打坍餓老鷹」，參見第一三二首。

叫天天不應，下接「呼地地無門」。李伯元《活地獄》第四二回：魯老大受了幾次刑法之後，本來有點年紀，又加著心中十分憤懣冤屈，正是喊天天不應，呼地地無門。又曉得胡圖丹是不容他置辯，早已存了一個但求速死的主意。又俗語或作「叫天天不應，喊地地不靈」。

拖油大土蚨，蚨為蜘蛛之一種。《鬼谷子・內揵篇》：若蚨母之從其子。後人以子從母嫁為拖油瓶。孫錦標《通俗常言疏證》引《十五貫》劇：這個游二，有個拖油瓶囡兒。按：再醮之婦，攜其子女入後夫家者，謂之拖油瓶。

原罎老紹興，原罎未開封的陳年老紹興酒，是酒中佳釀。清梁章鉅《浪蹟續談》：今紹興酒通行海內，蓋山陰會稽之間，水最宜酒，易地則不能為良，即紹興本地，佳酒亦不易得，非藏畜數年者，不堪入口，最佳者名女兒酒，相傳富家養女初彌月即開釀數罎，至此女出門陪嫁，至近亦十許年，罎率以綵繢，名曰花雕。罎以輕為貴，酒愈陳愈縮斂，甚有縮至半罎者。

受得苦中苦，今作「吃得苦中苦」，下接「方為人上人」。李寶嘉《官場現形記》第一回：王孝廉接口道：這才合了俗語說的一句話，叫做吃得苦中苦，方為人上人，不是你老人家一番閱歷，也不能說得如此親切有味。又羅貫中《平妖傳》第九回引正作：受得苦中苦，方為人上人。

全虧僧贊僧，上接「若要佛法興」。相互稱贊標榜，才能大家成就，佛法要興，也須和尚相互稱讚。明楊柔勝《玉環記》十四齣：外：既是個類家，你就應該引薦朋友，合在長者面前贊言贊言才是，怎麼出門來就打？丑：我只道到我手不得，原來也可，自古道：若要佛法興，除非僧贊僧。

喉嚨頭作壩，上接「天不怕，地不怕」，諺云：天不怕，地不怕，獨怕喉嚨裏作壩。咽喉腫瘤可能是食道癌。《民俗週刊》合訂第十七冊，沈承周引杭州民歌：「天不怕，地不怕，只怕喉嚨頭築壩。」

煙囪上盤藤，久不見煙燒，疑形容斷炊之久。諺語有「連日不舉火」，原出《莊子》，疑為本諺語的上句。連日不舉火，煙囪上盤藤，形容冷竈無煙之狀，史襄哉《中華諺海》有「冷竈無煙，人冷無錢」語，故此諺或形容冷竈。又王陶宇《俏皮話大全》有「古柏樹上的藤蘿

——亂糾纏」，及「煙囪頂上長棵樹——高不可攀」，亦可供參考。

一二四

東倒吃豬頭，錢糧十等收。三年逢閏月，一醉解千愁。
人住馬不住，天留人不留。秋江無晚渡，鐵索鍊孤舟。

東倒吃豬頭，是到處占便宜，只管饜足自己的意思。清王有光《吳下諺聯》卷四有「東到吃羊頭，西到吃豬頭」語，倒作到，下注：「此隨地類舉耳，不必淮淮東羊西豬，以辭害志也。吃其餘不足，又顧而之他，于是東西皆到矣。有羊復有豬，兩美必合，有豬更有羊，二者得兼，無遠弗屆，無微不入，此其為饜足之道也。」《平山縣志》稿本亦引此，注云：以上三語喻人趨炎附勢也。

錢糧十等收，錢糧稅額因地畝肥瘠而分為十等徵收。史襄哉《中華諺海》引有此諺：錢糧十等收。

三年逢閏月，中國曆法，三年一閏，五年兩閏，十九年七閏，諺云：三年一閏，好歹照輪。

一醉解千愁，上接「三杯和萬事」，參見第一三三首。元武漢臣《生金閣》第三折：正末云：張千，可不道三杯和萬事，一醉解千愁。孩兒，我且不吃，一發等你吃了幾鍾，湊個三杯，可不好那！又明張伯起《新灌園》第三三折：大將軍心中不快，且安排宴飲和你開懷散悶則個，侍女持酒上：三杯和萬事，一醉解千愁。又考梁章鉅《浪蹟叢談》引俚俗對語：譙樓上，鼕鼕鼕，鏘鏘鏘，三更三點，正合三杯通大道；草堂前，汝汝汝，我我我，一人一盞，但願一醉解千愁。竹圃曰：一醉解千愁，我熟聞之，三杯通大道，究竟作何解？余曰：此李青蓮句也，當問之古人。

人住馬不住，諺或有作「人駐馬不駐」，謂形勢所推，有時由不得人。

天留人不留，上接「雨落天留客」。參見第六六首。相傳笑話：主人於雨天拒客，揭示云：雨落天留客，天留人不留。客別為斷句則意相反云：雨落天，留客天，留人不？留。

秋江無晚渡，待考。或指秋日天黑早，罷渡收市也早。陸游詩：「行人爭晚渡，歸鳥破秋煙。」高啟〈泊德清縣〉詩：「寒煙動遙炊，晚渡罷孤市。」秋江無晚渡，則但見空波水渺渺。

鐵索鍊孤舟，以鐵索鍊住孤舟，有千年不斷的意思。梁同書《直語補證》：《粵西志》有「鐵鎖練孤舟，千年永不休」之謠，商盤《質園集·鐵城懷古》引此諺。又考《紅樓夢》第四〇回〈金鴛鴦三宣牙牌令〉鴛鴦：湊成鐵鎖鍊孤舟（天九牌名，代指長三、三六、長三這副牌，兩個長三和三六中的三，代指鐵鎖，六代指孤舟。）又咄咄夫《一夕話》骨牌名狀有「鐵索纜孤舟，好似雁啣珠不肯放」。

一二五

雞蛋碰石子，釘頭對鐵頭。肉饅頭打狗，貓口裏挖鰍。
三好同到老，一世不用憂。齋僧鑿栗暴，為好反成仇。

雞蛋碰石子，強弱懸殊，不堪一碰。《荀子·議兵篇》：「以桀詐堯，若以卵投石。」《易林》：「卵與石鬥，糜碎無處。」又《研秋齋筆記》卷下俚語：「雞蛋同石頭捶。」意並同。石玉昆《三俠五義》第四四回：誰知這惡賊見軍官謙恭和藹，又是外鄉之人，以為可以欺負，竟敢拿雞蛋往鵝卵石上碰！

釘頭對鐵頭，指硬碰硬，厲害對厲害，常言「錘頭吃住釘頭，釘頭吃住木頭」，此則釘頭反對鐵頭，激而生火星。諺有「釘頭碰著鐵頭」、「針抵針，線抵線」、「麥芒對麥芒，針尖對針尖」，半斤對八兩，各找對頭。

肉饅頭打狗，正中下懷，有去無回。胡君復《古今聯語》卷三引諺語：肉包子打狗——有去無來。肉饅頭與肉包子同意。

貓口裏挖鰍，應與「與虎謀皮」同意，必不可得。王有光《吳下諺聯》卷一：「貓職在捕鼠，而性喜食魚，乃不捕鼠、不食魚，而濫及于鰍，貓實不良，此干人之怒而挖之也。」說略不同，考鰍亦魚類，亦貓性所喜，入口而不可出，有難得之意。王陶宇《俏皮話大全》引「貓嘴裏掏泥鰍——奪人所好」，與王有光說可互參。又清諸晦香《明齋小識》謂〈吳下諺聯〉中「虎頭上捉蝨，貓嘴裏挖鰍」為五言對仗之工巧者。又褚人穫《堅瓠集・十集》卷四：諺語對：「貓口裡挖鰍，虎頭上做窠。」

三好同到老，上接「兩好合一好」，見清范寅《越諺》卷上。可參見第七〇首。另諺云：一好兩好，三好合到老。結婚由一個好成為二個好，婚姻到老合成三個好。

一世不用憂，諺有「未老先白頭，到老不用愁」，又有「未老先白頭，一世飯米勿用愁」，與此相似，故疑本諺上接「未老先白頭」，參見第一二七首。又考蝶廬主人《消閒大觀・集吳諺詩》：「像煞有介事，一世弗擔差」，下句或近此句。

齋僧鑿栗暴，握拳以指掌之尖角敲鑿頭額，俗稱鑿栗暴。《野叟曝言》第六三回：輪起升籮大的拳頭，照著錦囊頭上一個栗暴直鑿下來。又《古今小說》卷十：捻起拳頭，一連七八個栗暴，打得頭皮都青腫了。下接「好事弄成堪」，堪是那堪的省文，參見第一三五首。齋僧原本為好事，杭州土話稱齋僧做佛事為「做好事」，打人則弄成不堪。

為好反成仇，即「為好不見好，反轉惹煩惱」，所謂善門難開，好人難做，好意不被人接受，反遭誤解，反成仇恨。《醒世姻緣》卷十九：分明指與平川路，反把忠言當惡言，即為一例。

一二六

好事多磨折，商量賣鼓樓。人人要體面，點點在心頭。
猢猻翻筋斗，獅子滾繡球。顧前不顧後，腳底下搽油。

好事多磨折，謂好事必經多重磨難，不會輕易獲得。元楊顯之《秋夜雨》劇：從來好事多磨折。《董西廂》劇：真所謂佳期難得，好事多磨。又吳承恩《西遊記》第二八回作「好事多磨障」意同。清許叔平《里乘》卷八引諺：好事多磨折。《消閒大觀・集吳諺詩》：好事多磨折，鴛鴦兩處飛。

商量賣鼓樓，未詳。鼓樓又名譙樓，城門上瞭望處，夜間則擊鼓報時處。梁同書《直語補證》：城隅有樓曰鼓樓，典質家亦起樓置鼓以守夜，多盜，村置一樓，樓置一鼓。

人人要體面，應顧及人人愛面子。王有光《吳下諺聯》載「人人有面，樹樹有皮」，意相近。笑笑生《金瓶梅詞話》第七九回亦作「人人有面，樹樹有皮」。

點點在心頭，上接「寒天吃冷水」，說點點滴滴印象深刻難忘。清范寅《越諺》卷上：「寒天吃冷水。」注：「點點在心頭。」參見第二六首。

猢猻翻筋斗，王陶宇《俏皮話大全》引「猴子翻跟斗——輕巧，就那麼幾下子。」考清顧鐵卿《清嘉錄》卷一謂正月「猢猻撮把戲」，翻筋斗乃猢猻所擅之把戲。有時用以形容作丑角以取悅於人者，或形容為其本行。又歇後諺語有「猢猻耍把戲——有啥本事都拿出來吧」。

獅子滾繡球，獅子喜玩滾球，用作節慶賞樂。胡君復《古今聯語》卷三引諺語：獅子滾繡球。又清王有光《吳下諺聯》以為乃取小獅之法，云：「伺老獅出穴，攫其二子，上日行千里馬速走，老獅歸洞，不見其子，疾追之，取獅者使人候于路，獅將及，以球擲置道旁，獅見而喜，百般滾舞，心在球，忘其子為人攫也。」又梁章鉅《浪蹟叢談》敘前明嘉靖四十四年，有會試舉子，倩內監引至蟲蟻房看獅，夷人名獅蠻者豢之，兩獅蠻左右掣之，不令動，內監命戲彩毬，蠻取兩毬，大如斗，五色線結成，蠻先自戲舞，獅伏地注目，若欲起而攫者，乃擲與，獅以兩足捧之，玩弄不置。又諺云：會得獅子滾繡球，那怕走得天盡頭。又《俏皮話大全》引：「獅子滾繡球——大頭在後面。」

顧前不顧後，與「顧後不顧前」均形容思慮不周到，只顧一時，未顧久遠。元無名氏《連環計》第二折：「我可甚治家如治國，他也不能守禮似守身，都做的顧後不顧前。」似應作顧前不顧後。又王陶宇《俏皮話大全》引「貪吃不留種——顧前不顧後」、「老虎進山洞——顧前不顧後」、「上山背毛竹——顧前不顧後」。考此語原出《說苑・正諫》上，為少孺子對吳王語。

腳底下搽油，很快溜掉的意思。胡君復《古今聯語》卷三〈諺語〉：眼睛裏出火，腳底下搽油。又杭州諺云：不走，不走，腳板抹油。

一二七

所問非所答，可遇不可求。未歸三尺土，更上一層樓。
寡慾多男子，未老先白頭。成人不自在，做鬼也風流。

所問非所答，下疑接「倭幫搭狗對」，搭，杭州方言「和」、「與」的意思，倭幫是胡言亂語，狗對是亂問亂答，參見第三一首。孫錦標《通俗常言疏證》引《石頭記》第二回：所答非所問。並引《夢筆生花》杭州俗語雜對：所問非所答，能說不能行。史襄哉《中華諺海》引僅「所問非所答」一句。

可遇不可求，疑上接「雲間望仙鶴」，參見第一二九首。世謂事之偶或可遇，不可執求，非操之在我者，常云：可遇不可求。

未歸三尺土，下接「難保百年身，已歸三尺土，難保百年墳」。見《莊河縣志》卷十一引。說未死的人，難以保住百年的身體，已死的人，也難以保住百年的墳墓。世事無常，未來難保，可憂的事，盡其一生，仍未稍歇。「難保百年身」見第六八首。

更上一層樓，原出王之渙（當為朱斌作）〈鸛雀樓〉詩：白日依山盡，黃河入海流，欲窮千里目，更上一層樓。今以更上一層樓為地位昇遷。

寡慾多男子，謂交合次數少則多生男孩。文康著《兒女英雄傳》第四〇回：我也不懂得怎麼叫個「糙糠之妻不下堂」，又怎麼叫個「寡慾多男子」，你們爺兒們的書也不知都念到那兒去了！

未老先白頭，下接「到老不用愁」，與「少年白頭，老來不愁」、「未老先白頭，一世飯米勿要愁」均同意。又象山諺語「人小先白頭，老來勿用愁」，皆喻善用腦筋者頭先白，故老時不用愁，疑第一二五首「一世不用憂」接於此句下。

成人不自在，下接「自在不成人」。意謂成人者必有不自在處，真自在者其為人恐有不周到處。二語最早見宋人《鶴林玉露》。又《黃巖縣志》卷三謂此二語乃「死於安樂」之意。蓋謂要人成為有作為者，必不能舒適至自由自在，反之即不能成就人。《後西遊記》第三八回云：「沙彌道：二哥莫說呆話，自古成人不自在，自在不成人。豬一戒道：自在怎的不成人？我聞觀世音人都稱他是觀自在菩薩，難道他也不成人？」

做鬼也風流，上接「牡丹花下死」，見清宣瘦梅《夜雨秋燈錄》三卷三情死條：語曰：牡丹花下死，做鬼也風流。參見第一〇〇首，按此語明人黃文華所輯民歌《詞林一枝・劈破玉歌》中有此二句。

一二八

替古人擔憂，買間破屋修。生老病死苦，恩拔副歲優。合著油瓶蓋，打斷飯碗頭。神仙老虎狗，遍地的徽州。

替古人擔憂，上接「看戲吊淚」或「看戲流眼淚」。錢南揚《漢上宧文存》轉錄《俏皮話選》：看戲吊淚，替古人擔憂。王濬卿《冷眼觀》第十一回：你如今要打抱不平，惱這個扮王菊仙的旦角花四寶，豈不是看戲流眼淚，替古人擔憂？

買間破屋修，上當接「若要憂」一句，與上語意亦承接。朱介凡《中華諺語志》錄諺「若要憂，買隻破船修」，與此意近，本諺修破屋與修破船，隨處有漏，修不勝修，煩擾不已。

生老病死苦，佛家有生老病死，人生四苦之說，更有恩愛相離、憎惡相聚、所求不遂諸苦。清鄭志鴻《常語尋源》卷下引《逸史》：宋熙寧中有「生老病死苦」之語，王荊公作新法為生事，曾魯公年老，富鄭公稱病，唐參政與荊公爭不勝，疽發背死，趙清獻無如安石何，惟稱苦苦而已。諺語有：敬的是天地君親師，求的是福祿壽財喜，學的是仁義禮智信，吃的是金木水火土，怕的是生老病死苦。

恩拔副歲優，指各種監生而言，有恩拔者，有優選者，清代初期每屆三年，欽派大臣考取恩監生一次。各省縣生員有優行，被舉入監肄業者，曰優監。清代後來，監生多是用錢買得，有資格參加鄉試。

合著油瓶蓋，指說話吻合，足以對證。清李漁《玉搔頭》二四齣：我聞得如今的皇上，自克威武大將軍，改姓為萬，他方才說父親姓萬，官拜威武將軍，又合著這個油瓶蓋了。只是他不肯直認，卻怎麼處？又諺語有云：「七個油瓶八個蓋，蓋來蓋去不妥貼。」說油瓶蓋合不著。又形容廢物利用，有《十二樓》引諺云：鑾刀撞著瓢切菜，夜壺合著油瓶蓋，世間棄物不嫌多，酸酒也堪充醋賣。

打斷飯碗頭，治生該注意之根本處，若不注意，如台州諺語有：田裏管管，倉裏穀滿，只種勿管，打破飯碗。《夢筆生花》杭州諺語雜對：合著油瓶蓋，打斷飯碗頭。即採自本詩。

神仙老虎狗，近人用以形容軍人，駐防無事時快活似神仙，勝仗時威風如虎，敗仗時狼狽如狗。但此三者不只形容軍人，學潮時有形容教授、學生、校長者，賭博時有形容勝敗結果不同者，廣東有諺云：在家神仙、出門老虎——狗。又湖州諺有：生旦淨末丑，獅子老虎狗。又金華諺有：做得神仙老虎狗，管得官印大如斗。指戲班中管道具箱者。《民俗週刊》合訂本第九冊載葉鏡銘〈紹興的歌謠〉：「夜飯吃過，神仙老虎。」神仙老虎表示快活。考此語由來頗古，明代江南錦《猊嶠書屋文集》，已提及「嘲舟師者曰仙虎狗」語。

遍地的徽州，形容徽州人善於經商，茶葉與筆墨，經銷能力，拓展全國，諺有「遍地徽州，鑽天龍游，紹興人趕在前頭」。

一二九

簇簇起花頭，不是真虎邱。抽刀不入鞘，見血便封喉。
赤腳的趕鹿，七國裏販牛。雲端望仙鶴，烽火戲諸侯。

簇簇起花頭，花頭浙江方言即花樣。花樣簇簇新起，都是噱頭。《錢塘縣志》：「外方人嘲杭州人則曰杭州風，蓋杭俗浮誕，輕譽而苟毀，道聽塗說，無復裁量。譬之風焉，起無頭而過無影，不可蹤蹟，故諺云：杭州風，一把葱，花簇簇，裏頭空。又其俗喜作偽，以邀利目前，不顧身後。」是指花樣新出，作偽虛假。參見一一七首「撒空老壽星」。

不是真虎邱，名為虎邱，實則無虎亦無邱。虎邱在蘇州，清顧鐵卿《清嘉錄》卷六：「闔閭既葬之後，金精之氣化為虎，踞其墳，故號虎邱。後避唐諱，改為武邱，黃省曾《吳風錄》云：虎邱，自胡太守創造臺閣數重，益增眺勝，四時遊客，無寥落之日，寺如喧市，妓女如雲，諺有『假虎邱』之稱，言非真山也。」

抽刀不入鞘，鞘是刀室，江湖俗話，刀既抽，不見血則不復入鞘。史襄哉《中華諺海》引：抽刀不入鞘。或寓有拔刀容易收刀難的意思。

見血便封喉，形容劍之利，說削鐵如泥；形容劍之毒，說見血封喉。封喉指毒發不能說話而死，一見血立即不能言語，可見劇毒的猛烈。

赤腳的趕鹿，下當接「著靴人吃肉」，謂貧者勞而無獲，富者坐享其成。宋普濟《五燈會元》卷十一，汝州風穴延沼禪師，餘杭劉氏子，僧問：大眾雲集，請師說法。師曰：赤腳人趁兔，著靴人吃肉。趁兔、趕鹿同意，唯此謂赤足人用功求悟，聽眾坐享其成。梁蕭統《昭明文選》卷八七六謂此本佛書語。明東梶齋《蕉鹿夢》第五折：自古道：赤腳的趕鹿，著靴的吃肉。

七國裏販牛，本為愛國商人弦高的故事。言人才隱藏在牛販裏。

雲端望仙鶴，疑下接「可遇不可求」，參見第一二七首。仙鶴何時出現於雲端，渺不可期。

烽火戲諸侯，本為周末幽王褒姒的故事，《史記・周本紀》：褒姒不好笑，幽王欲其笑，萬方故不笑，幽王為烽燧大鼓，有寇至，則舉烽火，諸侯悉至，至而無寇，褒乃大笑，幽王說之，為數舉烽火，其後不信，諸侯益亦不至。後見《東周列國志》第二、三回，戲劇有《褒姒》、《烽火臺》、《擋幽》等。

一三〇

白木看告示，羊肉蘸醬油。一拳打個凹，六耳不同謀。
小吃大會鈔，賒賭現撮頭。晴天不長價，一雨便成秋。

白木看告示，原為孫臏射殺龐涓處，以白木為告示，諺中用意應有不同。《中華諺語志》載諺有「王鄉約看告示——凶、凶、凶」，又有「老太爺看告示——一篇大道理」以及「鄉下人看告示——句句不馬虎」等。又王陶宇《俏皮話大全》引「不識字人看布告——一抹黑」。「粉白牆上貼告示——一清二楚、清清楚楚」，或取清楚意。

羊肉蘸醬油，疑下接「百吃不厭」四字。吃羔羊，用全羊浸醬油，蒸熟後蘸蒜泥吃，諺云：「羊羔兒蘸蒜，百吃不厭。」疑與此諺同意。

一拳打個凹，疑上接「打到拳窠裏」，參見第五二首。浙江諺語：一拳打到拳窠裏，指擊中要害，一出手就驚人。

六耳不同謀，或上接「三人誤大事」，或下接「三人口一尺」，均謂有三人同謀的大事，均無法不洩漏。元關漢卿《蝴蝶夢》第二折：這三個自小來便學文書，他只會依經典習禮義，那裏會定計策，百般的拷打難分訴，豈不聞三人誤大事，六耳不同謀。又明周履靖《錦箋記》八齣：相公好不謹飭，常言道：六耳不同謀，三人口一尺。園公在此，只管直說。又諺語有「男女私情，不通六耳」，意同。又或作「法不傳六耳。」《兒女英雄傳》第四回：白臉兒狼說：「這話可法不傳六耳。」指極端祕密，不可讓第三人知道。

小吃大會鈔，會鈔是付賬的意思。《負曝閑談》第十六回：「會過了鈔，沈自由那些人便拖著黃子文去打茶圍。」大會鈔是大破費的意思。有名小吃，索費甚高者，故有此諺。

賒賭現撮頭，一般來說，賭博是「賭現不賭欠」，所謂「牌桌債，牌桌還」，賭債一旦賒欠，欠過三年，就不成其為債。但即使賭債賒欠，頭家開場聚賭，頭錢卻必須抽現，故有「賒賭現抽頭」的諺語。

晴天不長價，疑上接「晴天木屐鞋」，木屐鞋雨天有用，晴天無用，故晴天儲備木屐鞋，價廉時批進，待雨天漲價再賣出。參見第五八首。

一雨便成秋，形容經此一事，形勢丕變，或直接形容天氣驟涼。明顧岭《海槎餘錄》云：海南氣候，海南地多燠少寒，木葉冬夏常青，然凋謝則寓于四時，不似中州之有秋冬也。天時亦然，四時清冽，則穿單衣，陰晦則急添單衣幾層，諺曰：「四時皆是夏，一雨便成秋。」

一三一

牙齒爛見骨，鐵槍磨做針。急來抱佛腳，日久見人心。
另起三間屋，拏定一掌金。山中無大樹，獨木不成林。

牙齒爛見骨，上疑接「被賊咬一口」，被賊徒口供咬住，入骨三分，很難洗刷。李伯元

《活地獄》第二六回：從來說：賊咬一口，爛見骨頭。要是你出的數，按不下他去，恐怕他真的到堂混說，那不是越發難為情了麼？又《濟公全傳》第一六八回：竇永衡一聽有憑對證，自己大吃一驚，心裏說：了不得了，真有憑據，俗言說的不錯：賊咬一口，入骨三分。

鐵槍磨做針，上接「只要工夫深」。用李白見驪山老姥磨杵成針事。參見第一三三首。羅貫中《平妖傳》第十回：蛋子和尚似信不信的道：一不做，二不休，拚得功夫深，鐵杵磨成針。再守他一年十二個月，好歹要掏摸些兒本事到手，終不然這秘法不許人傳，又鐫他在石壁上怎的？頤瑣著《黃繡球》第十回作「鐵棒磨成針。」又元楊景賢《元曲西遊記》十四齣：志誠呵，泰山也勻做了田，鐵槍也磨做了針。

急來抱佛腳，謂平時不積善，不準備，臨急抱佛腳求救。孟郊詩：「垂老抱佛腳，教妻讀黃經。」清王應奎《柳南隨筆》：「蓋言平時不為善，而臨難求救于佛也。」後人多云：平時不燒香，臨時抱佛腳。或作：閑時不燒香，忙時抱佛腳。明馮夢龍以為此語起於印度，參見第一〇三首。

日久見人心，上接「路遙知馬力」。馮夢龍《醒世恒言》卷三五引作：「雲端看廝殺，畢竟孰輸贏？路遙知馬力，日久見人心。」又許仲琳編《封神演義》第二〇回：費仲又奏曰：據人言：昌或忠或佞，入耳難分，一時不辨，因此臣暗使心腹，探聽真實，方知昌是忠耿之人，正所謂路遙知馬力，日久見人心。孫錦標《通俗常言疏證》引作：海乾終見底，日後見人心。

另起三間屋，今衢州諺語有：「吃了三年粥，造得一間屋。」紹興諺語：「三年爛飯買頭牛，三年薄粥造間樓。」又白居易詩：五架三間一草堂。是一個草堂起屋三間。

拏定一掌金，拏與拿通，拏，俗拿字。均為搏持之意，拿定手上的一掌金。

山中無大樹，疑下接「蓬蒿當雀竿」，參見第九首。朱介凡《中華諺語志》錄「山中無大樹，茅草欲稱尊」、「山中沒有樹，茅草亦為尊」、「村中無大樹，茄棵要算王」、「山中無老虎，猴子也稱王」，意並相近。又引「深山無大樹，蓬蒿作丈桿」，文字稍有異同。

獨木不成林，上接「單絲不成線」，大抵指無人附和，不易成事，孤樹不成林地。曹雪芹《紅樓夢》第五六回：「史湘雲說他：你放心鬧罷，先是單絲不成線，獨樹不成林。如今有了個對子，鬧急了，再打很了，你逃走到南京找那一個去？」蔡東藩《清史演義》第七五回：任柱已死，只剩了一個賴文洸，獨木不成林，不怕他不死了。參見第九六首。

佛面上刮金，便是福星臨。鍾馗殺小鬼，童子拜觀音。
早困當將息，饑寒起盜心。燈籠照火把，大海裏撈針。

佛面上刮金，形容貪鄙之極，刻薄之極。明朱國禎《湧幢小品》卷二八：「諺云『佛面上刮金』，鄙之也。嘉靖初，用工部侍郎趙璜奏，沒入正德末所造諸寺繪鑄佛像，刮取金一千三百餘兩，正合諺語，可笑。」又清褚人穫《堅瓠集・秘集》卷五，亦載明人鄭允宜晚年刮佛面金，前廉而後貪之事。只求刮金，連佛面都不顧。又馮夢龍《古今小說》卷三六作「古佛臉上剝金，黑豆皮上剝漆」。王陶宇《俏皮話大全》引：佛面刮金子——刻薄。

便是福星臨，上接「貴人抬眼看」。明史磐《夢磊記》第六折：淨：朱先生，你若去時，待我奏過聖上，自有一個好官兒與你。丑：多謝恩相抬舉，小官就此告辭。淨：用事莫逡巡，須當順我心。丑：貴人抬眼看，定是福星臨。參見第九六首。

鍾馗殺小鬼，下接「羅漢請彌陀」或「善才參觀音」，今下句作「羅漢請觀音」。清褚人穫《堅瓠集・十集》卷四錄諺語對多可採者，如：鍾馗殺小鬼，善才參觀音。又清諸晦香《明齋小識》卷八錄《吳下諺聯》中五言之工巧者：鍾馗捉小鬼，羅漢請彌陀。按上句謂輕而易舉，下句謂眾力易擎不覺分擔之重。參見第一三三首。明代小說《鍾馗傳》寫鍾馗依人間鬼冊，殺三十六個妖邪鬼物。

童子拜觀音，上或接「鍾馗捉小鬼」，清褚人穫《堅瓠集・十集》卷四舉諺語對之可採者為「鍾馗捉小鬼，善才參觀音」，按善才即善才童子。蝶廬主人《消閒大觀・集吳諺詩》：「鍾馗捉小鬼，童子拜觀音。」即採自本詩。

早困當將息，困當是睏，早些睏覺當作休息強身的方法。浙江諺語：無鈿買補藥，睏睏當將息。睏睏不如早睏為佳，蘇東坡所謂早寢以當富。另「沒錢斫肉吃，睏睏養精神」、「無錢買肉吃，睡覺養精神」。將息是調護養息，《醒世恒言》卷五：將媳婦扶到房中，湯粥將息。

饑寒起盜心，下接「飽暖思淫慾」。餓煞不如犯法，故饑寒必起盜心，衣食足而後知禮義，但既飽既暖，又思淫慾。蔡東藩《南北史演義》第八七回：無如饑寒思盜，飽暖思淫，乃是人人常態。

燈籠照火把，大家攤開來，以亮見亮的意思。錢南揚《漢上宦文存》轉錄《隱謎之諺》：「燈籠照火把——亮見亮。」

大海裏撈針，指希望渺茫，難以尋覓。袁靜《淮上人家》第五章二五：「她一回頭，嘿，可真巧，老劉在門口招呼她呢，這一下可喜歡死了，她趕上來抓住老劉的手：好難找呀，就像到大海裏撈針似的！」

一三三

竈司請土地，羅漢齋觀音。三杯和萬事，一字值千金。

除死無大罪，強盜發善心。救人須救徹，只要工夫深。

竈司請土地，竈司即竈神、竈君，或竈司命、司命菩薩。通常臘月廿四日送竈神上天，稟報一家人的善惡，有些人家搶先一天送竈神。

羅漢齋觀音，上或接「鍾馗捉小鬼」。參見第一三二首。此語意指請客者多，被請者少。錢南揚《漢上宧文存》轉錄《六院匯選江湖方語》：羅漢請觀音，客少主人多。又參見第八九首。諺有「羅漢請觀音易，觀音請羅漢難」，可參考。

三杯和萬事，下接「一醉解千愁」或「一氣惹千愁」。酒杯流行，發語可喜，三杯相敬，萬事易和解。清金埴《不下帶編》以萬事為人名，其父戒之：「限汝三杯」，人因呼為「三杯和萬事」，似覺好事者附會。天然癡叟《石點頭》卷十二：申屠娘子又笑道：媽媽，常言三杯和萬事，再奉一甌。元無名氏《誶范叔》第一折引作「三杯和萬事，一醉解千愁」。參見第一二四首。

一字值千金，形容文章值錢，或修辭不凡。魏子安《花月痕》第二九回：采秋大喜，亦笑道：古人說一字值千金，我卻值不上七兩。考此語典出〈秦本紀〉，呂不韋著《呂氏春秋》，以千金與書並懸之國門曰：有能易一字者，酬之千金。又揚雄云：呂氏淮南，一字千金。

除死無大罪，或作「除死無大災」。元無名氏《小張屠》楔子：我不合將人上了神靈的紙馬，又將來賣與別人還願，我賣的是香草水酒，似我這等瞞心昧己又發積，除死無大災。又明無名氏《開詔救忠》第一折：我說老楊，屈千屈萬，則屈了你三個人，古人云：除死無大災，順受吃了一刀，把頭丟在一邊，可也省的吃飯。又元孫仲章《張鼎勘頭巾》：我除死無大災，饒便饒，不饒，把俺兩口兒，就哈喇了吧！又或作「拚死無大禍」。

強盜發善心，《中華諺語志》載諺有「強盜修行賊念佛」、「強盜腿下還給人留條路哩」。孫錦標《通俗常言疏證》引《夢筆生花》杭州俗語雜對：懶人使重擔，強盜發善心。

救人須救徹，下或接「殺人須見血」。見羅懋登《三寶太監西洋記通俗演義》第三九回：「天師道：救人須救徹，殺人須見血，怎麼這等樣兒？」又清梁恭辰《北東園筆錄・初編》

卷五：貧家贈米，太夫人又語公曰：「救人須救徹，汝宜做！」公敬諾，復以百千益之。又文康著《兒女英雄傳》第十回有「救人救徹，救火救滅」，是下亦可接「救火須救滅」。

只要工夫深，下接「鐵杵磨成針」。用李白見老嫗磨針事。清俞樾《茶香室叢鈔》卷十，磨杵作針條：宋鄭思肖百二十圖詩，有一題云：驪山老姥磨鐵杵，欲作繡針圖。今俗語云：只要工夫深，鐵杵磨成針。亦有所本。參見第一三一首。

一三四

擂地十八滾，念佛淘裏尋。官無三日緊，娘有兩條心。
老虎口中食，黃蜂尾上針。面皮老一老，屁股吃人參。

擂地十八滾，可能比喻經得起跌撞。紹興諺語有「黃梅跌落擂三擂」，比喻老年人生病，不易就喪生，還經得起折磨。又滾或作打滾，孫錦標《通俗常言疏證》打十八響條，《通俗編》按今有打十不閑者，乃其遺風。孫注云：今人有打十八響者，乃乞丐之流之戲玩。又《夢筆生花》錄杭州諺語有「就地滾」者，孫錦標曰：俗以極圓通者為就地滾。可參考。

念佛淘裏尋，或作「吃素隊裏尋」，上接「若要欺心人」，張南莊《何典》第四回：真正若要欺心人，吃素隊裏尋，不要說我是老施主，就是個面熟驀生人，像方才這等適心適意的被你鬼開心，難道肯替你白弄卵的麼？蝶廬主人《消閒大觀・集吳諺詩》：要問黑良心，吃素淘裏尋。一群關係緊密身分相似的人，浙江方言稱為「淘」。

官無三日緊，下接「到有七日寬」。指雷厲風行，都只有五分鐘熱度，俗語說「法無三日嚴」與此同意。馮夢龍編《古今小說》卷二一：縣尉收受了銀子，假意立限與使臣緝訪，過了一月兩月，把這事都放慢了。正是「官無三日緊」。又淩濛初《二刻拍案驚奇》卷十七：虧得官無三日急，到有七日寬，無非湊些銀子，上下分派，使用得停當，獄中的也不受苦，官府也不來急急要問，丟在半邊，做一件未結公案了。

娘有兩條心，上接「雞無三隻腿」，參見第一一九首。世上絕無三隻腿的雞，世上或有兩條心的娘。

老虎口中食，比喻誰敢來搶奪。《施公案》第一五二回：金大力王棟說：「想必是兩個腦袋的人，不然也不敢老虎嘴裏奪脆骨。」只有老虎嘴裏落下來的，才叫狼吃了。元鄭庭玉《後庭花》第二折：正末唱：遮莫去大蟲口中奪脆骨，驪龍頷下取明珠。夢覺道人《三刻拍案驚奇》第三〇回：怎還到老虎口中奪食？正本諺之意。

黃蜂尾上針，上接「青竹蛇兒口」，指毒性之所聚。陳忱《水滸後傳》第十九回：古人說得好：「青竹蛇兒口，黃蜂尾上針，兩般猶未毒，最毒婦人心。」參見第五五首。

面皮老一老，下接「肚皮飽一飽」。諺有「面皮老老，肚皮飽飽，客氣客氣，難為肚皮」、「臉兒老老，吃得飽飽」、「老了面皮，飽了肚皮」，意均相同。但杭州諺又有「豆腐要厚墩墩，面皮要薄晶晶」，勸人勿做老面皮。

屁股吃人參，是歇後語。屁股吃人參——後補。將來再補償。燕谷老人《續孽海花》第四九回：賽金花道：「因為老朋友，總原諒格，所以脫略到實梗樣式，只好將來屁股吃人參——後補格哉！」又《民俗週刊》合訂第九冊載葉鏡銘《紹興的歇後語》：屁股吃人參——後補起。

一三五

滿口不安耽，忘記叫化籃。將蝦兒釣鼈，託老鼠看蠶。

活到六十六，吃屙三分三。醜人多作怪，好事弄成堪。

滿口不安耽，上接「一個牙齒痛」，不安耽是不得安穩的意思，一個牙齒痛，滿嘴不安穩。又有作「滿口勿著實」、「全身不得安」者。

忘記叫化籃，疑上接「丟了青竹棒」，諺云：「丟了青竹棒，忘記叫街時。」本諺詩或作「丟了青竹棒，忘記叫化籃」，謂將青竹棒丟掉，境遇優裕一點，就將提叫化籃的窮苦忘記，上句參見第二〇首。史襄哉《中華諺海》引作「擱下青竹竿，忘了叫街時」。

將蝦兒釣鼈，諺云：蝦子莫笑鼈，都在泥裏歇。將蝦兒釣鼈，或謂以其同類之小者引誘其大者。孫錦標《通俗常言疏證》引《通俗編‧俚語集對》：將蝦兒釣鼈，見兔子放鷹。

託老鼠看蠶，疑與「託貓管老鼠」同意，參見第三六首。且兩句或即為上下句。與「託狼牧羊——不久」之俗語意近。也與「麻雀守蠶——越守越完」同意。

活到六十六，下接之句多有不同，浙江謂六十六歲是人生一關卡，獻閻王以酒肉，諺云：「六十六，閻羅大王請吃肉。」亦有「六十六，燒火勿管綠」，謂到此年紀，何須仍在竈前操勞，不必再去管燒火是紅是綠了。亦有「人到六十六，不死也少塊肉」。更有「行年六十六，整治棺材木，可以久則久，可以速則速」。

吃屙三分三，未詳。有諺云：「吃得落，睡得著，屙得出。」後因利益獨吞，不分別人叫做「獨吃自屙」，如《二刻拍案驚奇》卷四：何故苦苦貪私，思量獨吃自屙？又《醒世恒言》卷二一：幾曾見你普渡眾生，只是獨吃自屙。故可能總計出入盈虧，分作三份，三人共有，叫做吃屙三分三。又《中華諺語志》引浙江寧波諺：「吃屙拉屙，無屙無大。」指淘米洗馬桶，同在一小河中，或屙或飲，皆同一水。可參考。

醜人多作怪，孫錦標《通俗常言疏證》引〈借妻梆子腔〉旦偏坐介，淨云：真正是醜人多作怪。又或上接「黑菇做好菜」，金華諺語有「黑菇做好菜，醜人多作怪」。今人杜鵬程《保衛延安》第四章：胡擺弄一氣，黑饅多包菜，醜人多作怪，我見過多少人，就沒見過你這麼賴皮的人。史襄哉《中華諺海》引：瘦狗多爬疥，醜人多作怪。

好事弄成堪，堪可作「那堪」、「不堪」解，盧綸詩：更堪江上鼓鼙聲。堪即不堪。本諺疑上接「齋僧鑿栗暴」，布施給僧者是好事，但以拳鑿人「栗暴」則弄成不堪。參見第一二五首。作道場作佛事稱為好事，見《水滸傳》第一回：一面命在京觀寺院修設好事禳災。

一三六

出門不認貨，過後好詳籤。寒毛比大腿，屁股生臀尖。
生意十樣做，扁擔兩頭纖。桑條從小扭，甘蔗老頭甜。

出門不認貨，即貨物出門，概不退換的落伍規矩，貨物既售出，概不認賬，見朱介凡《中華諺語志》引。近年來商場日益進步，可憑發票於數日內退貨，西方文明社會則貨物不滿意，隨時可退。《中國諺語集成・浙江篇》引嘉興諺語：出門勿認貨。

過後好詳籤，事件過後再詳籤文，有後見之明，容易附會，所以說過後好詳籤，詳籤指解釋籤文的意思。

寒毛比大腿，寒毛或作汗毛，諺云：「寒毛蘸得幾多水」，即指汗毛，形容其小，寒毛比大腿，或指沒錢沒辦法，無法與他比，所謂「寒毛比大腿」，不好比啊！

屁股生臀尖，下接「快活似神仙」，參見第十三首。洪為溥《江都方言輯要》：臀尖，生於臀端的癤瘡，或即謂坐板瘡，兒童少年常有患之，妨礙端坐，故課讀、洒掃、習勞諸事，均得豁免。乃揶揄其快活似神仙。諺或作「屁股上生臀癤，快活如神仙」，不必久坐書房。

生意十樣做，經營生意可以花樣翻新，自生創意，所謂「一樣生意百樣做」、「九等生意十等做」、「三鈿油醬醋，生意賺折做」等可參考。孫錦標《通俗常言疏證》引作「一樣生意兩樣做」。史襄哉《中華諺海》引作「生意活動做，棺材劈開賣」。

扁擔兩頭纖，言扁擔兩頭雖小，生計全仗於此。《中國諺語集成・浙江篇》錄杭州諺語：柴杠兩頭尖，勿愁無油鹽。又引紹興諺語：杭擔兩頭尖，賣柴活神仙。又引寧波諺語：扁擔兩頭彎，勿挑要餓飯。與「尖擔兩頭脫」、「尖擔擔柴兩頭脫」用意相反。

桑條從小扭，意指教育要從小開始，可塑性大。《黃巖縣志》卷三二：桑枝從小壓。注：教子齠齓也。又《象山縣志》卷十七：桑條從小捺，到大捺弗直。明袁于令《鷫鸘裘記》調弦：自古道：桑條從小郁，長大郁不屈。

甘蔗老頭甜，形容晚境彌甘。清翟灝《通俗編》卷三〇草木條，引《晉書》：顧愷之倒食甘蔗，曰：漸入佳境。諺語本之。又清佚名《八美圖・後集》卷二八：「無邊福分誰能及，尤如甘蔗老來甜。」比喻人雖老卻愈享福分。故諺有「甘蔗老頭甜，愈老愈鮮甜」、「甘蔗老頭甜，吃得要討添」、「生薑老的辣，甘蔗老頭甜」。

一三七

救生不救死，蛀藥不蛀性。輸財不輸氣，要錢不要命。
錯進不錯出，受罰不受敬。虧眾不虧一，搜遠不搜近。

救生不救死，說法官盡可能幫活著的人，少幫已死不能復生的。清王有光《吳下諺聯》卷三：忤作子，官衙檢驗人役，人或被毆致死，驗得重實，俾得伸冤，是幫襯死人。或驗輕傷，使兇手不致盡情擬抵，所謂救生不救死，是幫襯活人。

蛀藥不蛀性，待考，疑謂藥雖被蛀，藥物之性質未變。

輸財不輸氣，財可以輸，氣不可以輸，錢可以輸，人不可以輸。朱介凡《中華諺語志》錄江西諺語：輸錢不輸氣。又：嫁了老婆唱本戲，輸錢不輸氣。又：寧可輸錢，不可輸氣。另有：輸錢不輸人。此等語與「爭氣不爭財」同意，參見第六四首。

要錢不要命，上接詞語頗多，常見者為「抱著元寶跳井」。錢南揚《漢上宧文存》轉錄《俏皮話選》：抱著元寶跳井——捨命不捨財。張南莊《何典》第二回：原來那土地叫做餓殺鬼，又貪又酷，是個要財不要命的主兒。

錯進不錯出，錢帳算盤，收進的帳錯了，還不打緊，付出的帳，決不容許有錯。本諺或作「錯入不錯出」。史襄哉《中華諺海》引有「大秤買進，小秤賣出」之諺，意略相近。

受罰不受敬，類似「敬酒不吃吃罰酒」，敬不受而受罰。

虧眾不虧一，虧欠眾人的債，比只虧欠一家的債好，只集中虧空一家，一家受不了，虧空眾人，眾人分攤，負擔比較輕。史襄哉《中華諺海》引「虧眾不虧一」。

搜遠不搜近，待考。疑是一句歇後語的下句，類似「南嶽山的菩薩——顯遠不顯近」。又疑與戲劇《八搜鄒應龍》有關，鄒誤入王公子花園，關入牢門為丫鬟所救，後躲入王妹房中，王公子來搜房，王妹欲自殺，王不敢入，鄒遂與王妹及丫鬟訂婚，另藏他所，王復來搜房，竟無所得。

一三八

為他人作嫁衣裳，莫與鄰家說短長。土佛不須泥佛勸，真花怎比野花香。
窮人度日無年紀，矮子寬心多肚腸。但願爺娘修得到，好教樹下尋風涼。

為他人作嫁衣裳，貧家女忙著替別人做漂亮的新娘禮服，亦可形容替人捉刀等。原出唐秦韜玉〈貧女〉詩：「苦恨年年壓金線，為他人作嫁衣裳。」又宋陳師道《後山詩話》：「壽之醫者，老娶少婦，或嘲之曰：偎他門戶傍他牆，年去年來來去忙，採得百花成蜜後，為他人作嫁衣裳。真可笑也。」

莫與鄰家說短長，所謂串門子，張家長，李家短，笑煞人一句話，氣煞人一句話，是非只因多開口，最好能莫與鄰家說短長。諺有「大風吹倒梧桐樹，自有旁人話短長」。

土佛不須泥佛勸，指同類貨色，缺點自顧尚不暇，卻頻頻勸對方。笑笑生《金瓶梅詞話》第十三回：那吳月娘聽了，與他打了個問訊，說道：我的哥哥，你自顧了你罷，又泥佛勸土佛，你也成日不著個家，在外養女調婦，又勸人家漢子！另參前第七二首。

真花怎比野花香，真花或作家花，清王有光《吳下諺聯》卷二：「恐人以家花遜于野花也，故特注此諺：家花園花，野花路花，世人以其皆有香也，漫無區別，不知野花花香濃而不清，家花花香淡而彌旨。」又蔡東藩《慈禧太后演義》第十四回：「只同治帝曠達成性，不喜羈絆，臨朝以外，雖有后妃等作伴，無奈每日相見，不過爾爾。多情還是無情好，真花不及野花香，因此樂極生厭，不免有些憎煩怕膩起來。」

窮人度日無年紀，窮人無力應付各種節慶，遇到閏月年更感吃力，窮人更怕九月天，一襲衣衫過冬夏，所以「窮漢明年多」，日日在期望來年會好轉。

矮子寬心多肚腸，與「矮子肚裏乾鞘多」意相近，參見第一二二首。又「矮子矮，一肚子怪」、「矮人多巧計，大漢多癡獃」，可參閱，皆屬生理缺陷歧視，不足取。

但願爺娘修得到，諺云：「兒女前世修，種子隔年留。」兒女都是前世修福而來，就像種子是去年留下的善種。又諺云：碗頭修兒女。謂吃飯不敢糟蹋糧食，以修兒女有福，衣食無虞。

好教樹下尋風涼，連上「但願爺娘修得到」，則正是俗語「養小防備老，栽樹要陰涼」的意思。元無名氏《看錢奴》第三折：俺可甚麼養小防備老，栽樹要陰涼？想著俺那忤逆的兒郎，便成人也不認的爺娘。又明康海《王蘭卿》第二折：他指望養兒防老病，栽樹取涼遮，恰如今椿椿兒錯也。

一三九

漫云年老可優游，猶為兒孫作馬牛。大狗跳牆小狗看，前車覆轍後車憂。

抬頭只管泥高壁，蹉脚應防入下流。三兩黃金四兩福，何須分外去鑽謀。

漫云年老可優游，年老退休後，優游林下，可以優哉游哉，聊以度日，但老年最牽掛的還是兒女，所謂「兒女疼人心」、「母年一百歲，常憂八十兒」，所以老年無法優游，常常是因為兒女的緣故。

猶為兒孫作馬牛，說父母甘願為兒孫作牛作馬。明楊慎《詞曲集》說五胡亂華一首云：「百歲光陰似水流，千年計策為誰憂，兒孫自有兒孫福，莫與兒孫作馬牛。」唯錢大昕《恒言錄》謂《宋詩紀事》中記此為嘉祐天台道士徐守信詩，楊慎襲用。

大狗跳牆小狗看，諺云：「大狗跳牆，小狗看樣」、「跟著樣兒學樣兒」、「跟好學好，跟著叫化學討」、「大人無好樣，小兒作和尚」、「子不孝順孫不賢」，均說大人要做好榜樣。

前車覆轍後車憂，說後車見前車覆轍而警戒改轍，不然將有相同的厄運。語出《韓詩外傳》卷五：「夫知惡往古之所以危亡，而不襲蹈其所以安存者，則無以異乎卻行而逮于前人也。鄙語曰：『前車覆而後車不誡，是以後車覆也。』」

抬頭只管泥高壁，諺云：爛泥巴扶不上牆。又云：爛泥糊不上壁。若抬頭只管泥高壁，則爛泥巴撲落脫滿臉。

躄腳應防入下流，躄腳，即跛者，浙江方言為差勁，躄腳或作蹩腳，蹩腳人容易入於下流。諺云：蹩腳人用蹩腳貨。

三兩黃金四兩福，福分有限，貪金無益，無命不足以享多財。清百一居士《壺天錄》卷中：「是三人者，皆命之不足享此財也，隨得隨失，戲幻庸愚，固亦無足怪者，諺云：一兩黃金四兩福，豈虛語哉。」一兩三兩意同。又南亭亭長《中國現在記》第十回：俗語說得好：一兩黃金四兩福。白大爺想是只有五錢福，所以折受不住了。又朱介凡《中華諺語志》引「三兩黃金四兩福」。

何須分外去鑽謀，言不須分外去作不安分的事。所謂「有福不用忙，無福跑斷腸」。分外，指己所不當得者。《三國志・程昱傳》：下不務分外之賞。

一四〇

吃飯何人不靠天，願花常好月常圓。有緣親友會千里，逼煞英雄在一錢。
儘許隔山罵知縣，漫誇過海是神仙。如今事事多煩惱，且學陳摶一覺眠。

吃飯何人不靠天，「種田儂，靠天公」，天候雨量決定於天，以農立國的中國人，靠田生活，田則靠天收穫，所謂「種不種在人，收不收在天」，所以說靠天吃飯。

願花常好月常圓，花好月圓，人生美景，但好景難長，名花易落。清程麟《此中人語》卷四，迷香洞：生大悟曰：明月不常圓，好花容易落，此之謂乎！

有緣親友會千里，即「有緣千里來相會」，下接「無緣對面不相逢」。明無名氏《異夢記》十五齣：佳人自折一枝紅，心有靈犀一點通，有緣千里來相會，無緣對面不相逢。

逼煞英雄在一錢，雖是英雄，一錢亦足以逼死。胡君復《古今聯語》卷三：諺語：一錢逼死英雄漢。本詩為調平仄，故句法稍異。文康《兒女英雄傳》第十九回：天下事只怕沒得銀錢，便是俗語說的：一文錢難倒英雄漢。又李綠園《歧路燈》第三三回：紹聞道：委實一時手乏，急切的弄不來。馮三朋道：一文錢急死英雄漢，也是有的。

儘許隔山罵知縣，所謂不怕官，只怕管，隔山不在他管轄內，就盡可咒罵。諺云：背地殺皇帝，隔山罵知縣。周立波《山鄉巨變》上五：「你這是二十五里罵知縣，她人不在這裏，落得你吹牛，當了她的面，你敢說她一個不字，算你有狠！」又上十七：「你這不是二十五里罵知縣，是角色，你敢當面搶白她兩句！」二十五里與隔山同意。

漫誇過海是神仙，用「八仙過海，各顯神通」典，參見第二二首、二七首。諺有「過得海，都是神仙」、「過海是神仙」。

如今事事多煩惱，「事多累了自己」、「事不關心，關心者亂」、事事操勞，事事煩惱。必須省事清心，快樂無比。

且學陳摶一覺眠，陳摶號稱睡仙，有時一覺十天都沒起床。周世宗召他入禁中，他竟關門睡了一個多月，進去看他，都在熟寐，好不容易等他醒來，留下詩道：紫陌縱榮怎及睡？朱門雖貴不如貧。辭別就走。且學他放鬆自己，一枕甘眠，才是上策。

一四一

經營七字好當家，柴米油鹽醬醋茶。不信富從疲裏得，要知財自暗中加。
在山靠山水靠水，種豆得豆瓜得瓜。開出紙窗說亮話，青山驀被黑雲遮。

經營七字好當家，參見第六〇首「開門七件事」，元無名氏《百花亭》第一折：老旦扮卜兒，引旦賀憐憐，梅香、盼兒上，詩云：教你當家不當家，及至當家亂如麻，早晨起來七件事，柴米油鹽醬醋茶。

柴米油鹽醬醋茶，上接「早晨起來七件事」，亦即開門七件事，元人曲多喜引此詩，元武漢臣《玉壺春》、無名氏《度翠柳》、《百花亭》並同，參見第六〇首。

不信富從疲裏得，富裕都從疲勞換來，諺云：「富貴因從勤儉起。怎能不信？」又云：「小生意，賺疲錢。」

要知財自暗中加，財富不是暴發的，是暗中漸漸累積的，諺云：「明中施捨，暗裏填還」、「財要藏」，又云「財從細起」，孫錦標《通俗常言疏證》引《夢筆生花》杭州俗語雜對：「閒時做了忙時用，明中捨去暗中來。並按云：今乞丐叫化者有「明中捨財暗中來」之語。

在山靠山水靠水，指各種人物皆憑藉所生之處以維生，法律所不及處，自有鑽法律隙洞以維生者。清汪輝祖《佐治藥言》引諺云：「在山靠山，在水靠水。有官法之所不能禁者，索詐之贓，又無論已。」

種豆得豆瓜得瓜，指因果歷歷不爽。清李光庭《鄉言解頤》引媒婆問園叟語：「種豆得豆，種瓜得瓜，老翁可曾種扁豆而得葫蘆乎？」

開出紙窗說亮話，指開誠布公，直話直說。胡君復《古今聯語》卷三引諺語：打開窗子說亮話。李雨堂《萬花樓》第四〇回：沈御史明知國丈要財帛，既道：老師，俗語說得好，揭開天窗說亮話。這乃門生妹子的事，只為門生才疏智淺，必求老師一臂之力，小妹願將篋中白金奉送。

青山驀被黑雲遮，李覯《盱江集》的絕句：「已恨碧山相掩映，碧山還被暮雲遮。」青山驀被黑雲遮，有「黑雲罩山，甘雨自來」的景象。本詩聯接上句，似謂欲說亮話，但紙窗打不開，又被黑雲疑團遮住。

一四二

鄰舍做官大喜歡，一家得福萬家安。門前有樹堪遮蔭，廚下無人莫托盤。上欠官糧下私債，夜圖一宿日三餐。他年遇著好機會，山色潮頭兩樣看。

鄰舍做官大喜歡，諺云：「鄰舍做官，大家喜歡」、「鄰舍好，無價寶」、「遠親不如近鄰」。白居易〈自歎〉詩：「親戚歡娛童僕飽，始知官職為他人」亦可參閱。

一家得福萬家安，類似之語頗多，如「一人有福，得挈千人」、「一人有福，帶著千人上屋」、「一人有福，帶挈一屋」等。蔡東藩《五代史通俗演義》第二回：朱母，我如今要稱你太夫人了！一人有福，得挈千人，我劉氏一門，全仗太夫人照庇哩！

門前有樹堪遮蔭，諺云：「門前大樹好遮蔭」、「靠著大樹好遮蔭」，在此作左鄰右舍，相互庇護的意思。

廚下無人莫托盤，應是模倣「朝裏無人莫做官」而言，西周生輯著《醒世姻緣傳》第九四回：「常說『朝裏無人莫做官』、『朝裏有人好做官』，大凡做官的人，若沒有個倚靠，居在當道之中，與你彌縫其短，揄揚其長，夤緣干升，出書討薦，憑你是個龔遂、黃霸這等的循良，也沒處顯你的善政。」廚下無人則勿和盤托出，元關漢卿《緋衣夢》第四折：「口是禍之門，要搭救莫因循。常言道：世上無難事，廚中有熟人。婚姻赤緊的心先順。」透過他妻子才能真心托事。

上欠官糧下私債，諺云：「上不欠官糧，下不欠私債」，本詩反言之，不欠則寬心，多欠則憂心，「早封糧，自在王」、「若要寬，先完官；若要便，先還店」、「無債一身輕」，都說不要欠稅欠債。

夜圖一宿日三餐，夜晚圖有一宿之地，日間圖有三餐之資，人生最起碼的衣食住行，若欠衙門錢又欠私債，則難以溫飽。諺云：「日圖三餐，夜圖一宿」，或「日圖三餐吃飽，夜

圖一眠睡好」。

他年遇著好機會，好機會難遇，遇著就要把握。他年若遇著好機會，一定不能平白放過。

山色潮頭兩樣看，未詳，潮頭猶言波頭。竇常〈北固晚眺〉詩：山址北來固，潮頭西去長。山靜潮湧，出高潮闊，仁者樂山，智者樂水。各有不同景象。

一四三

褲無襠矣裙無腰，靠得青山有柴燒。念佛千聲強似罵，讓人一著便為饒。

好騎馬去堪尋馬，未過橋來已拔橋。看破世情多冷熱，不如快活樂逍遙。

褲無襠矣裙無腰，疑上接「今年望著來年好」。《中國諺語集成・浙江篇》載台州諺語：衣裳無領褲無襠，三餐只管喝米湯。又舟山諺：今年望著來年好，來年褲子改成襖。金華諺：一年盼望一年好，汗衫補得像夾襖。又舟山諺：該年要忖該年好，年年穿件破棉襖。

靠得青山有柴燒，即「留得青山在，不怕沒柴燒」。凌濛初《初刻拍案驚奇》卷二二：

「七郎愈加慌張，只得勸母親道：留得青山在，不怕沒柴燒，雖是遭此大禍，兒子官職還在，只要到得任所，便好了。」以官職比青山，官職尚在，資用不絕，總有翻本的一天。參見第八二首。又見第六一首。又諺云：「靠得大樹有柴燒。」

念佛千聲強似罵，諺云：口念千聲佛，早晚一爐香。謂出家人不起嗔怒，遇有橫逆，念佛千聲以對，較怒罵為強。

讓人一著便為饒，下棋時，讓人一著，便算饒棋，諺云：世事如棋，讓人一著，不為虧我。為人忍讓，所謂「讓人三分不算輸」、「讓人一步自己寬」。

好騎馬去堪尋馬，比喻先占了一個缺額，再去尋更好的一個名額。李伯元《文明小史》第二〇回：魏榜賢道：你不要得福不知，有了這個館地，我勸你忍耐些時，騎馬尋馬，總比你現在東飄飄西蕩蕩的好。

未過橋來已拔橋，常言「過河拆橋」，諺云：「過橋挪板。」橋未過而已拔橋，如何得渡？

看破世情多冷熱，諺云：世情看冷熱，人面識高低。多識人面，看破世情，世態炎涼，多所認識。元人《凍蘇秦》劇：索把世態炎涼，心中暗忖。

不如快活樂逍遙，《莊子》有〈逍遙遊〉，寫優游自得，靡所不適。元曲〈張生煮海〉有

「逍遙自在樂仙家」語。看破世態，割斷迷情，則自然逍遙快活。

一四四

得好鄰居勝遠親，惡人最怕作居鄰。豈因井水犯河水，只恐門神打竈神。
今日安知明日事，新年還是舊年人。吃虧終有便宜日，莫把當前冤氣伸。

得好鄰居勝遠親，諺云：「遠親不如近鄰，近鄰不如對門」、「遠親不如近鄰好，急難之時靠何親」、「鄰舍好，無價寶」、「得好鄉鄰勝遠親」，均言好鄰居相助和睦，比遠親更有助益。

惡人最怕作居鄰，惡人作了鄰居，避之又無法避，相交又無可交，衝突隨時發生，是居家的最怕。《中國諺語集成・山西篇》有「傍上孬鄰居，披鎖又戴枷」。

豈因井水犯河水，言各有勢力範圍，互不相犯。曹雪芹《紅樓夢》第六九回：秋桐便氣的哭罵道：理那起瞎肏的混咬舌根！我和他井水不犯河水，怎麼就沖了他。又李綠園《歧路燈》第八四回：你為你，我為我，井水流不到河裏邊！

只恐門神打竈神，自家之神相打。錢南揚《漢上宧文存》引《隱謎之諺》：「家神打竈神——自弄自。」又見第七二首。

今日安知明日事，下接「前人田土後人收」。元張國寶《羅李郎》第一折：封妻蔭子，拜相封侯，可正是：今日不知明日事，前人田土後人收。到頭來只落得個誰消受。清王有光《吳下諺聯》卷二引「今日不知明日事」，下注云：無論其他，即吃飯、著衣、睏，日日如此，日日可知，必有一日不如此，故不可知，于何一日不如此，則尤不可知，凡事如此，難可逆料。

新年還是舊年人，時序已入新年，人依然是舊冬之人。舊年指去年，張說〈蘇摩遮〉詩：惟願聖君無限壽，長取新年續舊年。

吃虧終有便宜日，眼前肯吃虧，過後是便宜，人生得失難料。清錢大昕《恒言錄》卷六引閭巷常諺：饒人不是癡，過後得便宜。意相近。清石天基《傳家寶》卷四：我討人的便宜，豈知人討我的便宜更重，古云：討便宜即是吃虧的後門。許多失便宜事俱從此起。此諺從反面說，意亦相近。《石點頭》卷八引作「吃一分虧無量福，失便宜處是便宜」。參見第四三首。

莫把當前冤氣伸，當前冤氣，能忍自安，冤冤相報，無有終期。

一四五

翁姑不作不癡聾，生性人人各不同。新出貓兒惡如虎，錯教蚯蚓變成龍。
縱然酒飲千杯少，難道花無百日紅？若得過時且過去，古來兒女困英雄。

翁姑不作不癡聾，是說家中長輩，對晚輩所言所行，不必太明察計較。《南史・庾仲文傳》云：「不癡不聾，不成姑公。」唐肅宗亦曾對郭子儀說：「諺云：不癡不聾，不作阿家翁。」可參見第二七首。

生性人人各不同，類似之句則是「人心不同，各如其面」，呂熊《女仙外史》第六四回：人心不同，有如其面，我輩自各行其志。又第八一回：人心不同，咸如其面，那能個個忠義，個個同仇？這說法最早見於《左傳・襄公三十一年》：人心之不同，如其面焉，吾豈敢謂子面如吾面乎？

新出貓兒惡如虎，有厭惡新秀鋒芒畢露的意思，本或作「新出貓兒強如虎」，喻新秀初得志的樣子。清梁同書《直語補證》云：今俗得志，句作「新出貓兒強似虎」。又清黃漢《貓苑》卷下名物條：若少年勇往，則云「新出貓兒強如虎」，夫諺雖鄙俚，皆有義理，故古今傳頌不替。

錯教蚯蚓變成龍，蚯蚓俗名土龍、地龍子，《說苑・雜言》：夫蚯蚓內無筋骨之強，外無爪牙之利。《後漢書・隗囂傳》：神龍失勢，即還與蚯蚓同。錯教蚯蚓變成龍，疑為小才大用，提拔失當。《中國諺語集成・山西篇》錄諺語：蚯蚓難成龍，樹葉難搓繩。

縱然酒飲千杯少，指酒逢知己，痛飲而不計杯數。考《五燈會元》文準有「酒逢知己飲，詩向會人吟」之語。《長生殿》劇引：酒逢知己千鍾少，話不投機字句多。又《琵琶記》劇引亦同。

難道花無百日紅？用俗語「人無千日好，花無百日紅」意。李汝珍《鏡花緣》第九一回：至於鳳仙，非芙蓉可比，若澆灌得宜，不使結子，能開三月之久，俗語說的：花無百日紅，以鳳仙而論，實有百日之紅。元楊文奎《兒女團圓》楔子：搽旦云：「人無千日好，花無百日紅，早時不算計，過後一場空！」警人惜陰及時之意。

若得過時且過去，用諺語：得過且過。過得一日過一日，只要能過得去，姑且過去，是一個混日子的人生觀。清彭養鷗《黑籍冤魂》第一回：「但是吃煙人的脾氣，總是得過且過，那一個是真心肯戒？」

古來兒女困英雄，指因兒女多情困住英雄，所謂「兒女情長，英雄氣短」。明許自昌《水滸記》：「人常說道：兒女情長，英雄氣短。宋公明為人倒是反這兩句話的，故此擔擱了尊嫂。」謂宋公明是英雄，不為兒女情所困。

一四六

人心節節高於天，越是錢多越要錢。縱為家貧憐子苦，那知貴極想登仙。花開幾見有佳果，人老何曾再少年。莫使光陰長錯過，饑來吃飯飽來眠。

人心節節高於天，指人心無滿足之日，一節高於一節，較天尤高。清范寅《越諺》卷上：人心弗知足，有得五穀想六穀。人心弗知安，做得皇帝想修仙。足為參證。諺云：人心高過天，想做皇帝想成仙。夏藝圃記湖北荊州傳說，引呂洞賓詩：天高不為高，人心第一高。有諺云：天高弗算高，人心節節高。

越是錢多越要錢，錢不嫌多，越多越想要，朱介凡《中華諺語志》引：人心節節高於天，越是多錢越想錢，或即引本詩。孟守介等編《漢語諺語詞典》亦引此兩句。

縱為家貧憐子苦，第一一五首亦引此諺，貧家父母以無以撫養子女為愧，益憐子苦。

那知貴極想登仙，指人心不足，得隴望蜀，人間富貴到了極點，就想登上仙籍，秦始皇、漢武帝都是如此。前引范寅《越諺》：人心弗知安，做得皇帝想修仙。又蔡東藩《唐史演義》第二二回：俗語說得好：做了皇帝想登仙。古時秦皇、漢武，都想活過千年，做個彭祖第二，所以朝進方士，暮採仙藥，鬧得一塌糊塗。

花開幾見有佳果，諺有「花好子少」、「好花不結子」，花開盛美者，少有佳果，謂物無全美。

人老何曾再少年，大抵用「花有重開日，人無再少年」句意。凌濛初《二刻拍案驚奇》卷三九引：花有重開日，人無再少年。元無名氏《醉寫赤壁賦》第四折：我則想人無再少年，原來這花有重開日。元馬致遠《任風子》第一折：花謝了花再開，月缺了月再圓，咱人老何曾再少年。元無名氏《雲窗夢》第一折：月缺又重圓，人老何曾再少年。諺語即據此寫作：花開花謝年年有，人老何曾轉少年。

莫使光陰長錯過，光陰似箭，稍縱即逝，光陰又如黃金，卻往往虛擲，《千字文》所謂

「尺璧非寶，寸陰是競」，珍惜光陰，莫使錯過。

饑來吃飯飽來眠，諺云：饑來即飯，睏來即眠。閩南話所謂：呷飽睏，睏飽呷。佛家謂吃飯時吃飯，睡覺時睡覺，亦即修行之方。

一四七

譬如啞子吃黃連，自苦自知自可憐。屋漏偏遭連夜雨，運衰不值半文錢。
須知絕路逢生路，且過荒年搭熟年。凡事原多不如意，巧妻常伴拙夫眠。

譬如啞子吃黃連，指有苦說不出。明溫璜《溫氏母訓》：「世間輕財好施之子，每到骨肉，反多悉吝，其說有二：他人蒙惠，一絲一粒，連聲叫感，至親視為固然之事，一不堪也。他人至再至三，便難啟口，至親引為久常之例，二不堪也。但到此處，正如啞子吃黃連，說苦不得。」參見第一三首。

自苦自知自可憐，諺云：自己有苦自己知。又諺云：啞子吃黃連——苦樂自知。自苦自知，遂生自艾自憐之意。

屋漏偏遭連夜雨，下接「船低又遇打頭風」。指災禍頻仍，禍不單行。李伯元《活地獄》第三三回：可憐朱四已是七死八活的了，放出來之後，找到東家，東家歇了他的生意，朱四無路可走，就投河死了。正是：屋漏偏逢連夜雨，船低又遇打頭風。

運衰不值半文錢，疑本張子惠〈送謝迭山北行〉詩：「此去好憑三寸舌，再來不值半文錢」改寫。北行若未成名，再來則運衰矣。

須知絕路逢生路，諺云：絕處逢生。人生剝復循環，危機是轉機，絕路逢生路，不必太悲觀，盈虛消長，自然之理。

且過荒年搭熟年，諺云：荒年既去，自有熟年。又云：荒年去了熟年來。又云：荒年望熟年。譬諸人事，有因營業盈虧而辭退者，常以此諺寬解。

凡事原多不如意，本作「不如意事常八九」。笑笑生《金瓶梅詞話》第十八回：孟玉樓與潘金蓮都是再醮嫁人，孝服都不曾滿，聽了此言慚愧，正是不如意處常八九，可與人言無二三。又蔡東藩《清史演義》第八六回：光緒帝總道是委任得人，十有九穩，不意下午五句鐘，榮祿竟入京，俗語有道：不如意事常八九，可與人言無二三。

巧妻常伴拙夫眠，說人生最苦的無奈之一。王有光《吳下諺聯》卷二：「唐拙夫、繆學三，皆松郡名士。一日挾妓飲，妓頗慧，唐曰：『此巧妻也。』繆曰：『巧妻常伴拙夫眠。』亦有出處，昔一院姝，聲伎敏妙，貴客過之，問其姓，曰：康字頭，呂字腳。客曰：然則卿乃姓唐也?彼姝曰：小妾非姓唐，拙夫乃姓唐耳。舉座噱然。」此故事多出附會，《檮杌閑評》第十三回引古語：駿馬每馱村夫走，嬌妻常伴拙夫眠。梁同書《直語補證》謂此乃明謝在杭詩。唯《水滸傳》第二三回、元武漢臣《生金閣》劇已引此語。

附錄：各句諺語首字筆畫索引

四畫

五畫

六畫

先下手為強	九九
老手舊肐膊	九九
老菱殼兒響	一〇〇
老鼠拖生薑	一〇一
肉爛在汁裏	一〇一
好大牛力氣	一〇二
吃苦不記苦	一〇五
老來普濟堂	一〇五
老鼠躦冬糧	一〇五
有說有商量	一〇六
回不得家鄉	一〇六
有麝自然香	一〇七
各廟各菩薩	一〇七
有教終須教	一〇八
在家千日好	一〇八
各自奔前程	一〇九
耳朵當眼睛	一一〇
老女上繡綳	一一〇
各人心所愛	一一二
先禮而後兵	一一四
有帳算勿折	一一七
先斷後不亂	一一九
灰塵撲落脫	一一九
江西人釘碗	一二一
老和尚搖鈴	一二一
回報肚腸經	一二一
好女不看燈	一二二
全虧僧贊僧	一二三
肉饅頭打狗	一二五
好事多磨折	一二六
成人不自在	一二七
合著油瓶蓋	一二八
羊肉蘸醬油	一三〇
早困當將息	一三二
老虎口中食	一三四
吃屙三分三	一三五
好事弄成堪	一三五
好教樹下尋風涼	一三八
吃飯何人不靠天	一四〇
有緣親友會千里	一四〇
如今事事多煩惱	一四〇
在山靠山水靠水	一四一
好騎馬去堪尋馬	一四三
吃虧終有便宜日	一四四
自苦自知自可憐	一四七

七畫

八畫

九畫

十畫

十二畫

十三畫

十四畫

十五畫

十六畫

十七畫

十八畫

三民叢刊書目

①邁向已開發國家　孫　震著
②經濟發展啟示錄　于宗先著
③中國文學講話　王更生著
④紅樓夢新解　潘重規著
⑤紅樓夢新辨　潘重規著
⑥自由與權威　周陽山著
⑦勇往直前　石永貴著
・傳播經營札記
⑧細微的一炷香　劉紹銘著
⑨文與情　琦　君著
⑩在我們的時代　周志文著
⑪中央社的故事（上）　周培敬著
・民國二十一年至六十一年
⑫中央社的故事（下）　周培敬著
・民國二十一年至六十一年
⑬梭羅與中國　陳長房著
⑭時代邊緣之聲　龔鵬程著
⑮紅學六十年　潘重規著
⑯解咒與立法　勞思光著
⑰對不起，借過一下　水　晶著
⑱解體分裂的年代　楊　渡著
⑲德國在那裏？（政治、經濟）　郭恆鈺、許琳菲等著
・聯邦德國四十年
⑳德國在那裏？（文化、統一）　郭恆鈺、許琳菲等著
・聯邦德國四十年
㉑浮生九四　蘇雪林著
・雪林回憶錄
㉒海天集　莊信正著
㉓日本式心靈　李永熾著
・文化與社會散論
㉔臺灣文學風貌　李瑞騰著
㉕干儛集　黃翰荻著

㉖作家與作品　楊　渡著
㉗冰瑩書信　謝冰瑩著
㉘冰瑩遊記　謝冰瑩著
㉙冰瑩憶往　謝冰瑩著
㉚冰瑩懷舊　謝冰瑩著
㉛與世界文壇對話　鄭樹森著
㉜捉狂下的興嘆　南方朔著
㉝猶記風吹水上鱗
・錢穆與現代中國學術　余英時著
㉞形象與言語
・西方現代藝術評論文集　李明明著
㉟紅學論集　潘重規著
㊱憂鬱與狂熱　孫瑋芒著
㊲黃昏過客　沙　究著
㊳帶詩蹺課去　徐望雲著
㊴走出銅像國　龔鵬程著
㊵伴我半世紀的那把琴　鄧昌國著
㊶深層思考與思考深層
・轉型期國際政治的觀察　劉必榮著
㊷瞬　間　周志文著

㊸兩岸迷宮遊戲　楊　渡著
㊹德國問題與歐洲秩序　彭滂沱著
㊺文學關懷　李瑞騰著
㊻未能忘情　劉紹銘著
㊼發展路上艱難多　孫　震著
㊽胡適叢論　周質平著
㊾水與水神
・中國的民俗與人文　王孝廉著
㊿由英雄的人到人的泯滅
・法國當代文學論集　金恆杰著
51重商主義的窘境　賴建誠著
52中國文化與現代變遷　余英時著
53橡溪雜拾　思　果著
54統一後的德國　郭恆鈺主編
55愛廬談文學　黃永武著
56南十字星座　呂大明著
57重疊的足跡　韓　秀著
58書鄉長短調　黃碧端著
59愛情・仇恨・政治
・漢姆雷特專論及其他　朱立民著

(60) 蝴蝶球傳奇　顏匯增著
・真實與虛構
(61) 文化啓示錄　南方朔著
(62) 日本這個國家　章　陸著
(63) 在沉寂與鼎沸之間　黃碧端著
(64) 民主與兩岸動向　余英時著
(65) 靈魂的按摩　劉紹銘著
(66) 迎向眾聲　向　陽著
・八〇年代臺灣文化情境觀察
(67) 蛻變中的臺灣經濟　于宗先著
(68) 從現代到當代　鄭樹森著
(69) 嚴肅的遊戲　楊錦郁著
・當代文藝訪談錄
(70) 甜鹹酸梅　向　明著
(71) 楓　香　黃國彬著
(72) 日本深層　齊　濤著
(73) 美麗的負荷　封德屏著
(74) 現代文明的隱者　周陽山著
(75) 煙火與噴泉　白　靈著

(76) 七十浮跡　項退結著
・生活體驗與思考
(77) 永恆的彩虹　小　民著
(78) 情繫一環　梁錫華著
(79) 遠山一抹　思　果著
(80) 尋找希望的星空　呂大明著
(81) 領養一株雲杉　黃文範著
(82) 浮世情懷　劉安諾著
(83) 天涯長青　趙淑俠著
(84) 文學札記　黃國彬著
(85) 訪草（第一卷）　陳冠學著
(86) 藍色的斷想　陳冠學著
・孤獨者隨想錄
A・B・C全卷
(87) 追不回的永恆　彭　歌著
(88) 紫水晶戒指　小　民著
(89) 心路的嬉逐　劉延湘著
(90) 情書外一章　韓　秀著
(91) 情到深處　簡　宛著
(92) 父女對話　陳冠學著

⑼³	陳冲前傳	嚴歌苓著
94	面壁笑人類	祖慰著
95	不老的詩心	夏鐵肩著
96	雲霧之國	合山究著
97	北京城不是一天造成的	喜樂著
98	兩城憶往	楊孔鑫著
99	詩情與俠骨	莊因著
100	文化脈動	張錯著
101	桑樹下	繆天華著
102	牛頓來訪	石家興著
103	深情回眸	鮑曉暉著
104	新詩補給站	渡也著
105	鳳凰遊	李元洛著
106	文學人語	高大鵬著
107	養狗政治學	鄭赤琰著
108	烟塵	姜穆著
109	河宴	鍾怡雯著
110	滬上春秋	章念馳著
111	愛廬談心事	黃永武著
112	吹不散的人影	高大鵬著
113	草鞋權貴	嚴歌苓著
114	是我們改變了世界	張放著
115	夢裡有隻小小船	夏小舟著
116	狂歡與破碎	林幸謙著
117	哲學思考漫步	劉述先著
118	說涼	水晶著
119	紅樓鐘聲	王熙元著
120	寒冬聽天方夜譚	保真著
121	儒林新誌	周質平著
122	流水無歸程	白樺著
123	偷窺天國	劉紹銘著
124	倒淌河	嚴歌苓著
125	尋覓畫家步履	陳其茂著
126	古典與現實之間	杜正勝著
127	釣魚臺畔過客	彭歌著
128	古典到現代	張健著
129	帶鞍的鹿	虹影著
130	人文之旅	葉海煙著

131 生肖與童年　小　民著
132 京都一年　喜　樂圖
133 山水與古典　林文月著
134 冬天黃昏的風笛　林文月著
135 心靈的花朵　呂大明著
136 親　戚　戚宜君著
137 清詞選講　韓　秀著
138 迦陵談詞　葉嘉瑩著
139 神樹　葉嘉瑩著
140 琦君說童年　鄭　義著
141 域外知音　琦　君著
142 遠方的戰爭　張堂錡著
143 留著記憶・留著光　鄭寶娟著
144 滾滾遼河　陳其茂著
145 王禎和的小說世界　紀　剛著
146 永恆與現在　高全之著
147 東方・西方　劉述先著
148 嗚咽海　夏小舟著
程明琤著
149 沙發椅的聯想　梅　新著
150 資訊爆炸的落塵　徐佳士著
151 沙漠裡的狼　白　樺著
152 風信子女郎　虹　影著
153 塵沙掠影　馬　遜著
154 飄泊的雲　莊　因著

⑮⑤ 和泉式部日記

林文月 譯・圖

本書為日本平安時代文學作品中與《源氏物語》、《枕草子》鼎足而立的不朽之作。書中以簡淨的日記形式，記錄了一段不為俗世所容的戀情。優美的文字，纏綿的情詩，展現出愛情生活中細膩的起伏感受與歡愁，穿越時空，緊扣你我心弦。

⑮⑥ 愛的美麗與哀愁

夏小舟 著

愛情之於女人，常常是引誘飛蛾撲火的明燈，是絢麗的毒花，可女人偏偏渴望愛情。作者列舉許多男女的愛情、婚姻故事，郎才女貌未必幸福，摯情摯愛未必有緣，只是男人與女人之間如同萬物的規則，一物降一物，鹵水點豆腐，魔高一尺，道高一丈。

⑮⑦ 黑月

樊小玉 著

丁小玎隨著所在的中國公司到國外做勞務承包。因為是公司的英語翻譯，加上辦事勤快，見了人又總是一個柔柔和和的笑，於是很快就引起當地大部分男人的注意；而小玎能否在心儀的外交人員與愛慕自己的餐廳老闆間找到最後情感的歸宿？……

⑮⑧ 流香溪

季仲 著

作者透過一群「沿江吉普賽人」在流香溪畔發生的動人故事，牽引出現代觀念與傳統文化的價值矛盾、中日文化的碰撞衝突、人與自然的挑戰，以及善與惡的拉扯等；全書行文時而如行雲流水，時而又如波濤洶湧，讀來意趣盎然，發人深省。

⑮⑨ 史記評賞

賴漢屏 著

司馬遷《史記》一三〇篇，既是「究天人之際，通古今之變」的史學鉅著，也是我國古代傳記文學的精華。本書作者自幼即喜讀《史記》，從師學習，如今蘊藉已深，以其深厚的治學基礎，發為見解獨具的文采丰華，帶領讀者一探《史記》博雅的世界。

⑯⓪ 文學靈魂的閱讀

張堂錡 著

文學的力量使孤寂的心靈得到慰藉，貧乏的人生變得富有，唯有肯駐足品味的人才能透晰其所傳達出最深藏的祕密。本書共分三輯，窺視文學蘊含的殷情深意；感受其求新求變以及對大環境的價值。各自激發不盡的聯想與深沈的感動。

⑯① 抒情時代

鄭寶娟 著

在平淡無奇的生活中，你可曾留意生命中點點滴滴不平凡的小故事？作者以其平實的筆觸，刻劃出看似平凡卻令人難以遺忘的人生軌跡，你我都可能身在其中。書中情節所到之處，或許平凡、或許悲傷，但卻也不時充滿著生命的躍動，值得細細體會。

⑯② 九十九朵曇花

何修仁 著

人生有多少夢境會在現實中重複出現？是山間的樵歌？白雲間的群雁？還是昔日遠方純樸、悠閒的鄉間漫步？作者來自屏東，以濃郁深摯的筆調，縷縷細述人生中最動人的記憶，伴隨你我，步履於南臺灣的舊日情懷，一同感受人間最純摯的情感。

⑯³ 說故事的人

彭歌 著

這是作者多年來觀察文壇、社會與新聞界的肺腑之言。輯一故事與小說自不同角度探討小說寫作；輯二人與文刻劃出許多已逝人物卓然不凡的風範；輯三海外生涯則寫遊記、觀賞職籃等旅居海外之觀感。讀了此書，彷彿親身經歷了一趟時空之旅。

⑯⁴ 日本原形

齊濤 著

從明治維新以來，日本的一舉一動都對世界有著深遠的影響，尤其對臺灣來說，其影響更是巨大。作者長期旅日，摒除坊間「媚日」或「仇日」的論調，以客觀的描述，剖析日本的現形。對想要了解日本時勢與脈動的人來說，是不得不看的一本好書。

⑯⁵ 從張愛玲到林懷民

高全之 著

作者以嚴謹誠虔的態度，客觀分析的筆調，來評論臺灣當代小說，深深讓讀者了解近代文學的特點，進而深入九位作者的作品中，提供一些深刻的創見，帶領你我欣賞文學的美與實，進而體驗文學對生命喜悅、悲哀等生動的描述。

⑯⁶ 莎士比亞識字不多？

陳冠學 著

莎士比亞識字不多！一直以來被誤認是個偉大的作者。讀過本書，應能還莎士比亞一個清白，他絕對不是一個掠美者。這把聖火在臺灣重新點燃，希望將來這聖火能夠由臺灣再度傳回英國，傳到世界各地，也好讓莎士比亞的靈魂得到真正的安息。

167 情思・情絲

龔華 著

「妳，像野薑花；清香，混合在黎明裏，催我甦醒。沒有妳，我睜不開眼睛，走進陽光的世界。她，是我在黃昏裏，永遠踩不到的影子。像夜來香，惑我走進黑夜的濃郁……」本書集結了龔華在〈中副〉發表的散文，篇篇情意真摯，意境深遠，值得細細品味。

168 說吧，房間

林白 著

一個是離婚、失業的中年婦女，一個是愛熱鬧的單身貴族。兩個背景、個性迥然不同的女子，為何會發展出一段患難與共的交情？且看兩個女子的心情告白。本書在作者犀利細膩的筆調下，深刻描繪出都會女子的愛恨情仇、悲歡離合，值得細細品味。

169 自由鳥

鄭義 著

六四事件的悲憤情緒才剛平復，對八九民運功過的批判聲音竟已隨之響起。對此，大陸流亡作家鄭義，以一幕幕民運歷程與鐵幕紀實，中訴著他的心痛與不平。文中流露對同胞的關懷和自由的嚮往，深深地牽引著每一個中國人心中的沈痛與感動。

170 魚川讀詩

梅新 著

詩是抒情的天堂，但並非每個人都能領會其中的意涵。本書是梅新先生的遺作，首創以雜文式的筆調評論詩作，不依恃理論，反而使篇章更形活潑，有就事論事的評述，也有尖銳的諷喻，語帶機鋒，趣味盎然。引領您一窺知性與感性的詩情世界。

⑰好詩共欣賞

葉嘉瑩 著

本書作者葉嘉瑩教授，融會西方接受美學、符號學及中國詩論，來解讀陶淵明、杜甫、李商隱的作品，分析了三人作品的形象、情意和其中所含的隱微深意，並從興發感動讀者的角度來詮釋作品的成功與否，是喜愛古典詩的讀者不可錯過的好書。

⑰永不磨滅的愛

楊秋生 著

現代人的生活壓力大，使得人生危機四伏，生活充滿徬徨、疲倦和無力感。如何化解此一危機？作者以多年學佛的體驗，以及和家人朋友互動的點點滴滴，而了解到愛的真義，並希望能將愛分享給每個人，以重燃信心和希望。

⑰晴空星月

馬遜 著

大崙山上，晴空萬里，夜色如銀，星月交輝。作者因佛緣，追隨曉雲法師的步履，出掌華梵大學，以發揚佛教教育為己任。本書除叮嚀青年學子的話語外，還有對社會大眾闡發佛法精神的演講。其智慧的話語，如醍醐灌頂，為淨化心靈的一帖良方。

⑰風 景

韓 秀 著

韓秀，一個出生於紐約，卻長年往返於世界各地的奇女子。在雅典、在開羅、在布達佩斯、在臺北、在高雄、在北京，作者皆能以其敏銳的心觀察她所造訪過的每一寸土地，以其向具纖細的筆觸，使一幅又一幅的動人「風景」躍然出現在您的面前！

⑰⑤ 談歷史　話教學

張　元　著

作者以二位高一新生對歷史課程的困惑為引子，藉著師生座談對話的方式，從北京人時代到西晉，針對高中歷史教材，試圖以「史料閱讀」的方法鮮明地建構各代的歷史圖像，在活潑的對白間既談歷史意涵又話歷史教學，相當適合高中教學的參考。

⑰⑥ 兩極紀實

位夢華　著

任何人想要親臨兩極之地恐怕都不是件容易的事。作者因從事研究工作之便，足跡跨越兩極，將在極地所見所聞之動物奇觀、自然景致乃至當地所受文明衝擊，或以幽默輕鬆，或以深沈關懷的筆調娓娓道來，是無緣親至極地的讀者絕不可錯過的佳作。

⑰⑦ 遙遠的歌

夏小舟　著

世上只有兩種人，男人和女人。然而男女之間的恩愛情仇，卻糾葛難解。本書作者以一篇篇幽默的短篇故事，道盡世間男女的愛恨嗔痴。在她細膩委婉的筆下，愛情的本質和婚姻的面貌都一一呈現，必可帶給你前所未有的感受與體悟。

⑰⑧ 時間的通道

簡　宛　著

「人生，是一條時間的通道，每一個人所走的方向和目標雖然不一樣，但是經過的路程卻是相似的……」當人們沈溺於歲月不待人的迷茫和感嘆時，作者平實的筆調將帶著我們對生活多用一點心思和一點執著，會使我們的「通道」裏，留下一點痕跡。

⑰ 燃燒的眼睛

簡宛 著

作者以自身多年來在美國的異域生活為背景，輔之敏銳的觀察力、豐富的情感、濃郁深摯的筆調，從而幻化出一篇篇感人肺腑的故事。尤其對於旅居海外異鄉遊子們的心境描寫更是深刻動人，是一本值得再三玩味的小說。

⑱ 月兒彎彎照美洲

李靜平 著

沒來美國時還不知那生活啥款；來了才知樣——啊！真夭壽！　來到美國，是穿梭在黑白紅黃人群間；或在房裡看華語電視？是在壁爐邊吃耶誕大餐；還是窩伴著一桌熱火鍋？在忙碌的陽光下，可想起夜空裡一彎新月？月兒彎彎，訴說的又是誰的故事？

⑱ 愛廬談諺詩

黃永武 著

諺詩，是指用諺語聯成的詩，由於聯接巧妙加上意外組合，因此往往會有不可料想的妙趣出脫。如捉豬上板櫈，走馬看天花；成人不自在，做鬼也風流，等等。本書將帶你悠遊中國式幽默，探索諺語的源頭，喜愛好書的你，可千萬不能錯過！

⑱ 劉真傳

黃守誠 著

劉真，一位自四十年代開始影響國內教育最鉅的教育家。本書自劉真先生家學淵源寫起，隨著時間軌跡，記錄了他如何在風雨飄搖的年代裡為教育此類百年大業做出努力；因此雖然本書為劉真先生個人傳記，卻同時也是了解現今教育體制的最佳參照。

⑱③ 天涯縱橫

位夢華 著

以兩極生態氣候的研究為基礎，作者建構了此書的論理與想像世界。內容從極地景致、開拓艱辛及天文物理觀念，引申至有關宇宙天人及環保的許多想法，包容科學與文學，兼具知性與感性。讓您在詼諧而深切的筆調中，激發對地球的關懷與熱愛。

⑱④ 新詩論

許世旭 著

中國詩歌，無論新舊，是一座甘泉，若不掬飲，口渴神焦，……。作者係韓國人士，長年沈浸在中國文學之中，對於在中國新詩的源起及兩岸新詩風格的異同，均有獨到而精闢的見解。是讀者拓寬視野，更深入了解中國新詩之發展所必備的好書。

⑱⑤ 天 譴

張 放 著

「一不埋怨天，二不埋怨地，只是咱家命不濟，生長在這亂世裡。」于祥生，一位山東流亡學生，民國三十八年隨政府搭乘濟和輪來到澎湖，卻萬萬沒料到會遭逢一場史無前例的政治騙局，他的人生、情愛就在這時代悲劇與宿命的安排下，無奈地上演。

⑱⑥ 綠野仙蹤與中國

賴建誠 著

一本融和理性與感性的著作，以經濟分析的專業素養，將關懷的筆觸，延著供需曲線帶進閱讀的天空。那一篇篇翔實的數據，是驗證生活的另一種形式；那一篇篇雋詠的小品，則是理性思維的靠墊。不管你來自士農工商，本書都能提供一場知性洗禮。

⑱⑦ 標題飆題

馬西屏 著

一個出色的報紙標題不僅要精簡準確地傳達新聞訊息，更要能表現文字的優美和趣味，這可是一門藝術。近年來報紙解禁，各種充滿巧思創意的標題紛紛跳上版面，等著要攫取你的注意。小心！一場報刊標題的革命正在編輯枱上悄悄進行……

⑱⑧ 詩與情

黃永武 著

詩以情為主，作者長期浸淫於古典情詩，擷採珠玉，編綴出男女的愛情、家人的親情、入世的世情與出世的忘情種種世態人情。文中所引，首首如新摘茶筍，簇新可喜，且解說精要，切緊詩旨，能帶給您全新的視野與怡然的感受。

國家圖書館出版品預行編目資料

愛廬談諺詩／黃永武著.--初版.--臺北市：三民，民87
面； 公分.--(三民叢刊;181)
ISBN 957-14-2876-0 (平裝)

851.477 87005753

網際網路位址 http://www.sanmin.com.tw

著作人 黃永武
發行人 劉振强
著作財產權人 三民書局股份有限公司
臺北市復興北路三八六號
發行所 三民書局股份有限公司
地 址／臺北市復興北路三八六號
電 話／二五〇〇六六〇〇
郵 撥／〇〇〇九九九八——五號
印刷所 三民書局股份有限公司
門市部 復北店／臺北市復興北路三八六號
重南店／臺北市重慶南路一段六十一號
初 版 中華民國八十七年九月
編 號 S 82091
基本定價 肆元陸角
行政院新聞局登記證局版臺業字第〇二〇〇號

ISBN 957-14-2876-0 (平裝)

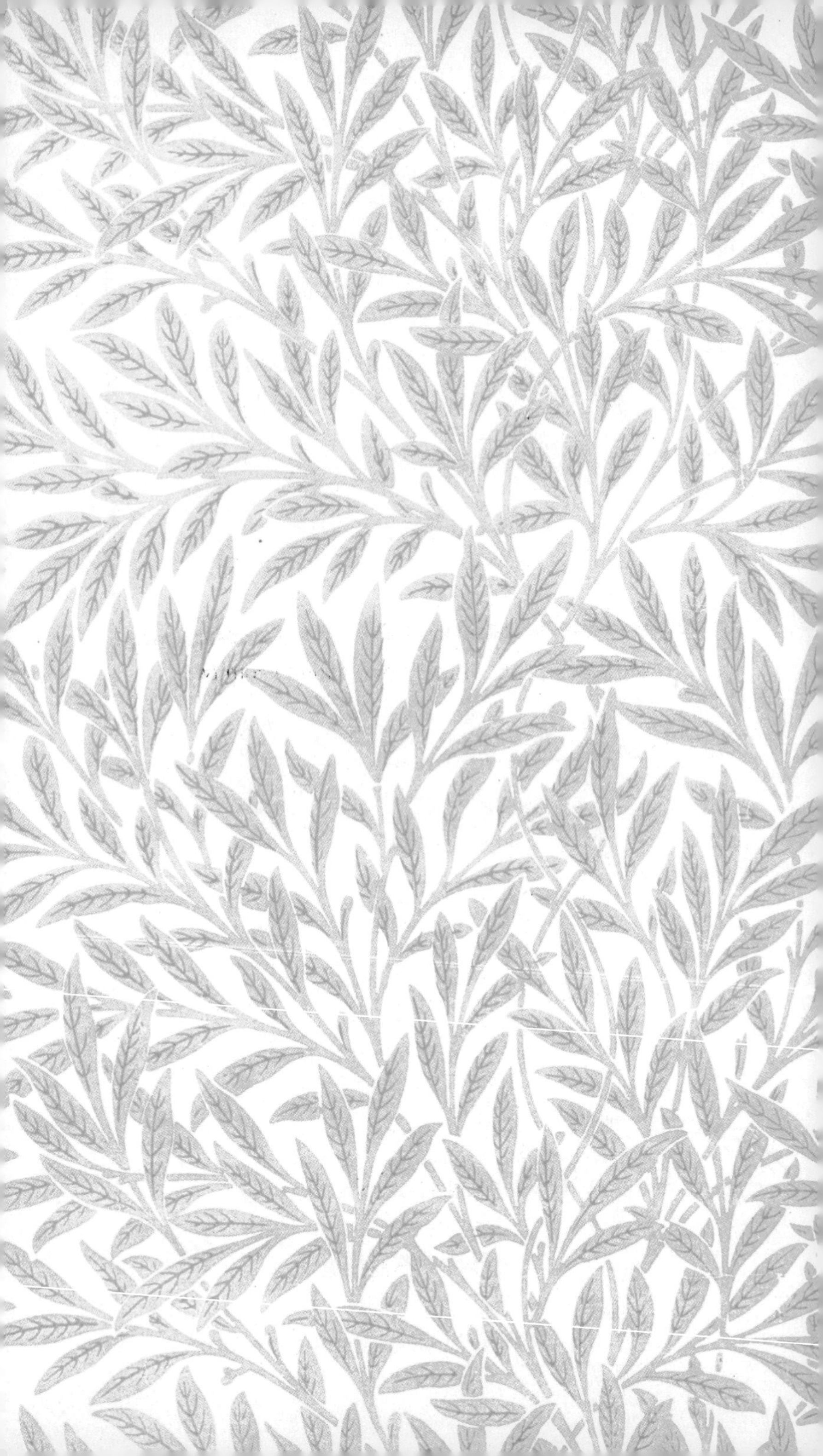